CHARACTER
Isekai Ni Tensei Sitanode Eroge No Chikara De Musou Suru
ルル
奴隷にされたエルフ美少女。
トモヤにとって理想のヒロイン！
カロン
むっちり爆乳なギルドのお姉さん！
ニッキ
武器屋の娘。夢はアイテム鑑定士！
トモヤ/トモヤ女体化ver
スケベ元気な異世界転移者。悩むより行動だ！
ミルフィ
優しくエロくスキの多い女神様。
スミレ
思い込みの激しいお嬢様騎士。

1

著作 久遠ひろ

イラスト 一葉モカ

異世界に転生したので エロゲの力で無双する

ISEKAI NI TENSEI SITANODE
EROGE NO CHIKARA DE
MUSOU SURU

VN
Variant Novels

TAKESHOBO

CONTENTS

Isekai Ni Tensei Sitanode
Eroge No Tikara De
Musou Suru

プロローグ

気がつくと、僕は見知らぬ空間に立っていた。

周囲に視界を遮《さえぎ》る物はなく、凹凸のない白い地面が地平線まで続いている。

見上げると、太陽も星もない黒い空がどこまでも広がっていた。

記憶にあるどんな場所とも違う、光のない暗い空。無限に広がる白い地平。

自分の服装を見ると、部屋着であるジャージ上下を着ていて――部屋着？

そうだ、さっきまで僕は部屋で新作ゲームをプレイしていたんだ。僕は白い地平を三六〇度ぐるりと見回すと、目の前に女性がいるのを発見して「おおっ!?」と声を上げた。

さっきまで何もなかった場所に、白いドレスを着た美女が立っていた。

長く伸びた美しい黄金色の髪。透き通るような白い肌。品のある顔立ちは可憐で若々しいのに、穏やかな眼差しは母親のような慈愛に溢《あふ》れている。気高く、清純で、神々しいほどに美しく、けれど誰からも親しまれて愛される――そんな優美な女性。「絶世の美女」とはこんな女性のことを言うのだろう。これほど綺麗で魅力的な美女を僕は見たことがなかった。

「ようこそお越しくださいました。瀬能倫也《セノウトモヤ》さま」

凜《りん》とした透き通った声で名前を呼ばれ、僕はあわてふためく。

「僕を知ってるの？　ここはどこなの？」

「ここは、あなた方が言うところの『死後の世界』です」

「死後の世界？　じゃあ、僕は死んだの？」

「はい。ポックリと」

にこやかに答えると、美女は左手で空を示した。まるで映画館のスクリーンのように、真っ暗だった空に映像が現れる。

……そこには、パンツを脱いで下半身を丸出しにした僕が、椅子に座ったまま白目をむいている光景が映し出されていた。

――そうだ。思い出した。僕は買ってきたばかりの新作エロゲをプレイしていたんだ。パソコンの前でパンツを脱いでティッシュを用意して気合いを入れてオナニーをしていたんだ。

強気な戦う変身ヒロインが触手モンスターに犯されるのを見て興奮しながら、僕は射精を我慢して我慢して、ヒロインが絶頂に達するのと同じタイミングで思い切り精を解き放って――。

「あなたは射精と同時に心臓発作を起こしてお亡くなりになったのです」

「心臓発作!?　あ、いや、確かに不健康な生活はしていたけど……運動もせずにジャンクフードばかり食べて、毎晩徹夜でエロゲ三昧《ざんまい》の日々だったけど……」

「完全に自業自得ですね。ちなみに、この後お母様が部屋に入ってきて、触手に犯されている二次元ロリ美少女を表示したパソコンの前でち×この先にティッシュをつけたまま死んでいるあなたを発見してすぐに一一九番したのですが、電話であなたが死亡した状況を聞かれてどう答えればいいかわからず大変ご苦労されたようです」

「死にたい」

「死んでますよ」

水晶のように透き通った美しい声で、僕を言葉責めする白いドレスの美女。お前は鬼か。

「……本当に、僕は死んだの？　そんな……そんなのってないよ！　僕にはやらなきゃいけないことがあるんだ！　僕にはまだまだやり残したことがあるんだ！」

「お気持ちはお察しします。未練はおありでしょうが、これも運命――」

「僕の部屋には未開封のエロゲがまだ一〇〇本以上残ってるんだ！　『エルフと子作り孕《はら》ませパラダイス』とか『オトメトレイン5』とか、やりたいエロゲが、まだ一〇〇本以上も未開封でっ！　あれをやらずに死ねるかぁぁぁ！」

「そうですか……そういう未練ですか……」

「それに、首を長くして待ち望んでいた話題作『クロノデイズ』がいよいよ来月発売されるんだ！　過去シリーズのヒロイン総登場で、Hシーンはどエロいフルアニメで、今までHできなかったサブヒロインが攻略できるようになって……情報が出てすぐにタペストリー付き初回限定版を予約したのに……。やっと、やっと、やっと来月発売されるのに！　やっと、やっと、やっと来月発売されるのに！　あれをプレイせずに死ねるかぁぁぁ!!」

「そのゲームなら発売延期になりましたよ」

「その情報は知りたくなかったぁぁぁぁぁぁ!!」

とどめを刺されて僕はその場に崩れ落ちる。

「何てことだ……。僕は死んだのか……。エロゲに人生を捧げて三十五年。エロゲ一筋に生きてきたこの僕が、エロゲをプレイ中に心臓発作で死ぬなんて……」

「ある意味、大往生な気もしますが……。あと人生を捧げて三十五年と言いましたが、エロゲをプレイできるのは十八歳になってからなので、実質十七年――」

「揚げ足取るなあぁぁぁ!! 僕のエロゲへの愛を侮辱するなぁぁぁ! ふえぇぇぇぇぇん!!」

ついに床に突っ伏して泣き出した僕（三十五歳独身）。死んでしまったのは仕方ないとあきらめるにしても、もう二度とエロゲをプレイできないことが悔しくて悔しくて耐えられない。

「ぐす……。三次元の女には目もくれず、エロゲ一筋に生きてきた僕の人生が――」

「自分から三次元を拒絶したような言いぐさですが、実際は生身の女性にまるで相手にされず、二次元美少女に逃避しただけ――」

「う、うるさい！ 僕だって学生の頃は童顔で可愛いって言われたりしたんだぞ！ 女子たちは僕を見て『顔は悪くないのに……』ってよく言ってたんだからな！」

「それ褒められてませんよね？ そもそも三十五歳にもなって実家暮らしでエロゲ三昧な生活を送っている人生の落伍者がなにをかいわんや……」

「さっきからやかましいんじゃあぁぁぁぁ！ そういうお前は何者なんだよ！」

「申し遅れました。私は輪廻《りんね》の女神ミルフィ。みっともない最期を迎えられた倫也様に、人生をやり直すチャンスを差し上げに参りました」

「はぁ？　人生をやり直す？」

「はい。倫也様の愚鈍な頭でもわかるように申し上げますと、『異世界転生してみませんか？』というお誘いです」

この自称女神、さっきから物腰は丁寧なのに言ってることが失礼極まりないな……。

……それはともかく、異世界転生だって？

「異世界転生って言うと、あれか？　平凡な少年がファンタジーＲＰＧ的な異世界に転生して、無敵のチート能力に目覚めて、美少女に囲まれてウハウハな思いをして、無双しながら世界を救う感じのやつ？」

「かなり貧困な発想ですが、そのような認識でおおむね間違いありません」

「僕が異世界転生……」

いきなりの急展開に戸惑いはしたが、そこはそれ、アニメやラノベが大好きな僕なので意外とすんなり状況を受け入れることができた。

異世界転生……案外悪くないんじゃないか？

転生したら、大勢の美少女に囲まれてハーレム展開になるのがお約束だ。いろんなタイプの美少女相手にえっちなイベント目白押し！　想像したら、なんだかわくわくしてきたぞ！

「では倫也様。異世界転生することに同意していただけますね？」

「望むところだ！　異世界に転生してエロゲの主人公のようなハーレムライフを送ってやる！」

「動機はともかく、心意気は前向きで大変結構です。それでは誓約に従い、転生する倫也様に特別な力を一つ差し上げましょう」

「それって、もしかしてチート能力？　僕だけの特殊能力がもらえるの？」

「はい。どんな能力がほしいかおっしゃってください。女神ミルフィの名にかけて、あなたの望みを叶えて差し上げます」

「触手になりたい」

即答すると、女神ミルフィは美しい微笑《ほほえ》みのまま「……え？」と首をかしげた。

聞こえなかったのかな？　だったらもう一度はっきり言ってやる。

「僕は触手になりたい。触手になって美少女をよがり狂わせるのが僕の夢なんだ！」

「……冗談ですよね？」

「失礼な！　本気に決まってるだろ！　エロゲが好きな人間なら、触手になりたいと願うのは当たり前のことだ！」

「当たり前なのですか……。エロゲというのは業の深い娯楽なのですね……」

「もしかして、女神の力じゃ僕を触手にすることはできないの？」

「やったことはありませんが……たぶん、できると思います……」

「ならやってくれ！　僕を触手にしてくれ！　……いや、ちょっと待った！」

あわてて僕が止めると、女神はホッとした顔になった。

「思い直してくださったのですね」と安堵《あんど》する女神の前で、僕は真顔で考え込む。

待て。落ち着いて考えろ。手に入れられる能力は一つだけだ。もっと他にほしい能力はないのか？　触手の他に、僕がほしいと思う特殊能力は――。

「……女体化」

「え？」

「僕は女体化したい。できれば股間は男のままで。うん、そうだ、フタナリがいい。……いや、ちょっと待った！」

不安な表情になる女神の前で、僕は真剣に悩む。

「よく考えろ。僕はどんな力がほしいのか。僕の望み……僕が憧《あこが》れるエロゲ……。触っただけでどんな女もメロメロにする『痴漢フィンガーテクニック』はどうだろう。いや、『盗撮スキル』で弱みを握って女にむりやり言うことをきかせるのも捨てがたい。女を一瞬でエロエロにさせる『媚薬』ってのも定番だよな。『催眠』で思い通りに操るのも……。そうそう、マイナージャンルだけど『透明人間』ものも好きなんだよね。あとは『オークを召喚』できるとか！　むしろ僕がオークになって美少女を陵辱するまである！　ああっ、ほしいスキルが多すぎて悩む！」

「つくづくエロゲというのは業の深い娯楽なのですね……」

まいったな。どのエロゲスキルも大好物で、どれか一つを選ぶなんてできないよ……。

「そろそろ決めてもらえませんか？」

「ちょ、ちょっと待って。いま決めるから。すぐ決めるから。えーと…………よし決めた！」

決断した僕は、笑顔で困り果てている女神に宣言した。

「『催眠』だ！　どんな女でも思い通りに操れる、催眠洗脳スキルを所望する！」

「わかりました。どんな女性でも意のままに操ることができる催眠の力を授けましょう」

女神ミルフィが両手をかざすと、まばゆい光の塊が僕の頭上に出現した。

あまりのまぶしさに僕がひるんでいると、光はみるみる小さくなり、蛍のように僕の周囲をくるくると飛翔してジャージのポケットに吸い込まれていった。……ポケット？

ジャージのポケットに手を突っ込むと、そこには僕のスマホが入っていた。

「あなたのスマホに催眠アプリをインストールしました。アプリを起動して画面を相手に見せれば、意のままに操ることができるようになります」

「魔法や超能力じゃなくて、アプリで催眠をかけるのか……」

「ご不満ですか？」

「いや、エロゲらしくてすごくいい！」

僕がサムズアップすると、女神は微笑みながら困り顔をした。

「転生者に特別な力を授けるのが私の役目。たったいま女神の力で倫也様に力を授けました。それでは、これよりあなたを異世界に転送しま――」

「あ、ちょっと待って。こっち見てくれる？」

「はい、なんでしょう」

僕は催眠アプリを起動すると、スマホの画面を女神に向けた。画面に極彩色の光の奔流が映し出され、鮮やかな輝きは万華鏡のように次々と形を変えて女神の視覚を犯していき――。

「あ……」

……たちまち瞳から生気が消え失せ、女神は無表情になって静止した。

感情を失って立ち尽くす姿は、イラストで喩えるなら「目のハイライトが消えた状態」だ。これぞ清く正しいエロゲの催眠トランス状態！

催眠にかかった女神の無防備な体を、僕はまじまじと観察する。

理想的に整った目鼻立ち。サラサラの長い髪に、シミひとつない白い肌。ほどよく膨らんだ胸が薄布を押し上げ、むっちりとした肉付きのいい太ももがスカートの下から覗き見えている。

女神の名にふさわしい端正な美貌と、服の上からでもわかる抜群のスタイルの良さは、清純さと艶っぽさという相反する要素を兼ね備えた至高の容姿だった。

……こんな絶世の美女を言いなりにできるのか。ゴクリと僕はつばを飲む。

——正直に言おう。僕は童貞だ。

年齢＝彼女いない歴で、セックスはゲームの中でしか経験したことがない。

だから僕は、これから起こることを期待してめちゃめちゃ興奮していた。まだ何もしていないのに、期待感だけで僕の股間はムクムクと盛り上がっていた。

ドキドキしながら、僕は目の前にいる絶世の美女に何をさせようか考える。

……考えるまでもないよね。この状況で童貞の僕が命令することといえば、これしかない。

「ぼ、ぼ、僕とセックスしろ」

「はい」

うつろな表情のまま、女神は迷いなく僕の命令を受け入れた。

「よ、よし。僕が合図したら、ミルフィは正気に戻って、ものすごくえっちな気分になって、僕とセックスするんだ。い、いいね？」

「はい」

緊張で声を震わせながら僕は「三、二、一……」とカウントして、催眠アプリを停止した。

女神の瞳に光が戻り……緊張でこわばっている僕を見て彼女は穏やかに微笑んだ。

ミルフィが身を寄せて、柔らかくていい匂いがする女神の細腕が僕の首に巻き付いた。

チュッ。女神が僕についばむようなキスをする。これが僕のファーストキス。

ほんの一瞬触れた唇は、とても柔らかくて、ふわふわしていて……。

「も、もう一回」

たまらずおねだりすると、女神はクスッと微笑んでもう一度顔を近づけた。

どんなアイドルよりも綺麗な顔が、ゆっくりと目を閉じて僕に迫ってくる。唇が触れるまで一秒とかからないのに、その一秒も僕は我慢できなくて自分から唇を押しつけた。

ちゅっ、ちゅっ、はむ。触れるだけのキスでは満足できず、僕は女神の唇を甘噛《あまが》みする。僕のキスに応えるように彼女も僕の唇を甘噛みして……僕たちはどちらからともなく舌を絡めた。

「はぁ……。あむ……んちゅ……ちゅう……れろ……。んんっ……はぁ……」

清純な見た目からは想像もつかないほど濃厚で情熱的な、女神の舌使い。ねっとりと熱く舌を絡めるたびに、僕は脳みそが蕩《とろ》けて意識が飛びそうになる。

なんだこの痺れるような快感は。キスってこんなにすごいものだったのか……。

女神の舌使いが上手すぎるのか。それとも僕の童貞舌が敏感すぎるのか。情熱的に舌を絡めただけで僕の頭はフットーしそうだった。

「ちゅ……ちゅ……。ふぁぁ……。私のキス、どうですか？」

「す、すごい……」

「うふふ。触ってもいいんですよ」

興奮と快感で語彙力がなくなっている僕の手を、女神がそっと導く。僕の手が導かれた場所は、彼女の豊かな胸の膨らみだ。服の上からでもはっきりとわかる乳肉のふわふわとした柔らかさ。指先に力を込めると、まるで沈み込むようにおっぱいが形を変えていく。

「ふぁっ、あぁ……。そんなにぐにゅぐにゅしないで……」

僕がおっぱいを揉むと、女神が甘い喘《あえ》ぎ声を上げた。……た、たまらん！

僕は本能の赴くままに彼女の胸を揉みしだき、さらに唇を奪って夢中で舌を絡めた。

「ひふっ！　はぁ、ひぁ……。そんなに、おっぱい揉みくちゃにされたら……」

あむ、れろ、れろ、んちゅ、ちゅう。僕は女神の口を塞ぐと、彼女の美しい顔を蕩けさせようと一心不乱に胸を愛撫した。それは愛撫と呼ぶにはあまりに稚拙で乱暴だったけど……。

「ああ、それ、感じる……感じちゃいます……。あ、ああ、んはあぁぁぁ！」

僕の荒々しい愛撫に女神は快感を覚えて乱れ始める。僕は欲望のままに彼女の服をつかみ、はだけさせて、たわわな乳房を露出させた。

釣り鐘型の乳房は大きすぎず小さすぎず、触ると適度な張りが指を押し返して、だけど絹のように滑らかで、ふわふわの羽毛のような柔らかさで……なんて素晴らしいおっぱいなんだ！

たまらず僕が乳首に吸い付くと、女神の体がびくんと震えた。

「吸っちゃだめ……刺激、強すぎるぅ……乳首がビリビリって、あっ、あっ、くぅん……」

切ない声を漏らす女神の乳首に、僕は吸い付き、れろれろと舌を這わせる。女神の乳首がみるみる硬く勃起して……僕の舌で感じているんだ。おっぱいを舐められて感じているんだ！

これがリアルな女の子の声。リアルな女の子の匂い。リアルな女の子の味。それもただの女の子じゃない。男なら誰でも一目惚れするような絶世の美女が、僕におっぱいをいじられて快感に喘いでいる。

衝動が止まらない僕の股間は、ズボンを突き破らんばかりの勢いで張り詰めている。そんな僕の股間に女神がそっと手を触れた。ち×ぽをぎゅっと握られて僕は「ひうっ」と声を上げる。

「ここ、大きくなっていますね。……今度は私があなたを……」

吐息混じりの声でささやくと、女神は胸をはだけたまま僕のズボンを下ろしにかかった。

ジャージ上下という格好の僕は、されるがままにズボンを脱がされパンツを下ろされる。

「ああ……大きい……」

ギンギンにそそり立つ僕のペニスを見て、女神がうっとりと頬《ほお》を赤らめる。

ミルフィは僕の足元にひざまずくと、綺麗な指で僕の竿をゆっくりとしごき始めた。

「ん……ん……んしょ……。どうですか？　気持ちいいですか？」

ミルフィの白魚のような指が、僕の竿を握りしめて上下に動く。それだけで、僕の腰に痺れるような感覚が走った。

す、すごい！　女の子に手でされてるだけなのに、自分でやる何百倍も気持ちいい！

「おち×ちんがぴくぴく震えていますよ。倫也さんは敏感なんですね……」

僕のペニスをしこしことしごく彼女は、エロゲで喩えるなら姉や人妻のような年上の色気を醸《かも》し出していた。ああ……いい……。美人のお姉さんにいいようにいじられる童貞ち×ぽ……悪くないシチュエーションだ……。

「私に握られて興奮しているんですね。先っぽからお汁が溢れてきていますよ」

気持ち良すぎて、僕のペニスから先走り汁が染みだしている。上下に動く女神の指が、ねちょねちょと粘り気のある音を立てていく。

「嬉しい……。私の手でこんなに気持ち良くなってくれるなんて……。お礼に、もっと気持ちよくしてあげますね」

そう言うと、ミルフィは手を放して――左右のおっぱいで僕のペニスを挟み込んだ。

「ぱ、ぱぱぱぱ、パイズリぃぃぃぃぃ!!」

「うふふふ。気持ちいいことを、いっぱいしてあげますね」

ミルフィの形の良い乳房が、僕のペニスを挟み込み、飲み込んでいく。これが生おっぱいの感触！　肉棒が柔らかい肉の中に沈んでいくような甘い快感に、僕は言葉を失ってしまう。

「あなたのここ、すごく熱いです。私の胸の中でどんどん熱くなっていきます」

ずりゅ、ずりゅ。にちゃ、にちゃ。我慢汁で滑りをよくしたおっぱいが上下に揺れる。ミルフィが両手で挟み込むほどに、僕のものは圧迫されて媚肉と溶け合っていく。

パイズリがこんなに心地いいものだったなんて、生きてて良かった……。

……あ、僕、死んでたっけ。

「おっぱいに挟まれて、おち×ちんがびくんびくんと痙攣《けいれん》しています。なんだか可愛い……」

「可愛いって、それは……あっ、うぁ、ああ……！」

「まだですよ。私がもっとガチガチに硬くしてあげます」

ち×ぽをなで回すように、乳房が上下左右から押しつけられて形を変えていく。にちゃにちゃといやらしい音が響き、僕はほとんど無意識に腰を前に突きだした。

「あっ、うんっ……。腰が動いていますよ。あなたのものがおっぱいを突いて……。もっと気持ち良くなりたいんですか？」

「だって、こんなことされたら、もっとほしくなるに決まってるだろ」

「そうですか……。なら」

女神が力を込めると、ぎゅうっとおっぱいが強く挟まれ、僕のペニスを一気に締め上げた。

そのまま、ぎゅうぎゅうに締め付けたおっぱいが上下に揺れ始める。

「このまま、おっぱいをおま×こみたいにして、あなたをしごいてあげます」

「これ、いい……。おっぱいま×こ、すごく気持ちいい……」

「はぁ……あなたの……熱くて、硬くて……おち×ちんで、私のおっぱい揉まれて……」

「気持ちいいの？　ミルフィも、僕のち×ぽをパイズリして感じてるの？」

「はい……いいです……。ガチガチのおち×ちんが胸にこすれて、おち×ちんからあなたの熱が伝わって……私、感じてます……！」

ミルフィの動きが徐々にスピードを上げ、ペニスをしごく動きが激しさを増していく。

「おち×ちんが胸の谷間で跳ね回ってます。ぴくぴくして、えっちなお汁がどんどん溢れて……。にちゃにちゃって、いやらしい音がしているの、聞こえますか？」

「聞こえる、聞こえるよ。おっぱいま×こがキツくて、ぬるぬるして、すごく気持ちいいよ」

「私もです……！　私も、とっても気持ちいいです……！」

ミルフィが密着しそうなほど近づいて、激しくおっぱいを上下させる。柔肉に先っぽから根元まですっぽりと包まれて、僕はもう爆発寸前だ。

「どくんどくんって、おち×ちんが脈打ってます。イクんですか？　もうすぐイクんですか？」

「はぁ、はぁ……いいよ、もう、イキそう……」

「射精したいですか？　どぴゅどぴゅって私のおっぱいに出したいですか？」

「出したい！　思いっきりぶちまけたい！　いい、イク、イクよ、イクイクイクーーーっ！」

僕が限界に達しようとした瞬間。僕のものをしごいていたおっぱいがぴたりと止まった。

パイズリという極上の快楽を止められて、僕は「……へ？」と間の抜けた声を上げる。

「ど、どうしてやめるんだ!?　もうちょっとでイケそうだったのに!!」

「だめですよ。まだ射精してはいけません」

「な、なんで……」と戸惑う僕の前で美しい女神は床に座り、するすると下着を脱いでいく。

純白のパンツが彼女の太ももをつたい、ふくらはぎを滑り、足首に引っかかって止まる。女神は膝を立てて股を開くと、ぐしょぐしょに濡れた陰唇を僕に見せつけた。

「あなたが射精するのは、ここです」

女神の指が濡れた秘所を開く。くぱぁ、と開かれたま×こは綺麗なピンク色で、いやらしくてらてらと光っていて、まるで僕のち×ぽが挿入されるのを待ち望んでいるようで、

「私のいやらしいおま×こに、突っ込んで、かき回して、射精してください」

僕は吸い寄せられるように女神のスカートに頭を突っ込み、すでに愛液でぐしょぐしょに濡れている彼女の秘所に顔を近づけた。

「どうですか？　お汁が溢れて……あなたのものがほしいって、うずいているんです……」

「うん、わかるよ。愛液でとろとろに濡れていて、すごくいやらしいよ。……挿《い》れたい。早くここに挿れたい。挿れていい？　もう挿れていい？」

「いいですよ。挿れてください。焦らないで、ゆっくり味わって……」

ミルフィが優しく促すが、童貞の発情がその程度で落ち着くはずがない。

僕は自分のイチモツを握りしめると、女神の濡れた秘部にあてがい、腰を突き出して、ぬるりと滑って、もう一度秘部にあてがい、腰を突き出して――。

「あ、あれ……？」

「焦らないで。ここですよ……」

女神の微笑をたたえたミルフィが、僕のイチモツを優しく撫でて導く。女神の手に支えられたペニスの先端が、彼女の入り口をつんつんとつついた。

「そこです。先っぽが当たって……あぁぁ……」

先端が軽く触れただけなのに、ミルフィは感じているようだ。触れただけで喘ぎ声を上げるなんて……僕のものが全部入ったら、彼女はどんな反応を示すのだろう？　女神の痴態を想像してペニスをさらに硬くした僕は、ミルフィに誘われるまま腰を押し進め――。

「そう、そこ、そこ……ああっ！　入ってくる、入ってくるぅ！」

「こ、これが、おま×この中……熱くて、ぬるぬるで、やばい……」

「まだです……。もっと深く、根元まで入れて……」

ミルフィに言われるがまま、僕はガチガチに勃起したものを押し込んでいく。

亀頭から、柔らかい肉をかき分けて奥へと進む感触が伝わってくる。膣の中は柔らかくてねっとりとしていて、ち×ぽに絡みつくように締め付けてきて……。

「おち×ちんがびくんびくんって震えてますよ。もうイキそうなんですか？」

「だって、ミルフィの中が気持ち良すぎて……。やばいって、これ、本当にやばいんだって！」

女神の膣が特別なのか。それとも女の子なら誰もがこんなに凄いものを持っているのか。僕は初めての感触を味わい尽くすべく、快感に耐えて腰を進めた。ずぶ、ずぶ……。

こつん。押し込んだペニスが何かに突き当たり、ミルフィがビクンと身震いした。

もしかして、今のが子宮口ってやつか？　だとしたら……。

「んんっ……一番奥まで、届きましたね……」

「そう、みたいだね。根元までずっぽり入っちゃったよ」

「じゃあ、次は動いてみてください……」

「いやいやいや！　こんなにぬるぬるで、温かくて、ぎゅうぎゅうに締め付けてくるま×こで動いたりしたら、あっという間にイッちゃうから！」

「イッていいんですよ。私のま×こで、好きなだけ気持ちよくなってください」

すべてを包み込むような、慈愛に満ちた女神のお言葉。そうか、気持ち良くなっていいんだ。好きなだけ射精していいんだ。僕は女神の愛に応えるべく思うがままに腰を動かし始めた。

「ふあっ！　あっ、あっ、あっ、すごい、激し……！」

「ご、ごめん。でも、腰が止まらないっ！」

「いいんです。もっと激しく突いて！　私で気持ち良くなってください！」

ち×ぽを出し入れするたびに、ミルフィの膣肉がしゃぶりつくように絡みつく。愛液がじゅぶじゅぶと音を立て、膣襞《ちつひだ》が僕のものをしごき上げる。こんなの……気持ち良すぎるだろ！

リアルな肉の喜びを貪るように僕は無我夢中で腰を突き動かした。

「これがおま×こ……じゅぶじゅぶでとろとろで、僕のものにしゃぶりついてくる……」

「あなたのおち×ちんも、素敵です……。ガチガチに硬くて、燃えるみたいに熱くて、こんなすごい物にかき回されたら、私……」

「お、僕のち×ぽが、気持ちいいの？　僕ので気持ち良くなってくれてるの？」

「はい……いいです……。あなたが、一生懸命してくれるのが、嬉しくて……。だから私も、すごく感じて……あっ、ふあぁ！」

女神ミルフィが僕の拙《つたな》い腰使いで感じてくれている。それが嬉しくて、僕のペニスは彼女の膣内でさらに太く硬くなった。

「もっと動いて！　奥まで突いてぇ！　あなたのおち×ちんをいっぱい感じさせてぇぇぇ！」

「わかった。動くから。がんがん突いて、気持ち良くするから！」

「あっ、あっ、あっ、ひあっ！　激しくなって……奥までこすれて、ふあぁぁぁ！」

とろとろの膣が、僕のち×ぽをきゅうっと締め付ける。感じてるんだ。僕のち×ぽで感じて、ま×こがきゅうっとなったんだ！　僕がひと突きするたびに、生《なま》ま×こがきゅうきゅうと肉棒を締め付けてくる。まるで、おま×こが僕のち×ぽをしゃぶりつくそうとしているように。

「あっ、あっ、あっ！　おち×ちん、びくびくしてる……。イクんですか？　精液ぴゅるぴゅるって出したいんですか？」

「出したい！　出したい！　女神の生ま×こに精液出したいっ！」

「いいですよ、出して。私ももうイクから、もうすぐだから、いっしょに最後まで――」

「わかったよ！　いっしょに、いっしょに最後まで、いっしょに！」

「あっ、あっ、ひぁぁ！　私もう、い、イク……もう、イクぅ……」

「僕も、僕もイク、イクイクイク、イク――!!」

「あ、あああああああああああああっ!!」

どくっ、どくっ、どくっ。全身を貫く絶頂に身を震わせながら、僕はミルフィの最奥にありったけのザーメンを吐き出した。すごい……人生初の中出し……最っ高ぅぅぅに気持ちいい!!

三十五年間守り続けてきた童貞を喪失して、僕は三十五年分の精を彼女の中に解き放った。

大量のザーメンを受け止めたミルフィは、びくっびくっと快感に身を仰け反《の》らせ《ぞ》……そのままぐったりと横たわった。

——これが、セックス。

催眠を手に入れた僕は、これからはいつでもこんな思いを味わえるんだ。

異世界転生って、最高だな！

「大人の階段を昇ってしまった……」

最高の初体験を終えた僕は、心地よい恍惚と気持ちいい達成感を抱きながら、地面に横たわる半裸の女神を見下ろしていた。

……こんなに綺麗な人と、セックスをしてしまった。

事を終えてズボンとパンツを穿き直した僕は、はだけたドレスで胸と秘部をあらわにしている女神から目が離せずにいた。おそらく二度と会うことはないだろう初体験の相手を……美貌の女神のあられもない姿を、僕は目に焼き付ける。

不意に、女神がぽつりとつぶやいた。

「……私としたことが、不覚でした」

どうやら催眠が解けたらしい。しかもその間、自分が何をしたのか、ちゃんと覚えているようだ。

「僕のことを軽蔑するかい？」

自然と僕は尋ねていた。自分のしたことを後悔はしていないし、転生してからも何度だって同じことをやる気でいるけど、それでも何となく、僕は聞かずにはいられなかった。

女神は横たわったまま、はだけた服を直しもせずに、けだるそうに答えた。

「いいえ、あなたを非難するつもりはありません。あなたに催眠の力を与えたのは私で、こうなることは予想できたのに警戒を怠ったのも私ですから」

女神らしく誰も恨まず、ミルフィは僕を見て穏やかに微笑んだ。

「……それに、一生懸命腰を振る童貞のあなたはとても可愛かったですから」

童貞男が年上で余裕のあるお姉さんと初体験したら、こんな気分になるのかな？　愛のある女神の微笑みに、僕は無性に気恥ずかしくなって、そんなことを思ってしまった。

――ぼうっ、と、黒い空に赤い炎が灯った。

「あの炎が異世界の入り口です」

女神がつぶやき、僕はどんどん近づいてくる炎を見つめる。

「それでは、今度こそあなたを異世界に転送しま――」

「あ、ちょっと待って。こっち見てくれる？」

「はい、なんでしょう」

僕は催眠アプリを起動すると、スマホの画面を女神に見せた。

「あ……」

美貌の女神はとてもうっかりさんだった。

催眠にかかって目のハイライトが消えた女神に、僕はささやく。

「女神ミルフィにお願いがあるんだ。聞いてくれるかな？」

「……はい、なんでしょう？」

「僕の体を女体化できるようにしてくれ。僕の指と股間を触手に変えられるようにしてくれ。触れただけでどんな女もメロメロにする痴漢テクニックを僕に授けてくれ。僕の体を透明人間になれるようにしてくれ。決定的瞬間を盗撮できるカメラを僕にくれ。オークを召喚できる魔法を僕に授けてくれ。どんな女も淫乱《いんらん》になる媚薬を僕に与えてくれ！」

「……わかりました。その願い、すべて叶えましょう」

空中で無数の光が輝き、僕のスマホへと吸い込まれていく。

スマホを確認すると『催眠』の他に新たなアプリ『女体化』『触手』『痴漢』『透明人間』『盗撮』『オーク召喚』『媚薬』が追加されていた。これぞエロゲスキルのオールスター。余は満足じゃ。

「ありがとう」

女神ミルフィに感謝して、僕は立ち上がる。

空から落ちてきた赤い炎が、火の玉になって僕の体を包み込む。炎に包まれた僕の体は、指先がみるみる分解されて砂状に溶けていった。分解は指先から手のひらへ。手のひらから腕へ。髪の毛が、つま先が、微細な粒となって溶けて消えていく。

消えゆく中で、僕は横たわる女神を……僕の初めての女性を見つめた。

最高だった。こんな気持ちいいセックスがこれからいくらでもできるのかと思うと、わくわくが止まらなかった。

「それじゃ、行ってくるぜ！」

愛しい女神に出発の挨拶をして、僕は消滅した。

——ご武運を。

女神の声が聞こえた気がした。

第一話　透明人間と奴隷エルフ

目覚めると、僕は着古したジャージ上下という出で立ちで、地面に大の字になって寝転がっていた。

ガラガラと車輪の音を響かせて、僕のすぐ横を馬車が走り抜けていく。あわてて跳ね起きた僕は、通り過ぎた馬車を振り返って……。

……いや、馬車じゃない。馬ではなく、ダチョウのような巨大な鳥が荷車を引いていた。

周囲を見渡せば、視界に広がるのは石造りの建物が並んだいわゆる「中世ヨーロッパ風の町並み」。どうやらここは都市のようだ。服装、背格好、肌の色に髪の色まで様々な人種が行き交い、喧噪《けんそう》を作り出している。道路脇の屋台では用途不明なアイテムやら謎肉の串焼きやらが雑多に売られ、遠くを見れば街の中央に巨大な樹が雲を突き抜けんばかりにそびえ立っていて……。

この景色。この雰囲気。間違いない。ここは異世界だ。異世界に転生したんだ！

「いいいぃぃいやっほおおぉぉぉぃい！」

歓喜のあまり拳を突き上げた僕は……周囲の白い目に気づいて、そっと手を下ろした。

さて、異世界に転生したら何をするべきか。決まってる。まずは冒険者登録だ！

異世界転生した僕のチートで無双な冒険生活が、ここから始まるんだ!


「いらっしゃいませ。冒険者ギルドへようこそ!」

道行く人に場所を尋ねてどうにか冒険者ギルドまでたどり着いた僕は、建物に足を踏み入れるなり、職員らしき制服を着たおねーさんに声をかけられた。

「冒険者ギルドにどのようなご用でしょうか?」

「『どのようなご用か』だと? ふっ、聞くまでもない」

僕は中二病全開で格好良くポーズを決めると、前髪をふわさと掻《か》き上げて高らかに叫んだ。

「僕は女神とエロゲに導かれし男、瀬能倫也《セノウトモヤ》! 地位と名声と麗しのハーレムを手に入れるため、僕は冒険者としてこの地に降臨――」

「冒険者の新規登録ですね。では、あちらの三番窓口で手続きをしてください」

「あ、はい」

受付に指示された僕は、そそくさと三番窓口へ移動する。なんか想像してたよりずっとシステマティックだな……。

僕が訪れた冒険者ギルドの様相は、簡単に言うと「酒場兼銀行の受付」だ。店内には丸いテーブルがいくつも並び、冒険者らしき人たちが騒がしく飲み食いしている。

壁にはクエスト依頼が張り出された掲示板があり、掲示板の隣は窓口になっていて、ギルド職員らしき制服の女性がカウンター越しに若い男と談笑している。クエスト達成の報酬だろうか、男は銀色の硬貨を数枚手渡されていた。

うわぁ、この「冒険者の酒場」な感じ、すごくファンタジーRPGっぽいなぁ。

などと異世界な雰囲気にわくわくしながら、僕は指示された窓口に声をかけた。

「えっと、冒険者の登録をしたいんですが」

「はい。新人の方ですね」

明るくハキハキした声で応対したのは、つり目がちの気の強そうなおねーさんだ。

ギルド職員なのだろう、長い髪をアップにした制服姿の彼女は、接客を担当するだけあってかなりの美人だが……。そんな彼女の胸元に、僕の視線は釘付けだった。

……でかい。サイズはGカップ……いや、H……もしかするとIかもしれない。

他の職員はきちんと制服の襟を閉めているのに、なぜか彼女だけは襟元を開けていて、胸の谷間がやたらと強調されていた。わざとか？　わざとなのか？

はっきり言おう。この魅惑の谷間に視線がいかない男はいない！「ででん！」と露出された迫力ある谷間を凝視していると、受付のおねーさんは赤い手帳を取り出して僕の前に置いた。

「登録手続きを行いますので、手帳の上に手を置いてください」

手帳の大きさはパスポートとほぼ同じ。見た目はごく普通のシステム手帳に見えるけど……。表紙に金色で描かれた幾何学模様は、もしかして魔法陣？

言われた通り手帳に手を置くと、表紙の魔法陣が柔らかな光を放ち始めた。

「これは……」

「あなたの身体データを手帳に登録しています。この『冒険者手帳』はあなたの身分証になりますので、常に携帯するようにしてください」

魔法で身分証明証を作るとは、さすが異世界。なんでもアリだな。

「登録が完了するまで時間がかかりますので、その間に冒険者システムについて説明させていただいてよろしいでしょうか？」

「あ、はい。お願いします」

顔を上げた僕は、健全な青年男子らしくごくごく自然に、受付嬢のおねーさんの迫力あるおっぱいに釘付けになった。

「まず冒険者はレベル1から始まり、経験値を貯めることでレベルアップしていきます――」

……大きいおっぱいだな……これは揉みごたえがありそうだ……。

「経験値は、モンスターを倒したときに手に入る『魔石』と交換です。強いモンスターを倒すほど、手に入る魔石は大きく、純度が高くなり――」

すっげー柔らかそう。感触はぷにぷに？　それともふにふに？　ああ、揉みたい……。

「冒険者の職業は戦士、盗賊、魔法使い、僧侶の四系統で、規定の条件を満たすと上位職の――」

これだけ大きかったらパイズリだって簡単にできるよな？　爆乳パイズリ。催眠アプリを使って命令しちゃおうかな。ぐへへへ。そのでかい胸で僕のモノを挟んでしごくんだよ。おら、口も使って僕を気持ち良くさせるんだ。なーんちゃって。うへへへ。

「――説明は以上になります。よろしいですか？」

「あ、はい。わかりました」

しまった。おっぱいに心奪われて全然聞いてなかった。……ま、雰囲気的にベタな感じの異世界ファンタジーっぽいし、説明を聞かなくてもきっとなんとかなるだろ。楽勝楽勝。

「冒険者手帳の登録が完了しました。手帳を開いて中身を確認していただけますか?」

おねーさんに指示されて手帳を開くと、一ページ目に僕の顔写真、氏名、年齢。二ページ目に職業、レベル、能力値が記載されていた。

すごいな。名前や年齢の他に顔写真まで印刷されるのか。魔法便利すぎだろ。

ていうか、この顔写真、若すぎないか? これは僕が高校生ぐらいのときの顔だろ。当時は童顔だとよく言われたけど、三十五歳になった今では可愛さの欠片《かけら》も残ってないよ。

「まずは内容に間違いや記入漏れがないかご確認ください」

僕は記入内容に不備がないか確認しようとして、そこでふと思った。手帳に書かれている文字は日本語じゃないのに……この世界の文字なのに、ちゃんと読めるぞ。

「そういえば、今、僕は日本語でしゃべってるよね?」

「ニホン語? いいえ。とても流ちょうなエミル語ですが」

「エミル語?」

「はい。サクラ王国の公式言語であるエミル語……ですよね?」

おねーさんが不思議そうに尋ねてきたので、僕は「ああ、そうそう、そのエミル語」と適当に相づちを打ってごまかした。

なるほど。ここはサクラ王国で、共通言語はエミル語と呼ばれているのか。

女神の力で異世界転生した僕は、日本語を読み書きできるのと同じレベルでエミル語を扱えるようだ。異世界転生のお約束ではあるけど、さすがは女神、至れり尽くせりだな。

それにしても「サクラ王国」か。まるで日本人が考えたような名前だな……。なんてことを考えながら、僕は手帳に記載されている内容に目を通す。

名前：セノウ・トモヤ　年齢：十八歳

「十八歳!?　ちょっとこれ間違ってて――」

おねーさんに誤記を伝えようとした僕は、そこでふと手帳の顔写真を見て、「もしかしたら」と思い、自分の顔をぺたぺたと触りまくった。……肌がゆで卵のようにぷるぷるで張りがある。これは毎朝鏡で見ている疲れ切った三十代の顔じゃない。

「ちょっと聞きたいんだけど、僕って何歳ぐらいに見える?」

「はい?　そうですね、十六、七歳くらいでしょうか」

やっぱりそうだ！　異世界に転生して僕の体が若返ったんだ！

十八歳と言えば、念願の18禁ゲームを堂々と買えるようになって、毎日エロゲでオナニーしまくっていた精力絶倫時代！　エロゲ的ハーレム生活を目指す僕にとって、これ以上の肉体はない！

女神も粋なことをしてくれるぜ！

ニヤニヤが止まらない僕は（受付のおねーさんがどん引きしているけど気にせずに）、さらに手帳を読み進めて「職業」「レベル」「能力値」の欄に注目した。能力値……すなわち、今現在の僕の強さだ。異世界転生した僕の、冒険者としての実力がいま明かされる！

名前：セノウ・トモヤ　職業：戦士
レベル：1（経験値：0ポイント）
筋力：E　知力：E　信仰：E　敏捷：E　魅力：E　幸運：E
特殊技能：スマホのアプリを使うことができる

「……能力値が、全部E？」

「能力値はS、A～Fの七段階で表記されます。Eは下から二番目なので、あなたはこれといった長所がない凡庸な能力値のようですね。全部の能力値が同じ値なので一番無難な職業『戦士』になったようです。大丈夫、ステータスが低くても生きていればいいことありますよ」

おねーさん。やっと事務的なこと以外も話すようになったと思ったら、意外と毒舌だ。

「あ、でもＨ　Ｐ《ヒットポイント》はかなり高いですね」

おねーさんに指摘され、僕は能力値欄の下方へと視線をずらす。そこにはＨＰとＭ　Ｐ《マジックポイント》の現在値と最大値を示すように「ＨＰ：１００／１００　ＭＰ：０／０」と記されていた。

「ＭＰがゼロ……」

「魔法の適性はないみたいですね。でもＨＰが高いのはいいことですよ。体力《スタミナ》があるとモンスターから逃げるときに有利ですから」

「どうして僕が逃げるって決めつけてるの？」

ちなみに後で知ったことだけど、レベル1冒険者の平均的なHP値は10前後であるらしい。僕の体力は平均の十倍……こういうのも絶倫と言っていいのかな？

「それから特殊技能ですが……。こんな技能は初めて見ました。スマホって何でしょう？」

おねーさんが首を傾げているが、ようするに、この技能がない僕以外の人間にはスマホのアプリが使用できないということだろう。エロゲ能力を使えるのは僕だけの特権なんだ！

「この冒険者手帳がないとクエストが受けられないほか、冒険時に様々な不都合が生じます。再発行には時間がかかりますので紛失しないように気をつけてください」

一通り説明を終えたおねーさんが「何か質問はありますか」と尋ねてくる。僕が首を振ると、

「説明は以上となります。……で、これからどうする？　さっそくクエストに挑戦してみる？」

一仕事を終えたおねーさんが、いきなり砕けた口調になった。

今までの事務的な感じは仕事モードで、たぶんこっちが素なのだろう。明るくてフレンドリーなおねーさんに、僕はどう答えるべきか考えて……。

「……いや、クエストはまた今度にするよ。その前にやりたいことがあるんだ」

「やりたいこと？　キミは冒険者になって、まず最初に何をしたいのかしら？」

「奴隷を買いたい」

「……ん？　ごめん、もう一回言ってくれる？」

「冒険に出る前に、美少女の性奴隷を買いたい」

「んー。なるほど」

笑うでもあきれるでもなく、粛々《しゅくしゅく》と事実を受け入れるおねーさん。

「ちなみに、キミは何がしたくて冒険者になったの？」

「もちろん、僕だけの美少女ハーレムを作るためさ！」

そう、それが異世界に転生した僕の生きる目的！　エロゲに生き、エロゲに死んだ僕にとって、ハーレムエンド以上にふさわしい人生の目標があるだろうか！　いやない！

「ときにおねーさん。お名前は？」

「私？　私の名前はカロンだけど……」

「カロン。キミが望むなら、僕のハーレムに加えてやってもいいゼ！」

「あははー。遠慮しとくわー」

最高のキメ顔で誘ってみたけど、笑ってスルーされた。

「……僕が言うのも何だけどさ。僕みたいなやつにも平然と対応するカロンってすごいね」

「自分でそれ言っちゃう？」

明るく笑うカロンは、「この仕事やってるといろんな人を見るから」と変人に耐性がついている理由を語ってくれた。冒険者ギルドの受付って大変なんだな……。

「それじゃ、今日から私が君の担当だから。クエストを受けたくなったら私に声をかけてね」

カロンが笑って手を振り、用が済んだ僕も手を振りながら窓口を離れ――ようとして、くるりと回れ右をした。

「ところでカロンに聞きたいんだけど。性奴隷ってどこへ行けば買えるかな？」

僕が心の底から敬愛している偉人――とあるエロゲの鬼畜な王様は、相棒である性奴隷の美少女とともに冒険の旅をして数々の伝説を後世に残した。そんな鬼畜な男に憧《あこが》れる僕が性欲処理用の美少女奴隷を欲するのは、当然の成り行きと言えるだろう。

かくして僕は、気弱で従順でエロエロな美少女性奴隷を求めて人身売買区画――通称「奴隷市場」へと足を踏み入れた。

奴隷市場……。エロゲ脳を震わせる、実にロマンあふれる甘美な単語だ。期待に胸を膨らませながら、僕はカロンから教わった道順を頼りに魅惑の市場へと歩を進める。

――その場所は予想に反して、大勢の人で賑《にぎ》わう開放的な市場だった。

奴隷市場という響きから陰気で怪しい雰囲気を想像してたけど、とんでもない。有名建築家がデザインしたような凝《こ》った外観の建物が建ち並び、店の前で身なりのいい客引きが「奴隷を買うなら当店で！」と元気な声で道行く人々を勧誘している。

往来で札束のやり取りをしていたり、首輪をつけた若い女が荷馬車に乗せられてゴトゴト運ばれていたり、野外ステージで奴隷オークションが行われて入札希望者が金額を叫んでいたり……。奴隷市場は表通りに負けないくらい……ある意味では表通りをも超える熱気に溢《あふ》れていた。

「奴隷市場もここまで堂々とやられると倫理観が麻痺してくるな」

郷に入っては郷に従え。人身売買は見ていて気持ちのいいものじゃないけど、これも美少女性奴隷を手に入れるためだ。僕はしかたなく、ほんとーにしかたなく、苦渋の思いでこの世界のルールに従うことにした。さぁて、どの子を奴隷にしようかなっ♪

「そこのお兄さん。見かけない顔だね」

るんたったと浮かれて歩いていると、客引きらしい若い男に声をかけられた。

「新人冒険者かい？　ならうちの奴隷を見ていかないか？　今なら価格も勉強させてもらうよ」

「ほほう。それじゃ、見せてもらおうかな」

こうして声をかけられたのも何かの縁だ。僕はホイホイと男の後に続いて路地裏に入り……かけたところで、落ち着いた声に呼び止められた。

「路地裏で身ぐるみ剝《は》ぐおつもりですか？　場慣れしていない素人を騙《だま》すのは感心しませんね」

「ああん？　いちゃもんつけてんじゃねーぞコラ」

客引きはガラの悪い物言いで振り返り……すぐに顔面蒼白になった。

「こ、これはリプリーの旦那！　いやだなぁ、俺は何も悪いことはしてませんよ」

「悪党は皆、そう言うのですよ」

穏やかに語る男は、黒のタキシードにシルクハット、蝶ネクタイにマント、白い手袋に黒いステッキを身につけ、顔の上半分を仮面で隠していた。怪しさマキシマムな風体に、僕は「どう見てもお前の方が悪党だろ」と心の中でツッコミを入れる。

「奴隷市場の風紀を乱す行為は私が許しません。早々に立ち去りなさい」

「し、失礼しました～！」

仮面の男に凄まれて、若い客引きはほうほうの体で逃げていく。これは……強盗に遭いそうだったところを助けられた、ってことでいいのかな？

「えーと……よくわからないけど、どうやら助けられたみたいだね。ありがとう」

「いえいえ。奴隷市場を健全に保つのが私の仕事ですから。どうぞお気になさらず、心ゆくまで人身売買をお楽しみください」

仮面の男は恭《うやうや》しく頭を下げると、そのまま立ち去ろうとして、

「ちょっと待った！」

僕に呼び止められて立ち止まった。

「何かご用でしょうか？」

「えっと……リプリーって言ったか？　この辺りじゃ有名人のようだけど」

「はい。奴隷市場の顔役のようなことをさせて戴いております」

顔役……つまり現場責任者か。

「実はここに来たのは初めてで、勝手が良くわからないんだ。良ければ信頼できるオススメの奴隷商人を教えてほしいんだけど」

「そういうことでしたら、うってつけの者がおります」

仮面の男はシルクハットを脱ぐと、胸に手を当てて大仰に一礼した。

「お初にお目にかかります。奴隷商人のレプリカントと申します。自画自賛で恐縮ですが、この市

場で私以上に信頼できる奴隷商人はおりません」

「あなたは幸運でいらっしゃる。常連のお客様以外で、私が直接接客することは滅多にないのですよ？」

仮面の男リプリー――奴隷商人レプリカントに案内された僕は、大仰な高層の建物へと招き入れられて、入り組んだ廊下を歩いていた。

「この建物は、いわば奴隷のショールームです。お客様にはこちらで奴隷を検分していただき、気に入ったものをお買い上げいただきます。ときに、お客様は冒険者でいらっしゃいますね？」

「冒険者だと何か問題でも？」

「いいえ、滅相もございません。お代さえきちんと支払っていただけるなら、私はどなたとでも取引させていただきます。……お代さえ払っていただければ」

どうやらリプリーは、僕がちゃんと金を払えるか知りたいようだ。

支払い能力を確認するのは商売人の鉄則。無一文が相手では商売にならないからね。

だが安心しろ。僕には女神から授かった催眠アプリがある。催眠アプリでお前を言いなりにして奴隷をタダにしてもらえば、支払いは何の問題もない。

「金のことなら心配しなくていい。全部僕にまかせてくれ」

「これは心強いお言葉。わかりました。お客様を信用いたしましょう。ええと――」

「僕の名前は瀬能倫也だ」

「それではトモヤ様。こちらの部屋にお入りください」

そうして通された部屋は、家主の財力を誇示するかのような、見るからに高級な調度品が並んだVIPルームだった。

だが、きらびやかな高級家具よりも僕の目を引いたのは、この部屋の壁だ。

壁一面がガラス張りになっていて、向こう側が――隣の部屋が透けて見えるようになっている。

壁の向こうには、首に黒い首輪をつけた様々な人種・種族の美女がずらりと並んでいて、新たなご主人様となるかもしれない僕に熱い視線を注いでいた。

ちらりと見ただけでも、黒髪清楚な正統派美少女、むっちりした体がエロい巨乳熟女、健康的な褐色肌のボーイッシュ少女、低身長無表情なつるぺた幼女、ネコミミと尻尾があるケモノ美少女まで いて……突如出現した美少女動物園を前に、僕は圧倒されて言葉を失ってしまった。

「この者たちが、私が所有する最高級奴隷です。この中からお好きな娘《こ》をお選びください」

「こ、この美女たちの中から、好きな子を選んでいいのか？」

「はい。ちなみに私のオススメはこちらのサキュバスです。彼女と共に一夜を過ごせば、この世のすべての快楽を味わうことができるでしょう」

リプリーが示した女性は、ビキニのような革製の服を着た、豊満なバストが目にまぶしい巨乳美女だった。羊の角が頭に生えている、スタイル抜群の妖艶な悪魔っ娘《こ》だ。

ガラスの向こうにも声が届いているのだろう。悪魔っ娘は前屈みになって胸の谷間を強調すると、僕に向かって投げキッスをした。やばい！　この悪魔っ娘めちゃめちゃエロ可愛い！

「冒険のお供ということであれば、身体能力に優れた人狼族はいかがでしょう。柔軟な体と底なしの体力は、戦闘でも夜の奉仕でもご満足いただけることをお約束します」

次にリプリーが示したのは、ビキニのような毛皮の服を着たつるぺたの幼女だった。犬っぽい垂れ耳が頭に生え、もふもふの尻尾をぱたぱた振っている、ふわふわの髪の毛とくりくりの瞳が愛らしいケモミミ娘だ。

ケモミミは何にも勝る大正義！　ガラス越しにケモミミ娘が上目遣いで僕を見つめてきて……そんな目をされたら、甘やかしたくなるじゃないか！

まいったぞ。どっちも良すぎてこれは悩む……うーん……。苦悩しながらリプリー推薦の奴隷娘を観察していた僕は、そこで部屋の隅にぽつんと立っている一人の少女に目を留めた。

無愛想な顔で目をそらしているその少女は、均整の取れたスレンダーな体型で、すらりと伸びた手足、細くくびれた腰、ささやかな胸の膨らみ、小顔で整った顔立ち、ぱっちりとした気が強そうな瞳、輝くような金色の髪をツインテールにまとめていて……。

……そして、耳が尖っていた。

「エルフ……」

「これはお目が高い。その娘は本日入荷したばかりの新顔で、誉れ高き森の民――ハイエルフの一族です。その身に宿した魔力の量は、最高レベルの冒険者にも匹敵するでしょう」

リプリーが説明をしている間も、僕の目はエルフの少女に釘付けになっていた。

美少女、貧乳、金髪、ツインテ、エルフ……彼女の見た目は、エロゲをプレイしていて僕が必ず好きになるヒロインの要素をことごとく兼ね備えていた。

――僕の理想のヒロイン像があるとすれば、こんな子に違いない。

「……ですが、その者はオススメできません。初めて買う奴隷としては不向きかと存じます」

「それはどういう意味だ？」

「本日入荷したばかりで、まだ調教を始めていないのです。……ルル。お前のご主人様になるかもしれないお方だ。挨拶しなさい」

ルルと呼ばれたエルフの美少女は、リプリーに命令されてぷいっとそっぽを向いた。

「ご覧の通り、とても反抗的でトモヤ様の手に余るでしょう。一ヶ月お待ちいただければ、従順な牝奴隷としてご提供することもできますが……」

「いや、今すぐほしい」

即答する僕。だって今の反応を見ただろ？　この子、すごくツンツンした性格なんだよ！　美少女、貧乳、金髪、ツインテ、エルフ、そしてツンデレ！　エロゲヒロイン要素の役満だ！

「この子がいい！　この子以外に考えられない！　このエルフを僕に売ってくれ！」

「……承知いたしました。では別室にご案内いたしますので、そちらでしばしお待ちください」

奴隷商人が恭しく頭を下げ、僕の初めての奴隷売買は交渉成立となった。

初めて風俗に行ったらこんな気分になるのだろうか。無人の待合室でふかふかのソファに座っている僕は、指名した美少女が現れるのをドキドキしながら待ち構えていた。

もうすぐ理想の美少女奴隷エルフが僕のものになる。エルフを手に入れたらどんなプレイをしよう。触手に犯されるエルフ……オークに犯されるエルフ……いや、まずは嫌がるエルフを媚薬でエロエロにして、催眠で僕にご奉仕させて……。ああ〜、夢が膨らむなぁ〜。

「それにしても遅いな」

準備に手間取っているのだろうか。なかなかリプリーが現れなくて、妄想しながら待つことしかできない僕はだんだんと気が急いてきた。

「……こっちから様子を見に行ってみるか」

待ち続けることに我慢できなくなった僕は、思い切って部屋を出てみることにした。部屋から出るなと言われているが、少しぐらいなら構わないだろう。

念のため部屋の外で鉢合わせしてもごまかせるように、スマホのアプリを起動しておくか。

今回僕が起動するのは――「透明人間」アプリ。

透明になれば部屋の外を出歩いても気づかれない。侵入と探索にうってつけのスキルだ。

意気揚々とアプリを起動すると、直後にメッセージが表示された。

『透明人間になった後、画面を再度タッチすると透明化が解除されます。透明化しますか？』

メッセージの下には「はい」「いいえ」のボタンが表示されている。

なるほど。透明人間から元に戻るにはスマホの画面をタッチすればいいのか。了解了解。メッセージを読んだ僕は、迷わず「はい」のボタンを押下した。

直後に、すうっと僕の体が透けていき、一秒ほどで完全に透明になった。

おおっ！　本当に透明人間になったぞ！　このアプリはすごいな。着ている服まで透明になるのか。でも、スマホまで完全に透明になっていて、これじゃ画面を操作することができない……。そうか。スマホが透明になると画面が見えなくなって思うように操作ができないから、「画面をタッチする」という大雑把な方法で透明化が解除される仕様なんだ。

僕が一人で納得していると、唐突に部屋の扉が開いた。

「トモヤ様。お待たせいたしました——おや？」

入室してきたのは仮面の男リプリーと、黒い首輪をつけたエルフの美少女だ。透明になった僕が見えていないリプリーは、ぐるりと室内を見回して首を傾げた。

「おかしいですね。トモヤ様はどこへ行ったのでしょう？　探してきますから、ルルはここで待っていてください」

ルルと呼ばれたエルフの少女が、返事もせずにぷいっとそっぽを向く。そんな生意気な奴隷少女の顎をつかむと、リプリーは強引に自分の方へと顔を向けさせた。

「言っておきますが、下手なことは考えない方が身のためですよ。わかっていますね？」

「……わかってるわよ」

気の強そうな眼差しでエルフの美少女が仮面の男をにらみ返す。奴隷のくせに反抗的な態度を取るルルは相当プライドが高そうだが、そんな気位の高さも僕には好ましい。気の強い女を堕とすのも、エロゲの醍醐味だからね。むふふふ。

リプリーが部屋を出て扉が閉まると、すぐにルルは自分の首輪をつかんでどうにか外せないかと引っ張り始めた。だが、どうしても首輪は外れないようだ。ルルは首輪をあきらめると、部屋から抜け出そうと扉に手をかけて……鍵が掛かっていることに気づいて落胆した。

警告されたばかりなのに早くも脱走を試みるあたり、彼女もいい根性をしている。

……さて。透明人間になったまま、美少女エルフと二人きりで部屋に閉じ込められたわけだが。エロゲマスターを自称する身としては、この状況でやることは一つだろう。

――そう。悪戯《いたずら》ボディタッチだ。

透明人間が胸やお尻を触りまくり、触られた彼女は不思議な感覚に戸惑うが、為す術もなくされるがままになるという……まさに透明人間プレイの王道！　透明人間になったからには一度は体験したいシチュエーション。ここでやらない理由はない！

さっそく僕はルルに近づくと、手始めに彼女の綺麗な髪を手ですくい上げた。

サラサラの手触りが心地良い、光を反射して美しく輝く金色の髪。それを僕好みのツインテールにしているのだからたまらない。

ツインテールの感触に満足した僕は、いよいよ本番――正面からルルの腰に抱きつくように腕を回して、小ぶりだけど柔らかそうなお尻に手を伸ばした。さわっ。さわさわさわ。

「きゃっ！　な、何なの？　お尻がくすぐったい……」

ルルは腰を振って謎の感触を振り払おうとするが、その動きが妙に色っぽくて……たまらず僕は両手で彼女の尻をわしづかみにした。

「ひっ！」と悲鳴を上げるルルを気にも留めず、僕はむにむにと彼女のヒップを揉みしだく。柔ら

かくて弾力のある双丘は、おっぱいとはまた違う気持ちよさだ。もみもみもみ。

「な、何なの？　もしかして……お化け……？」

ファンタジー世界ならアンデッドモンスターぐらい普通にいそうな気がするけど、それでも怪談は怖いものなのだろう。ルルは見えない相手に怯《おび》えて強く抵抗することができずにいた。

怖くて動けないのなら好都合。透明人間のまま彼女の無垢な体を蹂躙《じゅうりん》するとしよう。僕はお尻から手を放すと、ルルの胸にパイタッチした。もみもみもみ。

「きゃあっ！　今度は胸が！」

「………小さい」

「誰が貧乳よ！　……って、今の声は誰!?　誰かいるの！」

思わず僕の口から感想が漏れてしまい、ルルが頬《ほお》を赤く染めて怒鳴り散らす。

……うーん。これが透明人間もののエロゲなら、体を触っているうちに女性が発情していやらしい反応を示すようになるんだけど。ルルは一向に気持ち良くなってくれなかった。

エロゲやAVなんてしょせんはフィクション。リアルで透明人間が痴漢をしても、こんな反応が返ってくるのが関の山か。現実は悲しいなぁ……。

いや、待てよ。僕には触れただけで女性を発情させるエロゲスキルがあるじゃないか。

――痴漢フィンガーテクニック。

そうとも。痴漢アプリを使って触りまくれば、女性は何が起こっているかわからないまま体が昂《たか》ぶり、アソコが愛液でとろとろになって、最後は透明な体の僕とセックスを……。

これだよ！　僕が透明人間に望んでいたのはこういうプレイだよ！

さっそく痴漢アプリを起動するべくスマホを取り出して……そこで僕は思い出した。透明人間アプリを起動したときに画面に表示されたメッセージを。

『透明人間になった後、画面を再度タッチすると透明化が解除されます』

つまり、いまスマホの画面を操作したら透明人間が解除されてしまう……。

なんてことだ！　これじゃ、透明人間でいる間は他のアプリを起動できないじゃないか！　まさか透明人間にこんな欠点があったなんて！

こうなったらしかたがない。このままの状態でやれるとこまでやってやる。エルフのお尻とおっぱいを堪能した僕は、他に何ができるか考えて……少女の端正な顔立ちに注目した。

間近で見るルルはまごうことなき美少女で、見とれるほどに綺麗だった。

整った面立ちも、透き通るような白い肌も、生意気で勝ち気な瞳も、くるくる変わる表情の豊かさも、すべてが僕好みだ。僕ってこういうツンデレ美少女が大好きなんだよなぁ……などと考えながらルルの目を、耳を、ほっぺたを、唇を……彼女の桜色の唇をじっくりと観察する。

ぷっくりと膨らんだ、柔らかそうなピンク色の花弁。

……気がつくと、まるで花の蜜に吸い寄せられるように、僕はルルにキスしていた。

ついばむような触れるだけの優しいキス。だけど、そんなかすかな接触をルルは感じ取ったようだ。ルルは驚き慌てて手で唇を隠した。

「な、なんなの？　いま、私……」

キスをしたと気づいて頬を赤らめるルル。そのウブな反応がたまらなく可愛くて、僕は……見えないのをいいことに彼女の頭を押さえつけて強引に唇を押しつけた。

「ふぐっ!? んんっ、んーっ! んーっ!」

口を塞がれたルルがじたばたともがくが、それでも僕は構わず唇を密着させる。桜色の唇はおもちのように柔らかく、絹のように滑らかで……僕は彼女の唇に夢中になった。

「んむぅ! んっ、んんーっ!」

目を見開いたまま必死に抵抗するルル。だが透明人間が相手では勝手がつかめないのか、彼女はもがくばかりで僕を引き離すことができない。僕はルルが抗えないのをいいことに、美少女エルフの唇に舌をねじ込んだ。

「ふぇっ!? なにか口に入って——んぷぅ、うう……」

美少女の舌に僕の舌を絡めていく。柔らかい舌肉がこすれあう感触が、たまらなく気持ちいい。僕は混乱しているルルの舌を舐め回して、唾液をたっぷり塗りたくった。

ああ……たまらない……。ディープキスがこんなに気持ちいいなんて……可愛い女の子と舌を絡めるのがこんなに興奮するなんて、僕は今まで知らなかった。

「んふぅ、あぅ……へんらよぉ……わらひ……あたまが、ぽーっとひれ……んうぅ……」

体に相性があるように、キスにも相性があるのかな? 時間をかけて舌を絡めていると、だんだんとルルの抵抗が弱まってきた。僕のキスで興奮して気持ちが昂ぶっているようだ。

「ふあっ! くちのなか、うごき、激しくなって……ふぁ……あふぅ……」

ルルの舌が、僕の舌を受け入れるように蠢《うごめ》いている。その事実が……美少女エルフが僕のキスで感じているという事実が、僕の股間を刺激する。

「ちゅむ……れろ、れろ……あんっ……なんれぇ……わらひ、こんな……ふぁ、ちゅく……」

ルルの腕が透明な僕の首に絡みつき、自らついばむようにしてキスを繰り返す。ぎこちない舌の絡め方に彼女のウブさが表れていて、僕はさらに興奮してしまった。

――ツンデレエルフ美少女が、僕に抱きついておねだりするように何度もキスをしている。

たまらない……こんな光景、たまらないよ……。

夢にまで見た光景に感動した僕は、彼女の細い腰を抱きしめて無意識に声を出していた。

「ちゅっ、ちゅむっ、ちゅっ……はぁはぁ……好きだ……好きだ……」

「えっ……」

驚きに見開かれたルルの瞳が、僕の目をまっすぐに見つめる。僕の目をまっすぐに……。

「…………あなた、誰？」

…………おや？

「……もしかして、僕のこと、見えてる？」

「見えてるわよ。てゆーか……」

我に返ったルルが僕の首に腕を絡めている自分に気づき、みるみる顔を赤くしていく。あ、これは恥ずかしくて赤くなっているわけじゃないな。これは怒りで赤くなってるパターンだな。

「へ、変態っっっ!!」

ばっちーん！　ルルにビンタされて、僕はたまらず彼女から手を放した。

「あ、あああああんた、私になにしたのよ！　そもそも、いつからそこに……」

「いってー。なんだよ、自分だって僕とのキスで興奮してたくせに」

「はぁ!?　わ、私はキスなんてしてないわよ！　興奮なんてしてないわよ！」

「よく言うよ。さっきはあんなに情熱的に舌を絡めて――」

「言うなあああぁぁぁぁ!!」

ぽこぽこぽこぽこ。両手をぐるぐる回して僕の胸を叩くエルフ少女。なにこの可愛い生き物。僕は落ち着いて彼女の腕をつかむと、顔を近づけてささやいた。

「だったら、本当に興奮しないかもう一度試してみる？」

「た、試すってなにを……」

「決まってるだろ。僕とのディープキスを――」

ごすっ！　調子に乗って迫る僕の後頭部がいきなり殴打された。痛む頭を押さえて振り返ると、そこにはステッキを棍棒代わりに振りかざす仮面の男リプリーが立っていた。

「お客様。商品に手を出されては困ります」

言葉遣いは丁寧だが、声には明らかに怒気が含まれている。ご、ごめんなさい……。

「ですが安心しました。ルルは気位が高いので性的な要求には上手く応えられないのではと危惧していましたが、どうやらトモヤ様との相性は良好なようですね」

「なっ……！　わ、私とこの変態の相性がいいわけないでしょ！」

「誰が変態だ。これでも僕は紳士だぞ」

「どこの世界にいきなり女性の唇を奪う紳士がいるのよ！」

僕の世界には結構そういう紳士がいるぞ。まあ、その場合「変態紳士」と呼ばれるけどね。

「お二人ともすっかり打ち解けたようで何よりです」

「「どこが！」」

僕とルルが同時に叫び、息がぴったりなことが許せないとばかりにルルが僕をにらみつける。こいつ、どんだけ僕を嫌ってるんだよ。

「それにしてもトモヤ様はどちらにいらしていたのですか？　ずっと探していたのですが……」

「ちょ、ちょっとトイレに……」

僕が目をそらしながら答えると、リプリーは明らかに納得していない様子で……だけど商談を優先したのか、それ以上深くは追及してこなかった。

「まあいいでしょう。ではトモヤ様。こちらの奴隷エルフの代金ですが……」

苦虫をかみつぶしたような顔をするルルをよそに、リプリーが値段交渉に入る。交渉なら望むところだ。僕はポケットからスマホを取り出すと催眠アプリのアイコンをタップした。

「交渉に入る前に、これを見てくれ」

催眠アプリを起動した僕は、画面に映し出された極彩色の光をリプリーに見せた。

「リプリーに命じる。そこにいる奴隷エルフを、タダで僕に差し出せ」

僕の命令を聞いたリプリーは、催眠の光をじっと見つめて……不思議そうに首をかしげた。

「なぜ私がタダで奴隷を差し上げなければいけないのですか？」

リプリーの冷めた声を聞いて僕はニヤけ顔のまま凍り付く。

――催眠が効いていない。

あわててスマホの画面を確認するが、ちゃんと催眠アプリは起動していた。でも、だったらどうしてリプリーは催眠にかからないんだ？

「珍しい品をお持ちですね。もっとよく見せていただけますか？」

困惑する僕の手をリプリーががっちりと摑《つか》む。い、痛い……なんだこの怪力は……。リプリーに摑まれた手首がミシミシ鳴って、今にも骨が砕けそうだ。

「先ほどの言動から察するに、このアイテムを使えば相手の心を操ることができるのでしょうか？新人冒険者に過ぎないあなたが、どうやって高級奴隷の代金を支払うのか興味があったのですが、よもや魔法の力で踏み倒すつもりだったとは……」

どうやらリプリーは僕が駆け出し冒険者で、ろくに金を持っていないと最初から見抜いていたようだ。僕はまんまとリプリーの手のひらで踊らされていたわけだ。

「いけませんね」と楽しげにささやきながら、リプリーが僕の腕を締め上げる。痛い痛い！

「値引き交渉ならば望むところです。有利に交渉するために策を弄するのもいいでしょう。ですが、不正はいけません。私のような裏社会の人間を相手にそんなことをしたら……殺されても文句は言えませんよ？」

仮面の奥の瞳が冷たく光り、僕は背筋がゾッと震えた。痛みと恐怖で僕はスマホを取り落としそうになるが……。ダメだ。スマホだけは手離すな。これだけは絶対に手放しちゃいけない。

「ふむ。このアイテムがよほど大事なようですね。いいでしょう、ならば交渉です。このアイテムを私に譲るなら、今回は見逃してあげましょう」

「スマホをよこせだと？」

「そのアイテムは『スマホ』と言うのですか？　ええ、そうです。私はレアアイテムを集めるのが趣味なのです。私はそのスマホに大いに興味があります」

「断る」

エロゲの力は絶対に渡さない。僕はこの力でハーレムを作ると決めたんだ！

「……どうしても手放したくないようですね。ならば」

どういう手品なのか。リプリーが持っていた杖が、一振りした瞬間、細身の剣に変化した。

「あなたの腕を切り落として、スマホを手に入れることにしましょう」

まるで大根でも切るように、平然と剣を振り上げるリプリー。まさか本気で……！

「ま、待ってくれ！　騙そうとしたことは謝る！　スマホは渡せないけど、他のことなら……」

「残念ですが、私はそれにしか興味がありません。腕を失いたくなければ、おとなしくスマホを渡しなさい」

「断る」

「では、その腕ごと頂戴いたします」

抵抗できない僕の肩口へ、リプリーはためらいなく剣を振り下ろし――。

「待って!!」

室内に声が響き、肩に当たる寸前でリプリーの剣が静止して、僕の全身からどっと汗が噴き出した。剣が止まるのがコンマ一秒遅れていたら、僕の腕は切り落とされていた……。

リプリーは、叫び声の主であるルルをにらみつけた。

「お願い。その人を殺さないで」

「なぜですか？　あなたにこの男を助ける理由があるとは思えませんが」

「……そうね。そいつは乙女の唇を強引に奪うような、最低のクズよ」

ルルは僕をにらみつけ、ほんのりと頬を染めて恥ずかしそうにささやいた。

「だけど、そんなやつでも……私のファーストキスの相手なのよ」

「ファーストキス？」

リプリーは一瞬考え、それから「ぷっ」と噴き出し、声を上げて笑い出した。

「そうでしたか！　いやはや、ウブな娘だと思ってはいましたが、まさかキスをしたこともなかったとは！　では当然、下の口も男を知らないのでしょうね」

「下の口？」

意味がわからずキョトンとしたルルは、しかしすぐに思い至り、顔を真っ赤にした。

「あ、当たり前でしょ！　そんな破廉恥なこと――」

「これは面白い！　処女のエルフとなれば値段が跳ね上がりますよ！　男を知らない初物エルフをオークションに出せば、いったいいくらの値がつくか！」

「オ、オークション⁉」

競売にかけると言われて動揺するルルを見ながら、リプリーは満足げにうなずくと、

「いいでしょう。ルルの処女に免じてこの場は見逃してあげましょう。ですが、今後外を出歩くときは気をつけなさい。私はいつでもスマホを狙って――」

リプリーは僕の腕から手を放すと、何かを思い出したように急に黙り込んだ。

「……つかぬことを尋ねますが、スマホは正式名称ですか？　それとも何かの略称ですか？」

「略称？　スマホは『スマートフォン』の略だけど……」

「スマートフォン！　そうですか……」

リプリーは「ふむ」とうなると、細剣を振ってもとの杖に戻した。

「気が変わりました。それはトモヤ様がお持ちください」

「は？　僕のスマホを奪わないのか？」

「はい。それはトモヤ様のものです。奪うようなことはいたしません」

よくわからないが、僕は助かったようだ。僕はスマホを握りしめると、リプリーの気が変わる前に逃げだそうと部屋の出口へ駆けだした。

――良かった。助かった。片腕を失うかと思った。

思っていた以上に恐怖を感じていたようだ。僕はがくがくと足が震えて上手く走れず、ふらつきながら扉にたどり着き、部屋を飛び出そうとして……なんとなしに背後を振り返った。

ルルがホッとしていた。

僕が無事に逃げ延びられて、彼女はホッとしていた。ついさっき会ったばかりのろくでもない男が無事に逃げられたことに、彼女は心の底から安堵していた。

……僕は立ち止まった。

「……ねえ、リプリー。一つ聞いてもいいかな？」

やめろ。何を考えてる。これ以上リプリーを刺激するな。今度は腕だけじゃすまないぞ。

僕の内なる声が警鐘を鳴らすが、それでも僕は湧き上がる言葉を抑えられなかった。

「そこのエルフは、いくら出せば買える？」

「……あなたが何を言っているのかわかりませんが」

「僕が、その娘《こ》を、買い取ると言ってるんだ」

「冗談にしても笑えませんね」

仮面の男が冷たい瞳で僕をにらみつける。腕を切り落とされかけた僕は、その視線だけで怖くてちびりそうになったが、

「いくら払えばそのエルフを買えるのか聞いているんだ」

精一杯の僕の強がりに、リプリーは唇の端を吊り上げた。

「では、サクラ王国の通貨で一〇〇〇万ドリー払っていただきましょうか」

「一〇〇〇万だな。わかった」

「ちょっと、なに言ってるのよ！　あんたなんかが一〇〇〇万なんて払えるわけないでしょ！」

自分を身受けすると言っている男を「あんた」呼ばわりして、エルフの少女が声を上げる。

「これ以上リプリーに楯突いたら、あんた殺され――」

「黙りなさい」

リプリーがにらみつけると、ルルは「ぐっ」と唇を噛みしめて黙り込んだ。ルルを黙らせたリプリーが、酷薄な笑みを僕に向ける。

「三日間だけ待ちましょう。明後日の日没までに一〇〇〇万用意できれば、このエルフはあなたのものです」

「わかった。その娘は売約済みだ。僕が引き取りに来るまで指一本触れるなよ」

「いいでしょう。三日間は丁重に扱うと約束します。ただし――」

楽しそうに、残虐そうに、仮面の男は笑顔を作る。

「日没までにあなたが現れなかった時は、彼女の処女をオークションに出品します。屋外のオークション会場で……大勢が見ている前で生本番ショーをしてもらいます。オークションで一番高い値をつけた男に、彼女はムリヤリ犯されて、公衆の面前で処女を散らされるのです」

悪趣味きわまりない宣告に、ルルの顔が蒼白になる。

このクソ奴隷商人が。いい趣味してるよ。陵辱もののエロゲが好きな僕と気が合いそうだ。

「……おい、エルフ」

「な、なによ」

「僕の名前は瀬能倫也だ。しっかり覚えておけ」

そう言い捨てると、僕はエルフの少女に背を向けた。

「待ってろ。僕が、お前を助け出してやる」

――こうして僕は、奴隷市場で、果たすべき目標を見つけた。

期限は三日。用意する金は、一〇〇〇万ドリー。

奴隷商人リプリーの 奴隷制度講座

奴隷商人のリプリーです。私の扱う商品は奴隷――すなわち人間であるだけに、売買に抵抗を感じる方もいるでしょう。
ですが好む好まざるにかかわらず、我々の社会では奴隷の労働力は必要不可欠なものなのです。
ここでは上流階級から底辺の冒険者まで幅広くご利用いただいている、この世界の奴隷についてご説明いたしましょう。

奴隷の役割

奴隷の用途は肉体労働、接客業務、他にも剣闘士、貴族の従者など多岐にわたります。冒険の供として腕の立つ奴隷を購入する冒険者も多いようです。

また、女奴隷は通常の職務に加えて主人の夜の相手をするのが通例です。実務能力が高く、さらに容姿が美しい奴隷ほど高値がつくのです。

奴隷の調教

主人に逆らえないように、奴隷には隷属魔法がかけられます。隷属魔法を用いれば苦痛を与えることも、逆に性感を増幅させて快楽の虜にすることも思いのままです。

そう。どんなに強くて高飛車で反抗的な娘でも、隷属の首輪をつけてしまえば好きなだけよがり狂わせることができるのです……。

奴隷の調達

奴隷の調達方法は、大別して3つあります。親が子供を売る「身売り」、罪人が奴隷身分に落とされる「犯罪奴隷」、そして亜人を捕まえて売りさばく「奴隷狩り」です。

先日も奴隷狩りがエルフの村を襲撃して若いエルフを調達してきました。そのとき捕獲した少女「ルル」は可憐な容姿でありながら剣と魔法の腕は一流で、彼女一人を捕まえるために十人の奴隷狩りが戦闘不能に追い込まれました。最後は人質を取ってむりやり屈服させたのだとか。高値で売れる奴隷は手に入れるのも一苦労なのです。

第二話　媚薬と武器屋の看板娘

「なんであんなこと言っちゃったかな〜！」

奴隷市場を出た直後。僕は自分のしたことを思い出して路地裏でのたうち回っていた。

縁もゆかりもない、出会って数分の生意気なエルフのために、三日で一〇〇〇万ドリーを工面しないといけなくなった。異世界の物価がどれほどかは知らないけど、一〇〇〇万なんて聞くだに無理ゲーそうな数字だ。

いっそエルフを見捨てるか。そんな考えが頭をよぎったが、僕が金を用意できなければ、彼女は大勢が見ている前で強姦されて処女を散らされることになる。

「あーもう！　やればいいんだろ！」

こうなったら三日で一〇〇〇万貯めて、生意気なツンデレエルフを僕の奴隷にしてやる！　そして払った金額分以上にいやらしいことをしまくってやる！　僕の欲望をぶちまけられてどろどろのぐちゃぐちゃな白濁液まみれになった美少女エルフが「もう許して……」と懇願する姿を妄想して……よし、やる気が出て来たぞ！

エロスで気合いを入れた僕は、大金獲得に向けて行動を開始することにした。

孫子の兵法曰く、彼を知り己を知れば百戦殆《あや》うからず。

敵を知り、自分のことを知れば、どんな勝負でも優位に立てる。奴隷市場で僕がピンチに陥った原因は、自分の能力をちゃんと把握できていなかったからだ。

『透明人間』が、僕の意思に関係なく勝手に解けてしまった。

どんな人間も意のままに操る『催眠』が、リプリーには効かなかった。

これらの失敗には必ず理由があるはずだ。エロゲ能力の効果、特性、弱点……それらを正確に把握しなければ、また同じ失敗を繰り返すことになる。

まずはエロゲ能力を見極める。そのために、僕は能力を一つ一つ検証することにした。

最初に検証するのは……「催眠」だ。


そうして僕が訪れたのは、冒険者御用達の武器屋だった。

よく考えたら僕は武器を何一つ持ってないんだよね。それに、ジャージ姿のままってのも、この世界で浮いてる気がする。そんなわけで冒険者らしく装備を整えたいところだけど、今の僕は無一文。武器を買いたくても金がない。

こんなときはどうすればいい？　……そう。エロゲパワーだ。

「やあ！　あんたが武器屋の店主かい？」

カウンターの奥に座っていた筋骨隆々のむさ苦しいヒゲオヤジに、僕は馴れ馴れしく声をかけた。

ヒゲ面《づら》のおっさんは僕の顔をまじまじと見ると、

「見かけない顔だが、新人の冒険者か？」

「今日、冒険者登録したばかりなんだ。だから、冒険者デビューしたお祝いに武器をタダでプレゼントしてもらえないかと思ってさ」

そう言いながら、僕はスマホの催眠アプリを起動して画面に映る極彩色の光を店主に見せた。これで武器屋の親父を催眠にかけ、タダで武器を手に入れようという魂胆だが……。

「悪いがこっちも商売なんでね。売り物をくれてやるわけにはいかねえな」

キッパリと答える店主は……催眠アプリが効いていない？

僕が戸惑っていると、店の奥から背の低いおかっぱ頭の女の子がひょっこりと顔を出した。

「お父さん。そろそろお昼ご飯……。あ、ごめんなさい」

来客がいると思わなかったのだろう。おかっぱ少女は僕と目が合って、あわてて物陰に引っ込んだ。……もしかして僕、怖がられた？

「すまんな。うちの娘は人見知りなんだ」

僕がショックを受けたと思ったらしく、武器屋の店主がフォローを入れる。

そうか。人見知りか。恥ずかしがり屋な女の子が初対面の相手に緊張して思わず隠れてしまったのだと考えると、人見知りな行動も微笑《ほほえ》ましく感じられる。今も物陰から顔半分だけ出してこっちを見ているが、幼い容姿も相まって怯《おび》えた小動物のように愛らしい。

そんな人見知り全開の愛娘へ、店主はやれやれと言わんばかりに肩をすくめた。

「ニッキ。父さんは外で食事してくるから、戻ってくるまでお前が店番をしなさい」

「えっ……でも……」

「武器屋の娘なんだから、接客ぐらいできるようになってもらわないとな」

「う、うん……」

店主が諭すと、渋々といった様子で女の子が物陰から出てきた。

僕の視線を気にして頬《ほお》を赤らめる、おかっぱ頭の女の子。童顔で低身長、華奢な体つきのせいで子供っぽく見えるが、店番をまかせるほどだから実年齢は意外と高いのかもしれない。

Tシャツにオーバーオールのような作業着を着た少女は、接客業というよりは何かの職人のような出で立ちだ。化粧っ気のない純朴な顔はまるで色気がなく、体つきも発展途上。まごう事なき幼女だが、磨けば将来は美人になる――そんな印象を抱かせる愛らしい女の子だった。

人見知り少女がカウンターに入るのを見守っていると、店主が僕の肩をぽんぽんと叩いた。振り返った僕に、店主が小声で耳打ちする。

「娘に手ぇ出したら、殺すぞ」

物騒な釘を刺して親父は店を出て行った。怖ぇよ……。

「え、えっと……。な、なにかお探し物ですか？」

親父が店を出ると、少女はおどおどしながらも積極的に話しかけてきた。人見知りなのに頑張って接客しようとする姿がとても健気《けなげ》だ。

「さ、探し物があれば何でも聞いてください。何でもお答えしますので」

「キミはまだ若いようだけど、武器や防具のことに詳しいの？」

「は、はい！　将来は鑑定士になるのが夢で、今から勉強しているんです」

「鑑定士？」

「アイテムを鑑定して秘められた力を見抜く職業です。私は武器や防具がすごく好きで、店に出て接客するより部屋にこもって資料を調べる方が性に合っていて、あの、よく女の子らしくないって言われるんですけど」

「武器が好きなのか……。その気持ち、ちょっとわかるかも。武器ってロマンがあるよね」

「そうなんです！　いつか伝説の武器を鑑定するのが私の夢で、そのために今から猛勉強してるんですけど、武器について調べているとつい夢中になって時間が経つのも忘れ……はぅぅ……」

キラキラと瞳を輝かせてカウンターから身を乗り出した少女は、しかし僕と目が合うと、みるみる顔を赤くして縮こまった。人見知りだが自分の得意分野では夢中になってしゃべってしまうオタク気質の少女は、火照《ほて》った顔を手で押さえて照れまくっていた。

不器用だけど一生懸命で、夢に向かって頑張る女の子か……。いいね、応援したくなるよ。

この子の目利きなら、きっといい装備を見繕ってくれるに違いない。そう思った僕は催眠アプリを起動して少女に画面を向けた。

「これを見て」

「はい？　なんで、しょう……」

さっきまで照れまくっていた少女が、たちまちうつろな瞳になって表情を失った。

おや？　今度はすんなり催眠にかかったぞ？　親父のときとはえらい違いだな。

「ま、いいや。とりあえず命令だ。キミは僕に店の商品をプレゼントしたくなる。いいね？」

「はい」

暗示にかかったことを確認すると、僕は「三、二、一」とカウントダウンして催眠アプリを閉じた。

少女の瞳に光が戻り、「あ、あれ？」と不思議そうに周囲を見回す。ちゃんと正気に戻ったみたいだね。

「ところで、実は僕、冒険者登録したばかりなんだ。冒険者デビューしたお祝いに、オススメの武器をプレゼントしてくれないか？」

「は、はい。じゃあ、こっちの棚にあるセール品の剣を一本差し上げます」

ちゃんと催眠が効いているようで、彼女は安物の剣を快く譲ってくれた。

催眠にかかっていても店の損害を最小限にしようとする辺りは商売人の娘だな、と感心しつつ、僕はありがたく剣を受け取って……。でも、どうして父親には催眠がかからなかったのに、娘にはあっさり効いたんだ？　両者の違いは、年齢、性格、体形、性別……性別？

そういえば、僕にエロゲの力を授けたとき女神ミルフィはこう言っていた。

『どんな女性でも意のままに操ることができる催眠の力を授けましょう』

どんな女性でも――。そうか、催眠は女性にしか効果がないんだ！　だから女である女神ミルフィや武器屋の娘には効いて、男である奴隷商人リプリーや武器屋の店主には効かなかった。

考えてみれば、誰にでも催眠がかかるなら、催眠の光を見た僕も暗示にかかるはずだよね。そうか、僕は男だから画面を見ても暗示にかからなかったのか。

僕が納得していると、おかっぱ頭の女の子は僕が持っている剣を見て「あれ？　どうして？」と戸惑いの表情を浮かべた。きっと「客に商品をタダで渡した」という自分の行為に困惑しているのだろう。催眠エロゲのお約束ではあるけど、むやみに催眠を使うと、こんな風に違和感を覚えて怪しまれることがある。催眠を使うときは注意しないといけないな。

「もしかして、ただで商品を渡したらお父さんに怒られるの？　やっぱり悪いから返そうか？」

「あ、いいえ、一度差し上げたものですから……それは受け取ってください……」

おずおずと答えた少女は、だけどちょっとはにかんで、

「そ、その代わり、これからも当店をご贔屓《ひいき》にしてくださいね」

純朴な少女の邪気のない微笑みに、僕の胸はきゅんと高鳴った。

なんていい子なんだ。正直言ってオトナの色気は全然感じないけど、それを補って余りある純粋さと健気さが幼い彼女の魅力を引き立てている。人見知りで恥ずかしがり屋で、だけど素直で頑張り屋で、話しているだけで心が和む下町の看板娘。

「キミの名前は？」

「は、はい。ニッキです。武器屋の娘、ニッキ・ポッテです」

「ニッキか……。僕の名前は瀬能倫也《セノウトモヤ》。これからよろしく」

「はい、トモヤさん。よろしくお願いします」

素直なニッキと言葉を交わしながら、僕は手元でスマホを操作する。

……こんなに可愛い少女とセックスできたら、どれほど興奮するだろう。エロゲ脳の僕は、迷わ

ず『媚薬』のアイコンをタップした。まさに鬼畜の所業。

媚薬アプリを起動すると、ピンク色の液体が入った瓶がスマホの画面からポロリと転がり出てきた。瓶は小指ほどのサイズで、上部が噴霧器になっている。

これは、媚薬スプレー？　この噴霧器で中の液体を吹きかければいいのか？

「ところで、ニッキ？　この店に冒険者用の服や防具は置いてあるかな？」

「冒険者用の服ならありますけど、うちは武器屋なので本格的な防具は……」

「じゃあ服だけでいいよ。試着してみたいんだけどいいかな？」

「は、はい、どうぞ。店の奥に試着室がありますので……」

ニッキが店の奥を指差した……その無防備な横顔に、僕は媚薬を吹きかけた。ぷしゅ。

「えっ？　今のは……」

「なんでもないよ。それじゃ、試着室を借りるね」

そう言うと、僕はキョトンとしているニッキを残して店の奥に向かった。

売り物である冒険者用の衣服を適当に手に取り、試着室に入ってカーテンを閉じる。さっき出した媚薬スプレーは、いつの間にか手元から消えてなくなっていた。

「媚薬は一度使うと消滅するのか」

と言うことは、媚薬は連続では使えないということだ。女にしか効果がない催眠といい、勝手に解除される透明人間といい、エロゲ能力には必ず何かしらの欠点があるのかもしれない。

——各能力にどんな欠点があるのか、きちんと把握しておかないといけないな。

僕は気を引き締めると、スマホを操作して『盗撮』アプリを起動した。

『盗撮したい相手の名前を入力してください』

アプリ起動と同時に、画面にメッセージが表示される。なるほど、盗撮アプリを使うには、覗きたい相手の名前を入力しないといけないのか。僕がフリック入力で「ニッキ・ポッテ」と打ち込むと、すぐに画面が切り替わり、武器屋の店内が映し出された。

「これは、今現在の店内の様子か？　盗撮アプリを使えばニッキが今いる場所をライブ映像で見られるわけか……」

映像に注目すると、ニッキは武器屋のカウンター奥に座ってもじもじと体を動かしていた。

「この角度だと何をしているのかよくわからないな。視点の位置を変えられないのか？」

画面を適当にタップすると、画面の隅に十字キーのようなものが表示された。

「この十字キーを操作して……よし、これでカメラの位置が自由に変えられるぞ。カウンターの裏に回り込んで……もっと下の角度からのぞき込むように……こんな感じでどうだ？」

ゲーム好きな僕が直感的にカメラを操作していると、ほどなくしてスマホからニッキの声が漏れ聞こえてきた。

『ふぅ、はぁん……どうして……こんなの、変です……』

画面の中で、ニッキが喘《あえ》ぎ声をもらしている。カウンター裏に隠れるように座っている彼女は、服の上から自分の胸をぎこちなく触っていた。武器屋の看板娘ニッキは、客がいつ入って来るかもわからない昼間の店内で、オナニーに没頭していたのだ。

『はぁ、はぁ……お店で、こんなこと……試着室には、トモヤさんもいるのに……あぁっ！』

こういう行為に慣れていないのか。ニッキはたどたどしい手つきでシャツの上から胸を揉み、パンツの上から自分の秘所を指でこすり上げている。さっきまで着ていた作業着を脱ぎ捨てて、ニッキは白いシャツと薄布のパンツ一枚というあられもない格好になっていた。

『はぁっ！　どうして……こんな……私、こんなえっちなこと……』

媚薬の効果は覿面《てきめん》だ。欲情することに不慣れなニッキは、懸命に気持ち良くなろうと不器用な指使いで熱心に自分を慰めていた。素直で純情な少女が、慣れない手つきで切なそうに自分の胸とアソコを愛撫している。そのシチュエーションだけで僕はたちまち勃起した。

『だめ……これ以上はだめ……やめないと、トモヤさんに気づかれちゃう……』

言葉とは裏腹に、ニッキはシャツをたくし上げて瑞々しい微乳を外気にさらす。

興奮する僕が見ている前で、ニッキはとろんととろけた目を自分の股間に向けた。パンツの上からでもわかるほどぐっしょり濡れている秘所に、ニッキは指をこすりつける。

『はぁ……これ、お豆が……こんなに大きくなって……』

ニッキの声に導かれるように僕はスマホの画面を操作。濡れた薄布越しに透けて見える、小粒だけどぷっくりと膨らんだクリトリスを大写しにした。これがニッキのクリトリス……。

たまらず僕は自分のジャージに手を突っ込み、硬くなったペニスをしこしことしごき始めた。はぁはぁ、ニッキ……。いいよ。いやらしいよ、ニッキ……！

『ここ、触ったら……私、どうなっちゃうの……？　私、私……んああっ！』

ニッキの手がパンツを横にずらす。画面に映るニッキのアソコは毛が生えていない、いわゆるパイパンだ。今は蜜で濡れてぱっくりと開いているが、普段は割れ目がぴったりと閉じているスジま×こなのだろう。容姿にふさわしいロリま×こに少女はおそるおそる指を近づけて、

『……あっ、ふあああっ！』

クリトリスに指先がちょんと触れた。それだけで電流が走ったようにビクンと体を震わせるニッキ。媚薬の効果で快感が何倍にもふくれあがっているのだろう。はぁはぁと呼吸を乱しながら、ニッキはさらなる快感を味わおうと指全体でクリトリスをこね始める。

『あっ……これ、気持ちいい……お豆、ぐりぐりしたら……んあぁっ、くうっ……！　どうして、私……こんなことするの、初めてなのに……やぁっ、気持ちいい……気持ちいいよぅ……！』

初オナニーなのか？　ニッキはこれが初オナニーなのか!?　ぐちょ、ぐちょ、といやらしい水音を聞きながら、僕は純情少女の初オナニーに興奮して、マスを掻《か》く手を激しくする。

『なか……おま×このなか……。指、入れたら……もっと気持ち良く、なるかな……？』

ぬるっ、とニッキの中指が小さな蜜口に呑み込まれた。ぐちゅぐちゅと水音を立てながら、少女の中指が気持ちいい場所を探して膣内を動き回る。

『はぁっ……エッチな音が、止まらないよぉ……。おま×この、なか……ほしいよぉ……おち×ちん、入れてほしいよぉ！』

僕が挿《い》れてあげるよ！　僕の肉棒をニッキの処女ま×こにぶち込んでやるよ！　腰を動かして快楽を貪るニッキを見ながら、僕は肉棒をしごく動きを加速させる。

『あぁっ！　いいよぉ……気持ちいいよぉ……もっと激しく……』

「いいぞ！　激しく突いてやるよ！　ほら、ほら、ほら！」

『はああああっ！　しゅごい、しゅごいのぉ……しゅごいのがきちゃうのぉぉぉっ！』

「我慢しなくていいから！　いけ！　飛んでしまえ！」

『ひゃあああっ！　なにかくる！　くるよぉ！　くるぅぅぅぅぅっ!!』

　画面の中で、びくんびくんとニッキの小さな体が脈打った。大写しになった膣口からとろとろの愛液があふれ出て……。ああ、なんてことだ。僕が射精する前にニッキが果ててしまった。射精するタイミングを逸した僕は、試着室でペニスを握りしめたまま愕然としてしまった。

　こんなにギンギンにいきり立たせて、僕はこれからどうしたらいいの？　中途半端なまま放り出された僕は、性欲の行き場を失って……。

『はぁ……はぅん……。あっ、ああっ……』

　スマホから甘い喘ぎ声が聞こえてきて、すぐさま画面に視線を戻した。

　画面の中では、絶頂に達したばかりのニッキがオナニーを再開していた。

『はぁ……どうして……？　さっきイったばかりなのに……どうしておさまらないの……』

げに恐ろしきは媚薬の効果。一回絶頂に達したぐらいでは、ニッキの疼《うず》きはおさまらないらしい。

ニッキは拙《つたな》い手つきで再びクリトリスをいじり始めていた。

……そういえば、エロゲに登場する媚薬には現実ではありえない効果がよくあるよな。

たとえば、エロゲによくあるパターンとして「膣内に精液を注ぎ込まれない限り、媚薬の効果は消えずに何度でもイキつづける」というものがある。媚薬を飲んだ（あるいは媚薬効果のある病気に感染した）女性は、いくらオナニーしても満足できず、体の疼きを止めるためにしかたなく主人公とのセックスを受け入れるという鬼畜エロゲ展開……。

「……まさか、僕が使ったエロゲ媚薬にも同じ効果が？」

『あんっ、ふぁっ、また、くるっ！　くるぅぅぅ、くぅぅぅっ！　……はぁ、はぁはぁ………。ふぇっ？　どうして、どうして疼きがおさまらないのぉ……』

すぐに二度目の絶頂に達したニッキだが、それでも体の疼きがおさまらないようだ。狂ったようにオナニーを続ける少女を見ながら、僕は頭から血の気が引くのを感じた。まさか、男とセックスして精液を膣に注ぎ込まれなければ、ニッキは死ぬまで快楽に溺《おぼ》れ続ける？

「女神のやつ、なんてやばい能力を授けてくれたんだ」

ここにきて判明した媚薬アプリの欠点。それは、媚薬を浴びたが最後、その女性は誰かに膣内射精されるまで永遠に淫乱《いんらん》状態が続くということ……。

『ふぅぅうっ……はぁん……指ぃ……指だけじゃ、もう……』

画面の中では、興奮が鎮《しず》まらないニッキが、膣に入れられるものがないか探し始めている。

さっき射精し損ねた僕のイチモツは、まだ硬いままだ。

こうなったら僕がやるしかない。一割の責任感と九割の欲望を胸に、僕は試着室を飛び出した。

「はぁはぁ……どうして……全然おさまらない……」

僕が忍び足でカウンターに近づくと、ニッキは愛液でぐしょぐしょに濡れた秘所に指を這わせて、押し寄せる快楽に身をよじっていた。

——セックスして中出しされなければ彼女の疼きはおさまらない。

僕は快楽に溺れる少女を救うため（自分で溺れさせておいて救うというのも勝手な話だが）足音を忍ばせながらニッキに近づいた。

「もっと……もっと欲しい……。あっ、あっ、あ……あ？」

気持ち良さに体を仰《の》け反《ぞ》らせたニッキと、カウンターそばに立っていた僕の目が合い、少女の顔がみるみる赤くなっていく。

ニッキはあわてて体を隠そうとするが、めくり上げられたシャツは可愛い微乳を隠しきれず、股間にいたってはおもらししたかのようにびしょびしょに濡れて誤魔化しようがなかった。

「ち、違っ！　あ、あの、これは……私は、いつもはこんなんじゃ……」

「わかってるよ」

純情少女のオナニーショーに興奮していた僕は、努めて優しくささやきかけた。

「普段はこんなにえっちじゃないんでしょ？　今日は特別なんだよね？」

「そ、そう、今日は変なんです……えっちな気分が、おさまらなくて……」

「そうなんだ。いつからえっちな気分がおさまらないの？」

「そ、それは……あなたに、会ってから……」

「僕に会ってから、どうしたの？」

「あなたに会った直後から……体が熱くて、お股がうずいて、いやらしい気持ちが止まらないんです……」

熱に浮かされたように自分のいやらしい衝動を告白するニッキ。なんて素直ないい子なんだ。

少女の告白を聞きながら、僕は彼女に見えないようにスマホを操作した。新たに起動したアプリは『痴漢フィンガーテクニック』。アプリの起動と同時に僕の両手がじんわりと熱くなる。

わかる……わかるぞ！　いま僕は、触れただけでどんな女でもあっという間に快楽の虜《とりこ》にする痴漢ゲームの主人公のスキルを手に入れた！

僕はスマホをポケットに戻すと、自慰を止められないニッキに優しく語りかけた。

「手伝おうか？」

「!!」

顔を真っ赤にしてあわあわと慌てまくるニッキ。突然エロゲ時空に引きずり込まれたロリっ娘《こ》は、わけがわからないまま視線をさまよわせ、ちらちらと僕を見上げた。もう一押しか。

「見て見ぬふりをしようかとも思ったけど、ニッキのいやらしい姿を見たら我慢できなくて」

「い、いやらしい？　私が……？」

そんなことを言われたのは初めてなのだろう。ニッキは驚いたような恥ずかしいような……だけど何かを期待するような表情になって、

「わ、私なんて、ぜんぜん女らしくないし……可愛くなくて、色気もなくて……」

「そんなことないよ。ニッキはすごく可愛くて、すごくいやらしいよ。その証拠に、ほら」

僕はカウンターを乗り越えると、ぱんぱんに膨らんだ股間をニッキに見せつけた。

「いやらしいニッキを見ていたら、こんなになったんだ」

「わ、私を見て……こんなに……？」

「だから、いいよね？」

僕に二の腕をつかまれたニッキが、電流で痺れたようにビクンと体を震わせた。もしかして触れただけで感じてしまった？　これが痴漢アプリの力なのか。

……いける。嫌がる女を快楽に落とすエロゲの二大性技「媚薬」と「痴漢」の力があれば、性に無関心な純情ロリ少女をエロエロな淫乱娘にすることも夢じゃない！

「わ、私……変なんです……。さっきからずっと、体がうずいて……。あ、あなたに触れられたところが、すごく、痺れて、気持ち良くて……」

「もっと触ってほしい？」

僕が耳元でささやくと、ニッキは火照った顔でコクリと小さくうなずいた。

ニッキの許可を得た僕は、彼女の小ぶりな胸に手を伸ばした。ふにふにと柔らかな肉の弾力を確かめると、ニッキはびくんと体を震わせた。どうやら触れただけで感じてしまったようだ。

痴漢アプリの効果を実感しながら、僕は円を描くように彼女の微乳をなで回す。

「そ……そんなに、触らないで……」

「どうして？　気持ち良くないの？」

「ちがっ……。トモヤさんの手……気持ち良すぎて、何も考えられなくなっちゃう……」

貧乳は感度がいいと言うけれど、本当なのかもしれないな。僕が手に力を込めると、小ぶりなおっぱいはいやらしく形を変え、そのたびにニッキが切ない声を上げた。

「おかしいんです……私の体、触られてるだけ、なのに……どうして、こんなにいいいぃぃ！」

乳首をぎゅっとつまむと、ニッキは快感のあまり体を仰け反らせた。快楽の波に流されて初対面の男のされるがままになっている女の子へ、僕はもう一度尋ねた。

「僕にどうしてほしい？」

「………して」

「聞こえないよ。はっきり言って」

「私に……してください」

「僕になにをしてほしい？」

「えっちなこと、いっぱいしてください……。いっぱいキスして……いっぱい触って……いっぱい気持ち良くして……わ、私と……セックスしてくださいっ！」

セックスなんて絶対に言いそうにない純情な女の子が、胸を揉まれて淫《みだ》らに身をよじりながら犯してほしいとおねだりしている。たまらず僕は、衝動にまかせて彼女の唇を塞いだ。

「あ……あむ……はぁ……れろ、れろ……」

いきなりのキスに戸惑うニッキだが、すぐに自分から舌を絡めてきた。ニッキの思いに応えるように、僕も口を開けて彼女の舌を迎え入れる。お互いの唾液を貪るようにねっとりじっくりと舌を絡ませながら、僕の手は彼女の薄い乳房を揉みしだいた。

「んぅ……ふぁ……。さ、触り方が、いやらしい……」

「いやらしいのは嫌いかい？」

「……いやらしいの……好き、です……。もっと……いやらしく、触ってください……」

恥ずかしい質問に、蕩《とろ》けた顔で素直に答えるニッキが可愛すぎて、僕は彼女の微乳をさらにいやらしくこねくり回した。

「すっ、すごいですぅ！　こんなの初めて……どうして……こんな、私……切ないのぉ……」

喘ぐニッキを見ながら、僕の指は胸から腰へ、腰からへそへと滑っていく。僕が指を這わすだけで、ニッキは体をよじって淫らな快感に喘いだ。

「そ、そこは――ふあぁぁぁっ！」

僕の指先が、彼女の足の付け根に潜り込んだ。

「もう、ぐちょぐちょだね」

「それ、言わないで、はぁん！　そこ、そんなに、こすらないでぇ！」

媚薬によって増幅された快楽がニッキを襲う。くちゅくちゅと水音が響き、ニッキの下着がいやらしい染みを広げていく。

――挿れたい。

ニッキのヌレヌレのおま×こに、僕のギンギンに張り詰めたペニスをぶち込みたい。

僕は片手でクリトリスをいじめながら、もう片方の手でズボンを脱ぎ始めた。だが、気が急いているせいか、張り詰めたペニスがパンツに引っかかって上手くズボンを下ろせない。

「あ、あれ。おかしいな……」

パンツを片手で強引にずり下げようとして僕はうろたえてしまう。ああもう。せっかくいい雰囲気で彼女をリードしていたのに、こんなことで童貞力が露見してしまうなんて……。

「わ、私が……脱がせてあげます……」

見かねたニッキが僕のズボンに手をかけた。あ、いや、なんかすみません……。

僕の指に秘所を責められながら、ニッキはたどたどしい動きで僕のパンツを脱がし——。

「きゃっ！」

パンツの締め付けから解放されてビィィインとそそり立つ、僕の愚息を見て悲鳴を上げた。

「こ、これが……男の人の……」

ニッキの手がおそるおそる伸びて……僕の亀頭にちょんと触れた。

「うっ！」

「ああっ、ごめんなさい！」

「いや、いいんだ。……もっと、触って……」

僕に促され、ニッキがそっと僕の愚息に触れる。

「ぴくぴく、脈打ってる……。すごい……どんどん大きくなって……」

「それは、ニッキの手が気持ちいいから……」

「気持ちいい、ですか……？　嬉しい……」

頬をピンク色に上気させたニッキは、僕の竿を握りしめたまま手を上下に動かし始めた。

自分の手とはまるで違う、年端もいかない女の子の柔らかい手のひらの感覚に、僕は思わず「うっ」とうめいてしまう。

「こうすると気持ちいいんですよね……？　もっと私で気持ち良くなってください……」

これまでの反撃とばかりに、ニッキが僕のチ×ポを刺激する。これも媚薬の効果なのか、ニッキの性への興味は歯止めがきかなくなっていた。

「すごく、熱くて、固くて……。あ……先っぽが、濡れてきました……」

ニッキは我慢汁が染みだしてきた僕のイチモツに、そっと顔を近づけて……。ぺろっ。

「うおっ！」

いきなり亀頭を舐められ、僕の全身に電撃が走った。

「変な味……。でも……」

ぺろ、ぺろ。ニッキが味を確かめるように我慢汁を舐め取っていく。こ、これは、陶芸家が焼き物に適した土かどうか舐めて確かめるようなものか？　武器屋のニッキは、職人らしく未知の武器は舐めて確かめたくなるのか？　そんなわけのわからない理屈を考えてしまうほど、僕のち×ぽをぺろぺろと舐めるニッキの姿は刺激的で扇情的だった。

「まだ大きくなるんですね……。もっと硬くなって……。舐められて興奮しているんですか？」

「あ、ああ。すごく、興奮する……」

「じゃあ、もっと舐めますね……あむ、ちゅっ」

ニッキは先端にキスをすると、さらに大胆にペニスを舐め始めた。れろ、れろ、れろ。

「もっと、もっと……気持ち良くなってください……」

いつの間にか僕の手はニッキの下着から抜け出て、彼女は跪《ひざまず》くような体勢で僕のイチモツを舐めていた。完全に攻守逆転だ。

「はぁ……おち×ちん、素敵……どんどんお汁が出てきます……」

ぺろぺろと我慢汁を舐め取るニッキ。こんな純情そうな女の子が愛しそうに「おち×ちん」なんて言うから、僕はとめどなく興奮してしまう。

「も、もっと裏筋を舐めてくれ」

「裏筋……？　こう、ですか？」

言われるがまま、ニッキが舌先でペニスの裏をツーっとなぞる。やばい！　これやばい！

「すごい……また大きくなりました……れろれろ……ふぁ……気持ちいいですかぁ？」

柔らかな指でペニスを握りしめ、亀頭、カリ首、裏筋から根元へと丹念に舐めあげる。ち×ぽが濡れてテカっているのは、もはや我慢汁なのかニッキの唾液なのかわからないほどだ。

「ああ、こんなに立派なものが……これから、私の中に……ぺろぺろ……」

僕のものを舐めながら、ニッキがもぞもぞと腰を動かしている。ニッキの右手は僕のペニスを握りしめ、左手は自身の股間をさすっていた。ニッキは僕のペニスを舐めながらオナニーしていた。

媚薬すごい。エロゲの力すごい。少女がこんなにも淫乱になって……。

――もしかしたら、今なら頼めばしてくれるかも。

僕はそう思い、ニッキの髪を撫でながらおそるおそる提案した。

「ふぇ、フェラチオ、してくれないか？」

「ふぇら……？　それは、なんですか……？」

「ぼ、僕のち×ぽを、口で咥《くわ》えてほしいんだ」

「口で……。こ、こうれすか？　……あむ」

温かくてぬるっとした感触が、僕の亀頭を包み込む。ふわぁ！

「そ、そのまま、舌で舐めて。前後に動いて」

「ふぁい……」

ちゅぷ。ちゅぽ。ちゅる。ちゅぅ……。ぎこちない動きでニッキの小さな頭が前後に揺れる。彼女の気質なのか、真面目に言われたとおりに、ニッキは頭を振りながら口の中で丹念に舌を動かした。ぬるぬるとした温かい感触がペニスに絡みついて……。

「ひくひく、してます……気持ちいいれすか……？　私の口、気持ちいいれすか……？」

「いいよ。すごく気持ちいい」

「うれひい……もっと、もっと、もっと気持ち良くなって……」

頭を前後させて僕のち×ぽをしごくニッキ。熱くて柔らかい舌と唇。じゅぽじゅぽという淫らな水音。えっちなこととは無縁な女の子が、一心不乱にフェラチオする姿……。

目と耳と肌で感じる快感に、僕は腰の奥から熱いものがこみ上げてくるのを感じた。

「くっ……僕、もう……。くっ、うあああぁ！」

びゅるっ！　びゅるるるっ、びゅくっ、びゅくっ！

「あくっ!?」

どくどくと、僕はニッキの口の中に大量の精をぶちまけた。

ニッキが驚いて目を丸くするが、僕の射精は止まらない。僕は無意識に彼女の頭を押さえつけ、何度も痙攣《けいれん》しながら小さな口に白濁汁を注ぎ込んだ。

「んんん！　んんんん――っ！」

ニッキは僕に頭をつかまれたまま、精液をこぼすまいと口をすぼめて吸い上げる。やがて射精が終わると、ニッキはペニスを咥えたまま、ゴク、ゴクと何度も喉を鳴らした。

飲んでる……ニッキが、僕の精子を飲んでいる……。僕が手を放すと、すべて飲み終えたニッキがペニスから離れ、彼女の唇が亀頭との間で透明な糸を引いた。

「わ、悪い。つい、気持ち良くて、ニッキの口に……」

「はぁ、はぁ……いえ、いいんです……。気持ち良くなってくれたから、射精したんですよね……。私で気持ち良くなってくれたのなら、嬉しいです……」

むりやり口内射精されても嫌な顔ひとつせず……それどころか嬉しそうに全部飲み干してくれるなんて……。そんなことをされたら、愛おしくて愛おしくて――我慢できないじゃないか！

「えっ……また、おち×ちんが大きく……」

出したばかりなのに、僕のものは早くも硬さを取り戻していた。こんなに可愛くてえっちな子を前にして、我慢できるはずがないじゃないか！

「次は僕が、ニッキを気持ち良くする番だ」

僕がささやくと、ニッキは恥ずかしそうに――嬉しそうにつぶやいた。

「はい……。私も、挿れてほしいです……」

愛液でぐしょぐしょになったパンツを脱がすと、僕はカウンターに手をつくようニッキに命じた。

命じられるまま、裸になったニッキが武器屋のカウンターに手をついてお尻を向ける。

「こんな体勢……恥ずかしい……」

「でも、すごくいやらしいよ」

僕が彼女のお尻を撫でると、痴漢アプリの効果でたちまちニッキは激しい快感に見舞われた。

「お尻、触られてるだけなのに……すごく、気持ちいい……」

「まだまだ。もっと気持ち良くしてあげる」

痴漢アプリの効果を保ったまま、僕の指がニッキの秘所に触れる。無毛の下腹部は幼さの象徴のようで……とても背徳的で、僕の興奮をさらにかき立てた。

若々しい媚肉を撫で、ぐしょ濡れの膣口をなぞり、小粒だけどぷっくりと膨らんだクリトリスに触れて……ニッキはビクンと上半身を震わせた。

「あ、ああ、あああああああっ！」

甲高い声を上げ、直後にぐったりとカウンターに倒れ込むニッキ。はぁはぁと荒く呼吸する彼女は……もしかして、触られただけでイッたのか？

「そ、そんな……触られただけなのに……私……」

「ニッキはいやらしいね」

僕が意地悪くささやくと、ニッキはたちまち耳まで真っ赤になった。

こんなにいやらしいのに、恥ずかしがり屋で純情なニッキ。そのギャップがたまらなくて、僕は我慢できずに彼女の秘部に自分のペニスをあてがう。

「あ、当たってる……」

亀頭をこすりつけられたニッキが切なそうにお尻を揺らす。入り口は愛液の大洪水で、僕のものは苦もなく入りそうだ。

「行くよ」

「はい。来てください……来て、はやく、あなたのものを……ああっ！」

ずぶ、ずぶ……。ゆっくりと、僕のペニスがニッキの膣口に飲み込まれていく。

こ、これは……狭い！　先っぽが入っただけなのに、ニッキのロリま×こは僕のペニスをぎゅうぎゅうに締め付けて……だけどヌルヌルに濡れた膣は僕のペニスをどんどん呑み込んで、

「入ってくる！　入ってくるぅぅぅ！　きて、きてきてきて！　きてぇぇぇ！」

ずぶ、ずぶ……ブチッ！　ニッキの叫びに後押しされて、僕は彼女の処女膜を貫いた。亀頭にかすかな抵抗を感じたのも束の間。きゅうっとニッキの膣壁が僕のものを締め上げる。

「あ、あああああ――っ！」

僕のものを締め付けながら、ニッキはまたしても上体を仰け反らせた。まさか、挿れられただけでイッたのか？

「わ、私、初めてなのに……初めてなのにぃぃぃ!!」

絶叫して……ぐったりと、ニッキがカウンターに倒れ込む。カウンターに突っ伏して呼吸を荒くするニッキは、自分自身のいやらしい反応に驚き戸惑っているようだった。

「だいじょうぶ？　痛くない？」

「はぁ、はぁ……はい……。初めてなのに、全然痛くない、です……。そ、それよりも……動いて……好きに、動いて、ください……。私、もっと、気持ち良くなりたい……」

立て続けに絶頂を迎えたのに、ニッキはさらなる快楽を僕に要求する。

もちろん、僕もここで終わるつもりは毛頭ない。ニッキが痛みよりも快楽を感じていることを確認した僕は、気兼ねなく腰を突き入れた。

「んああっ！　ああっ、あああああっ！」

狭い膣内を僕のチ×ポがかき分け、奥へと突き進む。奥へ行くほど狭くてキツくなる肉襞《にくひだ》に僕は思わず喘ぎ、ニッキは快感にうめいた。

「はぁっ、私、初めてなのに、こんな、あああああっ！」

「くぅっ！　ロリま×こ、きっつ……でも！」

ずりゅ、ずりゅ。僕がペニスを出し入れすると、大洪水の愛液が激しく水音を上げた。

「はあっ！　あああああっ！　私、ちがうんです！　こんなに、えっちじゃない……！　本当に、私、えっちじゃ……はあああっ！」

ち×ぽが出し入れされるたびに、ニッキがいやいやと首を振って淫乱な体を否定する。だけど、そんな言葉には何の説得力も感じられない。なぜなら……。

「ニッキの腰が動いてるよ」

「これは、違う……腰が勝手に……はあんっ！　だって……気持ちいいから……！」

「もっと気持ちよくしてほしい？」

「はい……突いて……もっと激しく突いて……気持ち良くして……ああっ！」

僕はニッキの腰をつかむと、彼女の思いに応えるようにペニスを深く突き入れた。

「ふぁ！　あっ、あっ、ああっ、んんんっ！」

ぱんぱんと腰を叩きつけて肉棒で彼女の膣をかき回す。結合部の水音が店内に響き渡り、ニッキはリズミカルに喘ぎ始めた。

「ふあ、ふあぁぁぁぁ！　おち×ちん、膣内《なか》で動いてるの、わかりますぅ！　膣内で動いて、おま×こ、変になっちゃうぅぅぅ！」

僕の動きにあわせて跳ねる少女の背中。膣をかき回す水音と、ニッキの甲高い喘ぎ声が重なり合って、僕の腰の奥が熱く高まっていく。

「ニッキ！　ニッキ！　行くぞ！　出すぞ！」

「はい！　はい！　来てください！」

全身を突き抜ける快感に、僕は我慢できず腰の動きを速くする。激しく出入りする結合部から何度も愛液が飛び散った。

「あああぁぁぁ！　私も、くる！　きちゃう！　きちゃいますぅぅぅ！」

「僕も、もう！」

「来てください！　私の中に、出してぇ……気持ちいいもの、全部出してぇぇぇ！」

快感のままに、僕は彼女の最奥にち×ぽを突き立てた。膣がぎゅうっと締め付けられ、僕は欲望のすべてを少女の膣内で爆発させる。

びゅくっ！　びゅくっ！　どぴゅっ、どぴゅるるるっ！

「ああ、あああああああああ——っ!!」

限界まで上体を反らして、ニッキは全身を痙攣させながら絶叫した。

ぎゅうぎゅうと締め付ける膣に促され、僕は何度も何度も精を吐き出す。さっきフェラチオされて出したばかりなのに、二回目とは思えないほど大量の精液を僕は彼女の中に注ぎ込んだ。

「はぁ、はぁ……」

繋がったまま、脱力した僕は彼女の背中に倒れ込む。僕と密着した彼女の肌は、焼けるように熱かった。

「トモヤさん……」

声が聞こえて視線を上げると、肩越しに振り返るニッキの顔が間近にあった。

僕たちは愛を確かめあうように、つながったまま、どちらからともなく口づけをした。


ことをいたしてしまった後。

「え、えっと……」

「……」

服を着た僕とニッキは、武器屋のカウンターをはさんで向かい合っていた。

……いや、ちがうな。体は向き合っていても互いに恥ずかしくて相手の顔が見られずにいるから、向かい合っているとは言えないか。

「ご、ごめんね。ニッキがあまりにも可愛かったから、我慢できなくて……」

「い、いえ、私もそんなに嫌じゃなかったので……。と言うか……すごく、良かったので……」

お互いに恥ずかしいことを言っている自覚があるので、まともに目を合わせられない。エロゲの主人公ならセックスの後でも平然と女の子と会話するのに。まだまだ僕は未熟だ。

店内で激しいセックスをしてしまったニッキは、すっかり媚薬が抜けて、元の照れ屋な女の子に戻っていた。どうやら媚薬の効果を打ち消す方法は僕の想像通りだったようだ。

——媚薬の効果は、中出しされたらおさまる。

「え、えっと……とりあえず、この服の代金なんだけど……」

僕は話題を逸らすように、自分が着ている冒険者用の服の襟をつまんで問いかけた。

ジャージから着替えた僕は、安物のシャツに厚手のベスト、丈夫さがウリのシンプルなズボンとブーツ、腰に戦士用のベルトを巻いて長剣を下げている「駆け出し冒険者」を絵に描いたような出で立ちになっていた。

「は、はい……。あの……お代は結構です……その服は、差し上げます……」

彼女にかけた催眠——『キミは僕に店の商品をプレゼントしたくなる』という命令が、まだ有効なのだろう。女神ミルフィにかけた催眠はあっさり解けたけど、人間相手なら催眠はかかりっぱなしなんだろうか。ニッキは僕にタダで服を提供してくれた。

「そ、その代わりに、一つお願いが……」

いや、タダではなかったようだ。ニッキは頬を朱に染めて上目遣いで僕におねだりをした。

「トモヤさん……。また、来てくださいね」

大人しいニッキにとって、おそらくそれは一世一代のわがままだったのだろう。純朴な少女から真っ赤な顔でおねだりされた僕は、迷うことなく答えていた。

「もちろん、また会いに来るよ。ニッキ」

僕に名前を呼ばれた少女は、嬉しそうに幸せそうに顔をほころばせた。

——異世界に転生した僕に、初めて行きつけの店ができた。


「異世界転生って最高だな……♥」

可愛い武器屋の看板娘とのエロゲ的イベントを思い出しながら、僕はほくほく顔で街を闊歩《かっぽ》する。

ウキウキしすぎて地に足が着いていない気分だよ。

……と、いつまでも浮かれているわけにもいかない。僕には「一〇〇〇万ドリー稼いで奴隷エルフを買い取る」という目標があるのだ。

さしあたってやるべき事は……。とりあえず、まだ使っていないエロゲ能力を検証してみるか。

自分の能力を把握するため、僕は人目につかない路地裏で実験を行うことにした。

八つのエロゲ能力のうち媚薬、痴漢、催眠、透明人間、盗撮は実際に使って検証した。

残るは、触手と女体化とオーク召喚だ。……順番に試してみるか。

路地裏で周囲に誰もいないことを確認すると、僕はスマホの『触手』アプリを起動した。

ぐにゃり。右手の五本の指が、タコの足のようにあり得ない角度に折れ曲がった。蠢《うごめ》く指が赤茶色に変色してイボ状の突起に覆われていく。先端から粘液が染みだして、てらてらと不気味にぬめり光って……なんというグロテスクでいやらしい形状……これは、実にいい触手だ！

「この触手、僕の思い通りに動くぞ！」

伸びた触手が地面に着きそうになったところで、鎌首をもたげる蛇のように先端が上を向き、そのまま上へ上へと伸びていく。この色、この艶、この動きは――まさに「ザ・触手」！

いいぞ。これはいいぞ。この触手で美少女の体を締め付けて拘束したい。美少女の乳房を丸く包んで締め上げたい。美少女の股間を触手ですりすりしたい。美少女の口に触手の先端を突っ込みたい。嫌がる美少女の膣に触手をぶち込んでずぼずぼと――。

はっ！　いかんいかん、あまりの触手の素晴らしさに我を忘れて興奮してしまった。

触手の造形は僕の理想通りで何の不満もない。しいて問題を上げるとすれば、触手に変化させられるのは右手の指だけという点か。試しに念じてみたが左手や足の指はまったく変化しなかった。

……待てよ。まだ試していない体の部位があるぞ。

思いついた僕は、自分の股間――ペニスに意識を集中して「触手になれ」と念じてみた。

お……お……うおおおお！　僕のペニスがどんどん伸びて、ズボンの裾から外に這い出てきた！　亀頭の形をした赤黒く凶暴な面構えは「ち×ぽ触手」と呼ぶにふさわしい醜悪さだ。

いい……これはいい……。（うっとり）

気持ち悪さに泣いて嫌がるヒロインのま×こに、このち×ぽ触手をぶち込みたい。嫌なのに気持ち良くて感じてしまうヒロインの膣内を、ち×ぽ触手でぐちょぐちょにかき回したい！

うおおおお！　たぎってきたあぁぁぁぁ！　五本の指触手&ち×ぽ触手をうねうねと蠢かしながら、誰もいない路地裏で歓喜の叫びを上げる僕。

……ふう。満足した。

エロゲ触手を堪能した僕は、伸びた触手をするすると引っ込めて触手アプリを終了させた。

いいね、触手。気に入ったぞ。使ってる姿は絶対に人には見せられないけどな！


触手を堪能した僕は、次のアプリ――『女体化』を試してみることにした。

性転換《Transsexual》――いわゆるTSものは、男なら誰もが一度は妄想する「自分が女の体になったら○○をしてみたい」という夢を叶えるジャンルだ。

女体化してオナニーしたり、トイレの仕方で悩んだり、可愛い女友達とスキンシップしたり、男の人とセックスして性の悦びを……。いや、さすがに男とセックスするのは抵抗あるな。

とにかく、エロゲ愛好者にとって女体化はロマンの塊！　僕はわくわくしながら、さっそくスマホの女体化アプリを起動した。

『選択してください。♀ or ♂』

アプリを起動すると、画面にメッセージが表示された。「♀」と「♂」の二つのボタンが表示されてるけど……どちらかを選べってこと？

「女体化アプリなんだから、♀に決まってるだろ」

ためらいなく、僕は♀ボタンをポチる。

ん？　んん？　んんんっ!?　この感覚は、服の下で僕の体が変化している……？

「これで女になれたのか？」

つぶやいた僕の声は、ハスキーな女声になっていた。驚いた僕は、服の上から自分の胸をわしづかみにする。

「ある！」

そして股間に手を当てる。

「ない！」

すごいぞ、マジで女体化してる！

「顔は!?　僕の顔はどうなってるんだ？」

僕はスマホのカメラ機能を使い、カメラのレンズを通して自分の顔を画面に表示させた。

「これが僕？　めちゃくちゃ可愛いじゃないか！」

カメラに映っているのは、ショートカットの髪型が爽やかなボーイッシュ美少女だった。

エロゲ的に言うなら、元気いっぱいで男友達のように主人公にじゃれつく快活少女のイメージ。

いいなぁ、こういうタイプのヒロイン好きなんだよなぁ。

というか、よく見たら服装まで変わっているじゃないか。冒険者用のズボンがミニスカートに、シャツはビキニのトップスのような形に変化して肌の露出が大幅に増えている。

露出度の高い衣装が醸《かも》し出す健康的なお色気は、エロゲに登場する「快活な女冒険者」そのものだ。女体化で服装まで僕好みに変化するなんて、女神様はいい仕事をするなぁ。

ボーイッシュな美少女（僕だ！）の甘い営みを妄想して、僕は自分のおっぱいをモミモミしながら、文字通り期待に胸を膨らませ……。

「……と、いつまでもおっぱい揉んでる場合じゃないよね」

我に返った僕は、女体化を解除しようとスマホを操作した。

『選択してください。♀ or ♂』

適当にスマホの画面をタップしていたら、見覚えのあるメッセージが表示された。どうやら操作を間違えて、一つ前の画面に戻ってしまったようだ。

さっきはここで「♀」のボタンを押したけど……「♂」を押したらどうなるんだろう？

僕はなんとなく気になって「♂」のボタンを押してみた。ポチッ。

ん？　んん？　んんんっ!?　ボタンを押下した途端、僕は股間にむずむずとした違和感を覚えた。

このなじみのある感触は……まさか！

僕はあわててスカートをめくり上げると、パンツを掴《つか》んでずり下ろした。

……股間にムスコがぶら下がっていた。

僕は自分の胸をわしづかみにした。

「ある！」

そして自分の股間をつかんだ。

「こっちも、ある!?」

え？　どゆこと？　女体化アプリで女になったのに、どうして股間にち×ぽがあるの？

思い当たるのは、メッセージとともに表示された「♂」のボタン。あのボタンを押したから、女体化した体にち×ぽが生えた……。

「つまり今の僕は——フタナリ!?」

フタナリ。それは女の体に男のイチモツが生えている、ロマンあふれるエロボディ。エロゲならではの、レズプレイを楽しみながらセックスもできる夢の肉体！

「このアプリは女性の体とフタナリの体を選択可能なのか！　すごいぞ女体化アプリ！　フタナリ最高！　フタナリ万歳！」

異世界の片隅で、ひとりフタナリフタナリと大声で連呼しながら、脅威のエロゲ能力に涙を流して感動する僕だった。


検証していないエロゲ能力はあと一つ、『オーク召喚』だけだ。

とはいえ、さすがに街の中でオークを召喚するわけにはいかない。僕は女体化を解除すると、るんたった♪と軽快にスキップしながら、いったん街を出ることにした。

オークを召喚できそうな人目につかない場所を探して、僕は街の外壁の周辺をうろつき……。

「や、やめろ！　汚い手で私に触るな！」

……と、物陰から、切羽詰まった女性の声が聞こえてきた。

何ごとだ？　僕は声が聞こえてきた路地を覗き込み、そこで二人組の男に組み伏せられている女性を発見する。

白を基調とした金属鎧を身につけたポニーテールの凜々しい美少女が、戦士らしき皮鎧の大男に押し倒されて組み伏せられている。装備から察するに、鎧の少女は冒険者で職業は戦士……いや、ここは僕の好みで「女騎士」と呼ぶことにしよう。

ガタイのいい大男に手首を押さえつけられ、女騎士は地面に横たわったまま身動きできずにいた。もう一人、猫背の痩せた男が彼女の足をつかんで押さえつけ、そうはさせじと女騎士が抵抗するたびにスカートがめくれて太ももがあらわになって……。

「なぜだ！　なぜ私にこんなひどい仕打ちを!?」

ポニーテールの女騎士が、凜とした中性的な声で男たちを非難する。

だが問われた猫背男は悪びれた様子もなく、下卑《げび》た笑い声を上げながら答えた。

「イヒヒ。ひどい仕打ちってのは失礼じゃねえか？　お嬢ちゃんは駆け出しの冒険者なんだろ？だから一人前になれるように、俺たちが手伝ってやろうって言ってるんだ」

「んだんだ。オ、オラたちが、お嬢ちゃんを一人前の女にしてやるんだぁ」

大男が訛《なま》りのある言葉で鼻息荒く応じて、女騎士の顔が恐怖で青ざめる。女騎士というと勇ましく聞こえるが、実際は年若い少女でしかない。この状況で恐怖を隠しきれないのも当然だ。

「私は神に仕える騎士だ！　私にこんなことをしたら天罰がくだるぞ！」

「こ、こんなことってのはどんなことだべ？　騎士さまは、これからオラたちにどんなことをされると思ってるんだべか？」

大男がよだれを垂らしながらからかい、女騎士の顔がカーッと赤くなった。

僕は冗談のつもりで言ったけど、どうやら彼女は本当に騎士だったようだ。古今東西、女騎士は陵辱される運命なんだなぁ。感慨。

「誰か！　誰か助けてくれ！」

「叫んでも誰も来やしねえよ！」

なんというベタな展開にベタな台詞。これが普通のラノベやアニメなら、間違いなく主人公がヒロインを助けに飛び出す場面だが……しかし、エロゲとなるとそうはいかない。
①美少女が本番行為以外のエロいことをたっぷりとされた後、いよいよレイプされるという寸前で主人公が助けに現れる。
②主人公は助けに現れず美少女が一通りレイプされる。
③主人公は悪漢どもを退治した後、美少女をレイプする。
……ふむ。エロゲだとだいたいこの三択だな。僕としては③を実践して、しかもレイプしたのに美少女に惚れられるという超展開が理想だけど、さすがにそれは虫が良すぎるよね。

「よ、鎧が邪魔だべ。こんなものはこうしてやるだぁ！」

「や、やめろ！　鎧を外すな！　これ以上私に変なことをしたら、ただでは──きゃあ！」

「うひょお！　こいつノーブラだ！　シャツの上からでも乳首のぽっちがばっちり見えるぜ！」

男たちに胸当てを外された女騎士は、汗ばんだ肌にシャツがぴったりと張り付いていて、豊かな胸の膨らみをしこたま強調していた。

神に仕える高潔な騎士のくせに、エロい体してやがるぜ。へっへっへっ。

……ハッ！　しまった。陵辱エロゲのやり過ぎでつい陵辱する側の気分になってしまった。

「神に仕える高潔な騎士のくせに、エロい体してやがるぜ。へっへっへっ」

僕と完璧にシンクロしたヤセ男が叫び、よだれを垂らしたマッチョ男が女騎士のおっぱいをわしづかむ。指がおっぱいに食い込んで、見ているだけで柔らかさが伝わってくるようだ。

「た、たまんねぇだ！　ぷにぷにして弾力があって、揉みがいのある最高のおっぱいだべ！」

「やめろ！　私の胸に触るな！」

女騎士が気丈に叫ぶが、興奮した男の手がその程度で止まるはずもない。形の整った美乳が乱暴にこねくり回され、ぐにぐにと淫らに形を変えていく。これは……エロい！

「はぁはぁ……た、たまんねぇ……。オラ……もう、我慢できねえだぁぁぁ！」

興奮を抑えきれなくなった大男が、自分のズボンに手をかけて怒張を引っ張り出した。

そのまま身動きできない女騎士の顔に、フル勃起した肉棒を押しつける。

「く、口を開けて……オラのち×ぽを舐めて、気持ち良くするんだべ！」

「うぐっ……そ、そんな穢《けが》らわしいものを私に近づけるな！　私は神に仕える騎士だ！　貴様のような下劣な輩の思い通りになど……くっ、ぐうっ！」

「このぉ、オラのち×ぽがしゃぶれねえってのか！」

ごすっ！　いきなり、大男が握り拳で女騎士の顔を殴りつけた。鈍い音が響いて、僕は隠れていることも忘れて腰を浮かす。

「痛ぇか？　オラに殴られて痛ぇか？　だったらオラの言うことを……」

「……断る」

殴られたことで逆に闘争心に火が付いたのか。唇の端に赤い血をにじませながら、女騎士は力強い眼差しでマッチョ戦士をにらみつけた。

「私は騎士だ。どんな辱《はずかし》めを受けようと、卑劣なクズに屈したりはしない！」

「こ、このアマぁ……オラを見下しやがって！」

ごすっ！　ごすっ！　ごすっ！　半狂乱になったマッチョ戦士が女騎士を殴りつける。少女の細身の体を石のような拳で何度も、何度も、何度も……。

これがエロゲなら、Ｈシーンを最後まで鑑賞してから行動を起こすところだけど……。さすがに、この状況は黙って見ていられない。

――クズどもをぶちのめして、彼女を助ける！

自分のこれまでの言動は棚に上げ、正義に燃える僕は迷わずスマホの画面をタッチした。

透明人間アプリ、起動！　これで一方的に男たちを痛めつけてやる！

おっと、卑怯だなんて言わないでよ？　いくら義憤に燃えても、しょせん僕はレベル１の新米冒険者。手練《てだ》れの冒険者二人とまともにやりあって勝てるわけがないんだから。

勝てないなら勝てるように策を巡らせる。それが異世界転生モノのセオリーだ。透明人間になった僕は、悠然と男たちに歩み寄った。

「イヒヒヒ！　このまま下着をはぎ取って、直にま×こを舐めてや――げふっ！」

しゃがみ込んでいたヤセ男の顔面を、僕はサッカーボールを蹴る要領で思い切り蹴り上げた。

「な、なんだべ⁉」

吹っ飛んだヤセ男を見て驚くマッチョ戦士の背後に回り込み、腰をつかんで、体を持ち上げジャーマンスープレックス！　どりゃあああ！

「なにぃぃぃ⁉　げふっ！」

後頭部を地面に叩きつけられたマッチョ戦士が、頭を押さえてのたうち回る。僕は突然の出来事に目を白黒させている女騎士に駆け寄ると、アプリを操作して透明化を解いた。

「大丈夫かい？」

「えっ？　あ、あの……いま、なにを……これは、あなたがやったのか？」

「話は後だ。逃げるよ」

僕は女騎士の手を引いて立ち上がらせると、そのまま逃走しようとして……。

「待ちやがれ！　てめえ、何しやがった！」

起き上がったヤセ男とマッチョ戦士に行く手を阻まれた。くそっ、立ち直るのが早すぎる。

しかたがない。僕は男らしく女騎士を背後にかばうと、暴漢たちと対峙した。

「僕に文句を言う前に、自分の行為を恥じたらどうだ！　女の子一人に男二人でよってたかって、恥ずかしいと思わないのか！」

「こいつ、ふざけやがって！」

ヤセ男が怒鳴り、マッチョ戦士が身構える。こいつら僕と一戦交える気か。いいだろう。僕の最強エロゲパワーで返り討ちにしてやる！　僕は勇ましく一歩前に踏み出して、

「待って、あなた一人では無理だ。私も――」

「心配いらないよ。あんな短小早漏のザコども、僕一人で十分だ」

「誰が短小だコラァ！」

「オラは早漏じゃねえべ！」

激怒するヤセ男とマッチョ戦士。あれ、図星だった？　ごめんね～。

「ぶ、ぶぶぶぶっ殺すだぁぁ！　おおりゃあああああ！」

マッチョ戦士が雄叫びを上げて襲いかかってきた。迫り来る巨漢に、しかし僕は慌てず騒がずスマホの画面をタッチする。透明人間アプリ、起動！

――そして僕は、顔面に強烈なパンチを食らって吹っ飛んだ。

「へぶぅ！」

マッチョ戦士の右フックを食らった僕は、空中できりもみ回転して地面に落ちる。ぐはぁ！

「な、なんだべ？　こいつ、めちゃめちゃ弱ぇぞ!?」

「おら、さっきの威勢はどうした！」

いきなり大ダメージを食らった僕を、二人の男が容赦なく殴る蹴る。痛い痛い！

ちょっと待て。どうしてこいつらに僕が見えているんだ？　アルマジロのように体を丸めながら

僕がスマホの画面を確認すると……透明人間アプリが起動していない!?　何度もアイコンをタッチするが、アプリはうんともすんとも言わなかった。

どういうこと？　どうして透明人間になれないんだ？　ていうか、袋だたきになっているこの状況はマズくないか？　主に僕の生命的な意味で！

「やめてくれ！　その人を殴らないでくれ！」

「うるせえ！　どけよ、このアマ！」

「きゃあ！」

僕を助けようとした女騎士が、ヤセ男に殴られて地面に倒れた。こいつ！　また女の子を殴るなんて許せない！　僕が暴漢をぶちのめした後、女騎士は助けてくれた僕に感謝して自分から股を開く予定だったのに（願望です）、僕とえっちする前に傷物にするんじゃねえよ！

げしげしと足蹴にされながら、僕は美少女を殴った愚か者どもに制裁を加えるべくスマホの画面を連打した。僕が連打したアイコンは――『オーク召喚』！

『グオオオォォォォォォ!!!』

「なんだ!?　なんでいきなりオークがぎゃあああああ!!」

「こ、こっちに来るでねえ！　ひいいいいぃぃぃぃ!!」

どこからともなく湧き出たオークの集団が、二人の冒険者を引き倒して袋だたきにする。

オークの数は、僕の見える範囲内だけで六体。どのオークも巨体なうえに、剣、棍棒、メイスなどの武器で武装していて、見るからに攻撃力が高そうだ。

あっという間にボコボコにされた男たちを見て僕は「ざまーみろ」と思い、

「きゃあああああ!!」

女騎士の悲鳴を聞いてハッとした。――しまった！　こいつらがエロゲに登場するオークそのものなら、女騎士を見つけたらやることは一つじゃないか！

一難去ってまた一難。クズ野郎どもの魔手から逃れた女騎士は、今度はオークの集団に押し倒された。何匹ものオークが彼女の手足を押さえつけ、シャツをビリビリに引き裂いていく。

「いやあああぁぁぁぁぁ!!」

泣き叫ぶ女騎士にオークの一匹がのしかかった。剝《む》き出しになった女騎士の豊かな胸の膨らみを、オークの手が荒々しくわしづかむ。乳房をこね回されて女騎士は痛みに悲鳴を上げた。

「い、痛い……っ！　んんっ……！　こんな、こと……やめっ、ああっ……！」

オークの太い指が乳首をぎゅうっとつねり上げ、女騎士がさらに声を上げる。そうして悶え苦しむ彼女の眼前に、別のオークの凶悪なまでに太くて長い巨根ペニスが突き出された。

「ひぃっ！　う、嘘《うそ》……そんな、気持ち、悪いもの……やだっ、いやだっ……！　んんっ、ふぐっ！　むむぅ！　むぐっ、むぐうううううっ！」

人間のものとはサイズ感がまるで違う極太ち×ぽが、強引に女騎士の口へと押し込まれる。女騎士は口内をペニスでいっぱいにしたまま、喉を突かれて何度もえずく。

オークのペニスが口内でびくびくと震え、さらに別のオークが女騎士の太ももを舐め、別のオークが乳房に亀頭をこすりつけ、別のオークが彼女の手に肉棒を握らせ……。気がついたときには、女騎士はオークの集団によって全身を余すところなく嬲《なぶ》られていた。

「んぐっ！　んんっ……じゅるっ、ふむぅ……！　ぷはぁ、こ、こんなの、むり……むぐっ！　んぐっ、じゅぶっ、じゅるっ……んぅっ、んんんっ！」

極太ち×ぽを突き入れられて顎が外れそうなほどに口を開かされた女騎士は……涙を流していた。これまでどんなつらい試練にも耐えてきたであろう女騎士が、人目もはばからずに大粒の涙をあふれさせていた。それは痛みの涙か、屈辱の涙か、それとも……。

「や、やめろ……彼女に触るな……！　彼女から、離れろ！」

僕は立ち上がろうともがきつつ、声に出して命令するが、オークたちは極上の肉便器を前にして完全に我を忘れていた。こいつら、僕が召喚したのに全然言うことを聞かないじゃないか！

「んっ、はぁ……も、もう、終わりに……ふぁっ！　な、なにを、や、やめ……！」

涙を流して横たわる女騎士の膝を、オークの一匹がつかんで強引にこじあけた。あらわになった女騎士の股間に、オークは極太ち×ぽを押し当てて……。

「やだ……やめろ……お願いだ……。私、初めてなんだ……初めてがこんな……！」

女騎士が泣きながら首を振り……僕と目が合った。

――たすけて。彼女の目がそう訴えていた。

「やめろ……やめろ――――!!」

僕がオークを召喚したせいだ！　僕がオークを止めないと！　僕が彼女を助けないと！

そうだ。こいつらはアプリで召喚したオークだ。だったらアプリを終了させれば……。

思いついた僕は、すぐさまスマホを操作。本体の電源を切ってアプリを強制終了させた。

――ふっ、と気配が消え、大挙して暴れ回っていたオークは一瞬で消え失せた。

後に残ったのは、暴漢に殴る蹴るされてボロボロになった満身創痍の僕と、オークに袋だたきにされて命からがら逃げ去る男二人と……ショックで気を失った女騎士だけだった。


「う……うぅ……」

「気がついた？」

ベッドの上で目を覚ました女騎士へ、椅子に座っていた僕が声をかける。

寝ぼけ眼の少女は、目覚めたばかりでまだ頭が回らないようだ。彼女はベッド脇にいる僕をぼんやりと見て、自分が安物のシャツを着ていることに気がついて、それから室内を見回した。

ここは簡素な丸太小屋の一室。ベッドと机、それに医薬品が入った棚を見て、彼女は中性的な声音でつぶやいた。

「ここは、病院か？」

「城壁を守る衛兵のために作られた救護所だよ。キミは男たちに襲われて気絶したんだ」

「気絶……」

まだ意識がはっきりしていないのか、女騎士はぼんやりと考え込む。

オーク騒動の後、僕は街の衛兵に助けを求め、気絶していた彼女を救護所まで運んで手当した（ついでに、破れたシャツを脱がせて彼女に安物のシャツを着せた）わけだけど……。

「キミを襲った男たちは、レイプの常習犯として指名手配されているらしい。衛兵に話したらすぐに対処すると言ってくれたから、捕まるのも時間の問題だと思うよ」

「オークは……オークはどうなった？」

「オーク？　なんのこと？　こんな街の中にオークがいるわけないだろ」

街中にオークが大挙して現れたとなれば、大騒ぎになるのは必定。その場にいた僕もいろいろと調べられて面倒なことになりかねない。だから僕は、衛兵たちにオークのことを話していなかった。彼女にも幻を見たと思わせてごまかすつもりだった。

「僕はオークなんて見てないよ。怖い思いをしたからショックで夢でも見たんじゃないか？」

「夢……そんなはずは……今もまだ、やつらの感触が残って……。違う、夢なんかじゃ……」

女騎士が両手で体を掻き抱き、恐怖に身を震わせる。

……しかたがない。僕は催眠アプリを起動すると、彼女の眼前に画面をかざして見せた。

「えっ……？」

極彩色に輝く画面を見た女騎士の、目から光が消える。彼女が催眠トランス状態に落ちたことを確認すると、僕は優しく諭すようにささやいた。

「キミが見たオークは夢だったんだ。実際はオークに襲われてなんかいないんだよ」

「私は……オークに襲われていない……オークは……全部、夢……」

彼女が暗示にかかったことを確認すると、僕は「三、二、一」とカウントダウンをしてアプリを閉じた。すうっ、と女騎士の瞳に光が戻る。

「夢……。そうか、あれは夢だったのか。そうだな。こんな所にオークがいるわけがない」

化け物に陵辱された経験はすべて夢だとわかって、彼女は心の底からホッとしているようだ。これでいいんだ……。ひと安心した僕は、体の痛みをこらえて立ち上がった。

「じゃ、僕はもう行くから」

「ま、待ってくれ！」

あわてて起き上がった女騎士が、部屋を出て行こうとする僕を引き留める。

「危ないところを助けてくれてありがとう。それで、あの……ぜひお礼をさせてほしいのだが」

「お礼？」

それはもしかして、僕とえっちしてくれるってこと？　エロゲ脳の僕は、意外とボリューミーな彼女の肢体（彼女は着やせするタイプだ！）に思いを馳せ、期待で胸と股間を膨らませた。

ワクワクしつつ椅子に座り直した僕に、彼女はそっと手を伸ばす。女騎士は目を閉じると、精神を集中して静かな声で唱え始めた。

「大地母神ミルフィの加護を彼《か》の者に与え給え。――癒し《ヒール》」

ぽうっ、と僕の体が青白い光に包まれ、全身の痛みが薄れていく。驚いて自分の腕を見ると、アザや擦り傷がみるみる消えていった。

「怪我が治っていく……。これは、回復魔法？　魔法を使えるなんて、すごいな！」

「とんでもない。私は駆け出しで、まだ癒やしの魔法しか使えなくて……」

「謙遜《けんそん》しなくていいよ。僕は本当にすごいと思ってるんだから」

「いいや、私なんて全然すごくない。今日だって『駆け出しの冒険者なんだろ、レベル上げを手伝ってやるぜ』とか言われて、なんて親切な人たちだろうと思って疑いもせずついて行ったら、あんな目に……」

どうやら彼女は、僕と同じで冒険者に成りたての初心者のようだ。素直な彼女は先輩冒険者に親切にされ、嬉しくて疑いもせずついて行き、本性を現した彼らによって傷つけられた。

「私は未熟だ。今日ほど自分の未熟さを痛感した日はない」

悔しそうに声を震わせる女騎士。

綺麗というよりも格好いいという言葉が似合いそうな、凛々しい目鼻立ち。勇ましい印象を与えるポニーテールに、しなやかな体つきと堅苦しい言葉遣いから、僕は勝手に彼女を強くて勇敢な少女剣士だと思い込んでいた。

だけど、実際は違ったようだ。目の前にいる女騎士は無条件に人を信じるようなお人好しで、騙《だま》されたら傷ついて泣いてしまうようなか弱い普通の女の子だった。

「……私はずっと、冒険者になることを夢見ていた。私にとって冒険者は憧《あこが》れの存在だった」

誰かに聞いてほしかったのか。少女が訥々《とつとつ》と身の上を語り出す。

「子供の頃の私は病弱で、いつも一人ぼっちで寝室に閉じこもっていた。そんな私の唯一の楽しみが、本物の冒険者から外の世界の話を聞くことだったのだ」

彼女の父親には冒険者の知り合いがたくさんいたらしい。多くの冒険者が彼女の家を訪れ、そんな彼らから話を聞くことが、病弱な少女にとって外の世界を知る唯一の手段だった。

――いつの時代でも、どんな世界でも、子供は胸躍る冒険譚に夢中になるものだ。

「地図にない秘境を旅した話。凶暴なモンスターと戦った話。隠された財宝を見つけた話。そんな話を聞いて私は育ってきたんだ。冒険者のように、自由で、高潔で、信念を持って生きる人間になりたいと、ずっと願って生きてきたんだ」

成長した少女は、長年の夢を叶えて念願の冒険者になり……そして、信じていた仲間に裏切られ、傷つけられた。夢と憧れを語っていた彼女の目には、いつしか悔し涙がにじんでいた。

「ずっと冒険者を夢見ていたんだ。仲間と出会って、みんなで夢を語り合って、苦しい試練を乗り越えて、つらいけど楽しい旅をして、パーティメンバーと恋に落ちたりして……。そんな日々に憧れていたのに……」

夢を汚された少女の目からぽろぽろと涙がこぼれ落ちる。その泣き顔は、まるで純愛系エロゲのヒロインのように純粋で愛おしくて……。気がつくと僕は、彼女の頭を抱きしめていた。

「キミの気持ちはわかるよ。僕も冒険者になれてすごくワクワクしたから」

「……キミも、私と同じなのか？」

少女の鼻声に、僕ははっきりとうなずく。泣き顔を抱きしめ、髪を撫でながら、僕はエロゲの主人公のように優しく語った。

「僕は今日、冒険者になったばかりなんだ。ギルドで名前を登録したとき、これから冒険の旅が始まるんだと思ってすごくドキドキしたよ」

「私も同じだ。期待と興奮で胸が躍った」

「きっとみんな、ドキドキワクワクしながら冒険者になるんだ。だから、何が言いたいかって言うと……。冒険者はあんなやつらばかりじゃないってことだよ。僕やキミみたいに、夢を抱いて冒険者になった人はいっぱいいるはずだ」

「夢を抱いて……。キミにも、夢があるのか？」

「あるよ。でっかい夢が、僕にはある」

異世界で美少女を集めて、僕だけのエロゲ的ハーレムを作る。それが僕の夢だ！

「だから、キミも負けるな。夢に向かって僕も頑張るから、キミも頑張れ」

「……うん」

目に涙を浮かべながら、僕の腕の中で彼女がうなずく。さっきまでの悲しそうな表情とは違う。ホッとしたような、吹っ切れたような、そんな清々しい微笑みを彼女は浮かべていた。

うん。やっぱりこの子は美少女だ。どうにかしてこの子とセックスできないものか。そんなよこしまなことを考えていると、彼女はそっと僕から離れ、ためらいがちに問いかけてきた。

「キ、キミに提案がある。良かったら、私とパーティを組んでもらえないだろうか？」

「僕とパーティを？　でも僕は駆け出しの冒険者で……はっきりいって弱いよ？」

「駆け出しなのは私も同じだから、むしろ釣り合いが取れているというか……駆け出しだからこそ一人より二人の方が心強いと思うのだ」

口下手ながらも懸命に僕を勧誘する女騎士。彼女のこの反応、この仕草。これは脈アリと思っていいのか？　非モテ歴三十五年ともなると、女性に優しくされても「勘違いするな、この子は僕に好意があるわけじゃない」と自分に言い聞かせるようになるから、好意を向けられても義理なのか友情なのか恋愛感情なのかよくわかんないんだよな。

……でもまあ、せっかく誘ってくれたわけだし。

「わかった。僕で良ければパーティを組もう」

「本当か!?」

「実を言うと僕も冒険者になったばかりで、まだまだ知らないことだらけなんだ。だからいろいろ教えてくれると助かる」

「そういうことなら私が手取り足取り教えよう！　私がリードするから安心して身を任せてくれ！病めるときも健《すこ》やかなるときも、二人で手を取り合って幸福な未来を築いていこう！」

…………ん？

目をキラキラさせながら、結婚式のような台詞をまくしたてる女騎士。なんだろう。えもいわれぬ危険な香りを感じるけど、何がどう危険なのかわからない。

「よし、さっそくハネムー……最初の冒険に出発しよう！　ここからは初めての共同作業だ！」

「お、おう」

彼女の頭上にハートマークが乱れ飛んだような気がしたけど、気のせいだよね？　僕の本能が警戒アラームを鳴らすが、彼女が僕の腕に抱きついて……僕の二の腕におっぱいの感触が伝わってきて、なんかいろいろどうでもよくなった。よっしゃー、気合い入れてやったるでー！

「そういえばまだ名乗っていなかったね。僕の名前はトモヤ。戦士の瀬能倫也だ」

「ならば、これからはトモヤと呼ばせてもらおう。私は騎士の――」

そこで彼女はいったん言葉を止め、なぜか少し黙り込んでから丁寧な口調で名乗った。

「私は騎士のスミレ・ブレンジャーだ。ふつつか者ですが、末長く、よろしくお願いします」

第三話　女体化とエルフの美少年

女騎士スミレとパーティを組むことになった僕は、初めてのモンスター討伐に出発することにした。パーティを組んでモンスターとバトル！　これぞ異世界ファンタジー！

やってやる！　ここからが伝説の幕開けだ！

そうして意気揚々と街を出た僕が、その後どうなったかというと……。

「……死ぬかと思った……」

全身を泥だらけにした満身創痍の僕は、もの悲しさが漂う夕暮れの街に命からがら帰還した。

「大丈夫か？　もう一度『癒し《ヒール》』の魔法をかけておくか？」

「いや、体の傷は何ともないんだ。どちらかというとメンタルの問題と言うか……」

ちょっとケガしただけでも魔法で全回復してくれるスミレの手厚いサポートもあり、テンション高めで出発した僕は順調にモンスター（と言ってもザコばかりだけど）を倒すことができた。

だけど、あまりに順調すぎて僕は調子に乗ってしまったんだ。街の北に広がる大森林へと足を踏み入れ、そこでジャイアントバットと遭遇。「コウモリか。ザコだな」と勇んで斬りかかり、盛大な返り討ちにあってしまった。

ジャイアントバットは驚くほど強かった。

予想外の大ダメージを食らった僕は「このままだと負ける」とパニックに陥り、そこからはしっちゃかめっちゃかで、自分がどう戦ったのかも正直よく覚えていない。

気づいたときにはジャイアントバットが死んでいて、僕はボロボロになって倒れていた。

「マジで死ぬかと思った……スミレの回復魔法がなければ確実に死んでいた……」

「それは私の台詞だ。トモヤが頑張ったから私たちはかろうじて勝てたのだ」

僕なんて闇雲に剣を振り回していただけなのに、それでもスミレは「戦っている姿がかっこよかった」などと褒めてくれた。あまりにもスミレが賞賛するので、こちらはいたたまれない気持ちでいっぱいだ。そんなに格好よくないんだよ！　本当に無様な戦いだったんだよ！

「謙遜《けんそん》するな。トモヤの奮戦があったから私たちは生き残れた。それは紛れもない事実だ。トモヤが仲間で良かったと私は心から思っている。トモヤは頼りになる男だ」

「……ありがとう。僕も初めての仲間がスミレで良かったよ」

僕に感謝されたスミレが顔を真っ赤にする。女騎士というのはもっとクールで凜々しい生き物だと思ってたけど、新米騎士の彼女は初々しくて表情豊かで見ていて飽きないね。

「わ、私の方こそ、命がけで私を守って戦うトモヤは、とても勇敢で、格好良くて……惚れ直したぞ……」

「だからそれは……。ま、いいか。それはそれとして」

キリが無いと思った僕は、ポケットに入れていた小指の爪ほどの大きさの石を取り出す。

青く輝く半透明の結晶――魔石は、モンスターを倒すと手に入る、魔力の結晶体だ。

モンスターの体組織に蓄積されていた魔力が、命が絶たれることによって外部へ放出、結晶化して石になる現象……とかなんとか理屈があるらしいが、僕にはよくわからない。わかっているのは、この魔石を冒険者ギルドに持っていくと経験値と交換してもらえるという事実だ。

モンスターを倒して魔石を手に入れ、それを経験値に変換して冒険者レベルを上げる。それがこの世界のレベルアップシステムだった。

僕は手に入れた魔石を二等分すると、半分をスミレに手渡した。

「さて、僕はこれから冒険者ギルドに行くけど、スミレはどうする？」

「すまない。遅くなると家族が心配するので私は家に帰らせてもらう」

この街に実家があるのか？　自宅通いの冒険者なんて珍しいね。でも、きつい冒険の後に自宅でゆっくり休養できるのはちょっと羨ましいかも。

「じゃあ、今日はここでお別れだね」

「そうだな。トモヤと別れるのは名残惜しいが、続きはまた明日ということにしよう」

「……『また明日』？」

「それではトモヤ。明日の朝、冒険者ギルドで待っているぞ。トモヤが現れるまでいつまでも待っているからな。必ず来てくれよ！　必ずだぞ！　私にないしょで他の女とパーティを組んだりしたら……わかっているだろうな？」

ぐいぐいと僕に顔を近づけて何度も念押しするスミレ。何だろう。純粋で真っ直ぐなスミレから、ときどき不穏なオーラを感じるんだよね。僕は背筋がゾワッとして、だけどなぜ背筋が寒くなったのかわからず首をひねる。

「わ、わかった。それじゃ、また明日」

「うむ。また明日。冒険者ギルドで会おう！」

そうしてスミレは名残惜しそうに何度も振り返り、手を振りながら去って行った。

ときどき怖く感じることもあるけど、それでもスミレと一緒に冒険するのは楽しかった。

また明日。そう思いながら、僕は踵《きびす》を返して冒険者ギルドに向かう。初めてのモンスター討伐をしている間も、僕は当初の目的を忘れていなかった。

――一〇〇〇万ドリー貯めて、奴隷の美少女エルフを買い取る。

僕はモンスターがドロップした戦利品を、冒険者ギルドで換金しようと考えていた。


「お帰りなさい。初めての冒険はどうだった？」

冒険者ギルドの窓口に行くと、職員のカロンが大きなおっぱいをぷるんと揺らしながら微笑《ほほえ》みかけてきた。オゥ……何度見ても素晴らしいおっぱいだ……顔を埋めてぱふぱふしたい……。

「どうしたの？」

「なんでもない。魔石を手に入れたから経験値に変換してもらえるかな？　……それと、これって換金できる？」

そう言って僕が取り出したのは、コウモリの牙だ。「ジャイアントバットの牙は高値で売れる」

とスミレが言っていたので確保しておいたけど、果たしてどれくらいの値がつくのか……。

「査定しますのでしばらくお待ちください」

カロンは事務的に告げると、カウンター脇にある手のひら大の魔法陣の上に牙を置いた。

ぼうっ、と淡い光が牙を包み込む。魔法で鑑定して値段をつけるなんて便利なシステムだな。

「魔石は、冒険者手帳と一緒にそちらの魔法陣に置いてください。魔石が経験値に変換されて、あなたの冒険者手帳にポイントが加算されますので……」

指示された魔法陣に魔石と手帳を置くと、魔法陣が淡く輝いて——。

「そういえば、カロンに質問があるんだけど」

「うん？　何かしら？」

経験値が加算されるまでの暇つぶしとばかりに話しかけると、カロンは砕けた口調で応じてくれた。事務的な口調もいいけど、やっぱりフレンドリーな彼女の方が僕は好きだな。

「魔石をたくさん集めれば、それだけ多くの経験値が手に入るんだよね？」

「ええ、そうよ」

「でもそれだと、モンスターを倒さなくても経験値が手に入ることにならないかな？」

たとえば他の冒険者から魔石を盗むとか。強い冒険者を雇って自分の代わりにモンスターを倒してもらうとか。そうすれば自分が戦わなくても魔石が大量に手に入り、簡単にレベルアップできてしまうのではないか。そんな僕の疑問に、カロンは笑って答えてくれた。

「そういう不正はできないようになってるわ。冒険者手帳には特殊な魔法が掛けられていて、持ち主がいつ、どこで、どんなモンスターと戦ったかがすべて記録されるのよ。だから不正に手に入れた魔石を持ち込んでも、すぐにばれて経験値には変換されないってわけ」

「なるほど。冒険者手帳に戦闘の記録が残るのか……」

手帳を開いて確認してみると、確かに僕が今日、どこで何のモンスターと戦ったかが克明に記入されていた。うわ、不良冒険者にボコボコにされたこともちゃんと書いてある……などと眉をしかめていると、冒険者手帳から「ピロリン」と気の抜けた音が鳴り響いた。

「あら、レベルが上がったのね。おめでと～」

「え？　今のはレベルアップの音なの？　ということは魔石の変換が終わった？」

今回、僕はどれくらいの経験値を手に入れたのか。そしてどれくらい能力値が上昇したのか。

僕はさっそくページをめくって現在のレベルと能力値を確認した。

名前：セノウ・トモヤ　職業：戦士
レベル：２（経験値：６００ポイント）
筋力：Ｅ　知力：Ｅ　信仰：Ｅ　敏捷：Ｅ　魅力：Ｅ　幸運：Ｅ

「能力値変わってねえええええっ!!」

「まあまあ。レベルが上がっても能力値が上がるとは限らないから。むしろ、地道に勉強したり体を鍛えたりしないと能力値は上がらないから」

「体を鍛えたら筋力がアップするって普通じゃん！　経験値システムの意味ないじゃん！　うう、レベルアップしただけじゃ能力値は上昇しないのかよぉ……」

「ＨＰとＭＰはレベルアップにあわせて上昇するわよ」

カロンが手帳を指差すと、そこには「ＨＰ：２００／２００　ＭＰ：０／０」と記されていた。

おいおい、ＭＰが１ポイントも増えていないじゃないか。なんだよ、おかしいだろ。異世界転生ものはもっとチートするものだろ。最初は平凡な能力値でも、冒険をするうちに異常な数値へと急上昇するのが異世界転生もののお約束じゃないのかよ。

がっくりと落ち込む僕を見て、カロンがくすくすと微笑する。

「でも初日でレベル２になるなんてたいしたものよ。どれくらいモンスターを倒したの？」

「えっと、ウサギ二匹とクモ二匹に、コウモリ一匹。コウモリは特に大きくて手強かった」

「牙のサイズから考えて、ジャイアントバットの上位種だと思うけど……。でも、それだとレベル１の冒険者が勝てる相手じゃないはず……」

「それは多分、パーティで戦ったから」

「そうなの？　じゃあ、強い仲間とパーティを組んだのね」

薄々そうじゃないかとは思っていたが、やはりスミレは優秀な冒険者だったようだ。

普通のＲＰＧなら騎士は上級職だ。同じ駆け出し冒険者でも、平凡な僕とは格が違うということか。もっとも、僕だってエロゲ能力を使えばそこいらの冒険者に負ける気はしないけどね。

……エロゲ能力といえば、冒険をしながら考えていたことがある。

それは「各々のエロゲ能力には何かしら必ず欠点があるのでは」という疑念だ。

たとえば、おそらくだが、透明人間アプリには時間制限がある。

僕の体感時間で十～十五分ほど経過すると、透明人間は自動的に解除されるのだと思う。奴隷エルフにキスしていたとき、突然透明人間が解除されたのはそのせいだ。

さらに付け加えるなら、透明人間アプリは連続で使用できない。

一度使用したら、次に使用可能になるまで数分間のインターバルが必要になる。

暴漢に襲われている女騎士を助けたとき、自由に透明化できなかったのはそのせいだ。

他の能力についても、たとえば「媚薬による淫乱《いんらん》状態は膣内射精されるまでいつまでも続く」、「催眠は女性にしか効果がない」「盗撮は対象となる人物の名前を知らなければ使用できない」「オークは女体に興奮すると僕の命令を無視するようになる」など。

エロゲ能力を使いこなすために、僕はもっと詳しく正確に能力を知る必要がある。

特に使い勝手がいい催眠は、女性相手ならノーリスクで使えるのかしっかり検証したいところだ。

……だけど、検証するには誰かを催眠の実験台にしないといけないわけで……。

「鑑定が終わったわよ」

僕が思案にふけっていると、カロンが銅貨二枚を取り出して小皿に乗せた。

「今日は冒険初日だから、おまけして二〇〇ドリーで買い取るわ」

「二〇〇ドリー？　日が暮れるまでモンスターと戦いまくって、たったの二〇〇ドリー？」

ということは一〇〇〇万貯めるには、単純計算で五万日戦い続けないといけない？

……無理だな。

「なんで落ち込んでるの？　初めての冒険で二〇〇ドリーなら上出来だと思うけど」

「これで上出来なのか……。やっぱり他の金策を考えないとダメだな……。そういえば、この国の物価がわからないんだけど。二〇〇ドリーあれば何日食べていける？」

「一食分にもならないわね」

「今夜の食事どうしよう……」

一文無しの僕は、この世界に来てから一度も食事をしていない。そう思った途端、僕の腹の虫が「ぐぅ〜」と盛大に鳴った。

「しかたないわね。今日はお姉さんがおごってあげる。食堂で好きな料理を注文していいわよ」

「ありがとうございます！　神様仏様カロン様！」

「あはは。様はやめてよ、様は。あと仏様って誰？」

僕は喜び勇んでギルド内の食堂へと向かい……かけて、思い直してカロンに向き直った。

「うん？　どしたの？」

「いやあ、どうせ食事をおごってくれるなら、カロンの手料理が食べたいな〜と思ってさ」

「もしかして口説いてるつもり？　君のことは気に入ってるけど、さすがに知り合ったばかりの男子を部屋に入れる気はないわよ」

「まあ、普通はそう答えるよね」

僕はスマホを操作すると、催眠アプリを起動して画面をカロンに見せた。画面から光の奔流があふれ出て、カロンの目のハイライトが消える。

「今夜、僕を家に招待しろ。僕に手料理を作るんだ」

「はい」

カロンの返事を聞いた僕は、「三、二、一」とカウントダウンをして催眠アプリを閉じた。

正気に戻って目をぱちくりさせているカロンに、僕は何事もなかったように問いかける。

「今日は僕が冒険者デビューした記念日だから、特別にカロンの部屋で手料理を食べさせてよ」

「しかたないなあ。みんなにはナイショだよ？」

すんなりと提案を受け入れるカロン。催眠成功。

ちなみに、催眠を使ってカロンといやらしいことをしようとか、そんなよこしまなことは考えてないからね。僕の目的は、カロンを実験台にして「催眠アプリを検証する」ことだ。

催眠の力でエロエロな展開に持ち込もうとか、あのビッグバンおっぱいに、はさんだりはさまれたりとか、そんなことは露ほども考えていない。本当だ。まったく考えていない。少しも考えていない。一切考えていない。

……ごめんなさい。嘘《うそ》です。ちょっと期待してます。

ちらちらと豊満な胸の谷間を覗き見ながら「あわよくば」と考えてしまうのは、男ならしかたのないことだよね？　ね？

——三時間後。僕は仕事を終えたカロンと合流して彼女の部屋を訪れた。

「どうぞ。遠慮しないで入って」

「お、おじゃまします……」

「ぱぱっと食事を作っちゃうから、適当に座って待ってて」

そう言って台所に向かうカロンは、僕に食事を作ることに何の疑問も抱いていないようだ。

――検証。催眠をかけてから時間が経過しても、かけた暗示が解除されることはない。

検証結果を確認しつつ、僕は食卓らしきテーブル席について料理を待つことにした。

……なんか落ち着かないな。

年頃の女性の部屋という慣れない環境にそわそわしながら、僕は室内を見回す。家は平屋で現代風に言うなら3LDK。家具はシンプルだけどセンスの良い物が揃《そろ》っていて、女の子らしさには欠けるけど、ファンシーな小物がやたらと置いてあるよりは遙かに好感が持てた。

それにしても一軒家とは驚いたな。冒険者ギルドの職員はそんなに給料がいいのか？

……待てよ。勝手にカロンが一人暮らしだと思っていたが、もしかすると同居人がいるのかもしれない。さらに言うなら、結婚して旦那がいるという可能性も……。

「あ、あのさ、ちょっと確認したいんだけど。カロンって人妻？」

「どうしたのよ、急に。私が子持ちに見える？」

「……おっぱいだけなら見えなくもない」

「あはは、正直だね～。安心していいよ、私は独身の一人暮らしだから」

台所からカロンの明るい声が聞こえてきて僕はホッとする。安堵《あんど》した僕が台所を覗き込むと、ギルドの制服を着たままフライパンで何かを焼いているカロンの後ろ姿が見えた。

ギルドでは髪をまとめていたので「仕事のできるお姉さん」という印象だったが、今は長い髪をおろして「家庭的なお姉さん」に変身している。髪型一つで印象が変わるもんだなあ、と感心していると、カロンがコンロの火を止めてフライパンの中身を皿に盛りつけ始めた。

……ガスコンロ？　いや、そんなわけないよな。するとあれは魔法の火を使うコンロ？

「僕はこの世界のことを全然知らないんだな……」

ひとりごちていると、カロンが湯気の立ち上る大皿を持って食卓に現れた。

「お待たせ〜。口に合うといいけど」

「これ……パスタ？」

「そ。この街の名物料理。魚介たっぷりトマトソースのパスタよ」

カロンがテーブルに置いた大皿には、赤いソースがかかったパスタが山盛りになっていた。

「これで自分の分を取り分けてね」とトングのような物を渡されて僕は戸惑う。

えっと、ここは異世界だよね？　なんで異世界にトマトやパスタがあるの？

「……パスタが、この街の名物なの？」

「そうよ。知らなかった？　今でこそパスタは世界中で食べられてるけど、もともとはサクラ王国を建国した初代サクラ王が考案した料理なんだから」

「へえ。王様が考案したのか」

「サクラ王は発明家としても有名で、パスタの他にも、魔石で火をおこすキッチンコンロや、冒険者ギルドの経験値システムなんかもサクラ王の発案なのよ」

この世界の冒険者ギルドがファンタジーRPGっぽいのは、考案者である初代サクラ王のセンスが多分に影響しているようだ。

「他にもサクラ王にはいろんな伝説があるのよ。奇跡を起こす小箱を持っていたとか、一介の冒険者から王様に成り上がったとか、三人のお后様も元冒険者で一騎当千の強者揃《つわものぞろ》いだとか……」

ぐぅ～。カロンの語りを遮《さえぎ》るように、僕の腹の虫が鳴った。

「……食べながら話そうか？　あ、でもちょっと待って」

僕が小皿にパスタを取り分けようとすると、カロンが思い出したように席を立った。

そのまま台所へ行き、戻ってくると、彼女の手には酒瓶とグラスが握られていた。

「トマトソースにはこれが合うのよ」

「いや、酒は……」

嫁入り前の女性が男を部屋に連れ込んで酒を飲ませるのは、いろいろとマズいんじゃないか？

カロンの世間体を気にする僕に、彼女はちょっと照れくさそうにささやいた。

「言っておくけど、誰にでもこんな風にお酒をすすめるわけじゃないからね」

そ、それは、ひょっとしてあれですか？　僕に好意を持っているというアピールですか？

……いや待て。落ち着け僕。ちょっと優しくされると「僕のことが好きなのか？」と勘ぐるのは童貞の悪い癖だ。童貞卒業した僕は、そんなミエミエの罠にはひっかからないぞ。そう、これはただの好意！　友人としてのカロンの好意なんだ！

「じゃ、じゃあ、断るのも悪いし……せっかくだからいただこうかな」

「うん。素直でよろしい」

グラスに透明な液体がなみなみと注がれ、僕たちは乾杯をして遅い夕食を開始した。


「カロンに教えてほしいことがあるんだ」

料理を食べ終えて満腹になった僕は、空になった皿の前でグラスを傾けながら尋ねた。

「僕はこのせか……この国のことをよく知らないんだ。だからいろいろ教えてほしい」

「いろいろねぇ……」と意味深に囁《ささや》きながら、グラスに口をつけるカロン。さっきから結構なハイペースで飲んでるけど、大丈夫かな？

「それで、何が知りたいの？」

息苦しいのか、制服の胸元を緩めながらカロンが僕に問い返す。そういえば、どうしてカロンはギルドの制服を着ているんだ？　自宅なんだから私服に着替えればいいのに。

「大陸の名前、街の名前、この国の成り立ち、冒険者のこと、ギルドのこと、通貨のこと、モンスターのこと、魔法のこと……あとは、一日は何時間で空に月はいくつあるのか」

「一日は二十四時間で、月は一つだけに決まってるじゃない」

あきれたような口調だったが、それでもカロンは一つ一つ丁寧に答えてくれた。

カロンから教わったこの世界の常識は、僕のいた世界と多くの点で共通していて……だけど違う部分もたくさんあって、僕は短時間で多くの有益な情報を得ることができた。

「どんな質問にもすらすら答えられるなんて、カロンは博識なんだね」

「これくらい詳しくないと、冒険者ギルドで冒険者の相手なんてできないわよ」

「なるほど。冒険者をサポートするには冒険者以上に情報に通じていないといけないわけか……。じゃあ、ついでにもう一つ教えてくれる？」

「なんでもどうぞ」

「明後日までに一〇〇〇万ドリー稼ぐにはどうしたらいい？」

グラスを傾けるカロンの手が、ぴたりと止まった。

「……キミ、借金でもあるの？」

「そうじゃないけど、どうしても明後日までに一〇〇〇万必要なんだ」

「ふーん。ま、詮索はしないでおくわ。そうね、大金を稼ぐ方法で思いつくのは、カジノと……あとは、賞金首を捕まえることかしら」

「この辺りに賞金首なんているの？」

「いるわよ。たとえば、この辺りで一番有名な賞金首『吸血鬼エルメブル』は、街の北にある大森林を根城にしているわ」

ヴァンパイアといえばゲームなら中ボス級の難敵だ。低レベル冒険者の僕では勝ち目は薄いだろうけど……。でも、エロゲ能力を駆使すれば中ボス相手でも勝機はあるかもしれないな。

そんな僕の甘い考えを見透かしたように、カロンは深くため息をついた。

「言っておくけど、トモヤくんの実力じゃヴァンパイアには絶対に勝てないわよ。ヴァンパイアの特殊能力を攻略できない限り勝機なんてないに等しいんだから」

「ヴァンパイアの特殊能力というと、コウモリに化けて空を飛ぶとか、女性を魅了して自分の虜《とりこ》にするとか、そういう能力のこと?」

僕が現代の知識をもとに発言すると、カロンは「よく知ってるわね」と感心してうなずいた。

「たしかにエルメブルは魅了催眠の能力を持っていて、目が合った女性を意のままに操ることができるわ。だけど、エルメブルの恐ろしいところはそこじゃないのよ。今まで幾多の冒険者が吸血鬼退治に挑み、すべて失敗した……その理由は二つあるわ」

僕を脅かして無茶な行動をしないよう諫めるつもりなのかな? やたらともったいぶった物言いで、カロンは人差し指を立てて見せた。

「理由その一。北の大森林には魔法の結界が張られていて、正しい道順を知らずに森に入っても永遠に目的地にはたどり着けないのよ」

カロンの説明によると、北の大森林にはエルフの隠れ里があるらしく、人間嫌いなエルフたちが、人間が里に近づかないように結界を張り巡らせているらしい。大森林を根城にしているヴァンパイアは、その結界に守られているというわけだ。

「そして、運良く結界を越えてヴァンパイアのもとにたどり着けたとしても……」

カロンは人差し指に続いて中指を立てて見せた。

「理由その二。ヴァンパイアは不死身なの。魔法の武器でなければ体に傷をつけることすらできないのよ。言うまでもなく魔法の武器は高価で、駆け出し冒険者が買える代物じゃないわ」

「強力な魔法の武器を持っていないと、ヴァンパイアには絶対に勝てないってことか……。たしかに、冒険者になったばかりの僕には荷が重いな」

「でしょ？　それだけ苦労して倒しても、吸血鬼エルメブルの首に懸けられた賞金額はたったの二十万ドリーよ？　素人が手を出しても割に合わないわ」

「二十万か……一〇〇〇万にはほど遠いな……。もっと高額の賞金首はいないの？」

「王都まで足を伸ばせば『奴隷喰《ぐ》いのディー』なんていう一億超えの大物賞金首もいるけど……。この辺りだと、せいぜい賞金数万ドリーの小悪党がいいところね」

「でも賞金額が安くても、数をこなせばそれなりの稼ぎにはなるんじゃないかな？」

僕には無敵のエロゲ能力がある。女の賞金首なら催眠が効くので案外簡単に捕らえられるかもしれない。これは賞金稼ぎをする上で大きなアドバンテージになるんじゃないか？

「トモヤくん……。賞金首は知恵が回る分、そこいらのモンスターよりもずっと厄介なんだから。甘く見たら痛い目を見るわよ」

「大丈夫、心配いらないよ。相手が人間ならいくらでも戦いようがある。なにしろ僕には、女神ミルフィのご加護があるからね」

「エロゲ能力」という女神より与えられし力がな！　わっはっはっ！

「……そういう自信満々な冒険者が死んでいくのを、今まで何度も見てきたわ」

酒が回ってきたのか。カロンはテーブルの上へ大胆に身を乗り出すと、僕の鼻先を指差した。

ちょ、ちょっと、そんなに前のめりの体勢になったら、胸の谷間がはっきり見えて……。

「いい？　無茶をするのはキミの勝手だけど、死んだら承知しないからね。……コラ、ちゃんと話聞いてるの？」

「うん。聞いてる聞いてる」

動くたびにたゆんたゆんと揺れるおっぱいに僕の視線は釘付けだ。うわぁ、大きい……柔らかそう……。触ったら気持ちいいだろうなぁ……カロンの爆乳おっぱいに顔を埋めたい……。

「さっきからどこ見てるのよ。絶対話聞いてないでしょ。だいたいキミは……キャッ！」

アルコールのせいで理性が緩んでいたのか。僕はわき上がる欲求を抑えきれず、無意識にカロンのおっぱいをもみもみしていた。うわぁ、めちゃめちゃ柔らかい……。

「……なにやってるの？」

「あ。いやその、これはわざとじゃなくて、酔った勢いと言うか、不可抗力と言うか、目の前にこんなに立派なおっぱいがあったら男なら触らずにはいられないと言うか……」

「このバカッ！」

ばっちーん！　怒ったカロンに思い切りビンタされ、僕は椅子から盛大に転げ落ちる。

カロンは椅子から立ち上がると、地べたに座る僕を冷ややかに見下ろした。

オゥ……下から見上げるビッグおっぱいのアングルもなかなか……。

「……はぁ」

カロンは僕の間抜け顔を見てため息をつくと、空の酒瓶を手に取り、

「……お酒が切れたから、おかわりを持ってくるわ」

落胆した様子でカロンは台所へ消えていった。ほろ酔いの火照《ほて》った顔、揺れる爆裂おっぱい、扇情的なモンローウォークを目で追いかけた僕は……なんだか無性にムラムラしてきた。

「なんだよ。どうして僕が殴られなきゃいけないんだよ。あんなおっぱいが目の前にあったら誰だって揉みたくなるだろ。むしろ今まで我慢していた僕を褒めるべきだろ」

そうだ。いやらしいおっぱいを持っているカロンが悪い！　僕は何も悪くない！

いいさ。そっちがその気なら僕だって本気を出してやる。どんな手を使ってでもあのおっぱいを揉んでやる。あの爆乳に僕の肉棒を挟んでパイズリしてやる！

僕は酒に酔った勢いのままスマホを取り出すと、迷うことなく「媚薬」アプリを起動した。

スマホの画面からピンク色の媚薬スプレーが転がり出て……そこで僕は思いついた。

このスプレーをひと吹きすれば、どんなに貞淑な女性も性欲を抑えきれない淫乱女になる。なら、この媚薬をひと瓶全部飲んだらどんなことになってしまうのか。

きっと、激しい性衝動に見舞われて気が狂いそうなほど淫《みだ》らによがりまくるに違いない。あのカロンが、僕のち×ぽがほしいといやらしくおねだりして……むふ、むふふふふ。僕は邪悪な笑みを浮かべると、スプレーの蓋を開けて、飲みかけのカロンのグラスに媚薬を全部注いだ。

ピンク色の媚薬は、不思議なことに酒と混ざると無色透明に変化した。いいぞ。これなら絶対に気づかれない。カロンがこの酒を飲んだらどうなるのか、これは見物だ……むふふふふ。

瓶が消滅するのとほぼ同時に、カロンが新しい酒瓶を持って戻ってきた。何も知らないカロンは、席につくと媚薬入りのグラスを手に取り——よし、そこだ。一気に飲め！

緊張と興奮で黙り込む僕に、カロンはグラスを持ったままぽつりとつぶやいた。

「……さっきは叩いたりしてごめんなさい」

……あれ？

神妙なカロンの様子に、酔っ払って理性のたがが外れていた僕の頭が一気に冷めていく。

「実はね、キミと食事の約束をしてからずっと考えてたの。どうして私は、知り合ったばかりのキミを部屋に招待する気になったんだろうって」

それは僕が催眠をかけたからです。とは言えなくて、僕は黙って話を聞く。

「もしかしたら、キミのことを好きになったのかとも思ったけど……。いろいろ話をして、ようやくわかったわ。私はね、キミのことが心配なの」

「心配？　僕のことが？」

「そうよ。だって、キミって何にも知らないくせに妙に自信たっぷりで、自分は絶対に成功するとバカみたいに信じていて……。そういうのが、見ていてすごく心配になるのよ」

陽気で気さくなお姉さん――そんな印象のカロンは、見た目よりずっと真面目で思いやりのある女性なのだろう。催眠をかけられたせいで起こった「トモヤを家に招きたい」という衝動を自分なりに消化しようとしたカロンは、悩んだ末に一つの結論を導き出した。

――担当している新人冒険者が危なっかしくて心配で、ほっとけなかったから。

カロンはそう考えることで、自分の行動に折り合いをつけたらしい。

「キミって、私がこの仕事に就いて初めて担当した子と雰囲気が似てるのよ。あの子も、バカでお調子者で夢ばかり大きくて、無知なくせに自分だけは死なないと思い込んでいて……。いつも楽しそうに目をキラキラと輝かせて冒険していたわ」

初めて担当した新人冒険者のことを、カロンが懐かしそうに、だけどどこか寂しそうに語る。

面倒見のいいカロンのことだから、初担当の子には格別に世話を焼いたのだろう。生意気な新人冒険者に振り回されるカロンを想像して、何となく僕は微笑ましい気分になった。

「あの子の担当になって半年が経った頃だったかな？　あの子が私の知らない遠くの土地でモンスターに殺されたって、風の噂《うわさ》で聞いたのは」

グラスを持って揺れる酒を見つめながら、カロンが寂しそうに苦笑する。

「だから私はキミを家に誘ったの。キミとはもっといっぱい話をしたいの。キミの知らないことをたくさん教えてあげたいの。……この世界で、キミが生き残れるように」

もしかしてカロンが僕の前で制服を着替えないのは、冒険者ギルドの職員としてここにいるという無言の主張？　自分が冒険者を守るんだという、彼女の決意の表れ？

「私はキミの助けになりたいの。私にキミの冒険をサポートさせてほしいの。だから、もっとちゃんと話をしましょう。わからないことがあったら私が教えるから」

真面目に僕のことを考えて行動してくれていたカロン。それなのに僕は不真面目で、話も聞かずにおっぱいを触ったりして……そりゃ、叩かれて当然だよな。知り合ったばかりの僕を本気で心配して、真摯に向き合おうとした彼女に、僕はなんて失礼なことをしてしまったんだ。

「……さっきはごめん。僕が悪かった」

「うん。素直な子は好きだよ。許す」

僕が謝るとカロンは嬉しそうに微笑んで、そのまま持っていたグラスの酒を一気に飲み――。

「ちょっと待った――――!!」

僕は飛びかかってカロンの腕を摑《つか》み、すんでのところで飲酒を止めた。

あっぶねー！　こんな雰囲気でカロンと媚薬Hしても僕には罪悪感しか残らねーよ！

「どうしたの、いきなり？」

「えっと、ほら、こういう真面目な話は、アルコール抜きでした方がいいかなって」

「さんざん飲んだくせに今さら何言ってるのよ。それに、酒の勢いを借りたから言えることだってあるでしょ？　私だってシラフで真面目な話をするのは恥ずかしいんだから」

「いやいや、真面目な話はシラフでしようよ」

真面目な話を恥ずかしがる気持ちはわからなくもないが、とりあえず今は手に持っているグラスを離して欲しい。

「冗談はやめて、手を離しなさい」

「いやいや、そっちこそ手を離してよ」

「は？　これは私のお酒よ？　どうして私が手を離さなきゃいけないのよ」

ぐぐっと力を込めて、カロンは強引にグラスを口へ運ぼうとする。この酔っ払いが、なんでそこでムキになるんだよ。くそっ、こうなったら――。

「こうしてやる！」

僕は両手でグラスを掴むと、力任せに引っ張ってカロンの手から奪い取った。

ばしゃっ。はずみで酒がこぼれて、僕の顔がずぶ濡れになった。

「うわっ、ちょっと大丈夫？　拭くもの拭くもの……」

びしょ濡れになった僕を見て慌ててタオルを探すカロン。媚薬入りの酒が顔にかかった僕は、あたふたする彼女の後ろ姿を見て、思った。

――この女を犯したい。

「カロン!!」

「えっ？　きゃあっ！」

僕は油断していたカロンに襲いかかり、床に押し倒した。

こめかみがズキズキと痛む。体の芯が熱く火照り、カラカラに喉が渇いて僕は苦しげにうめき声をあげる。心臓が激しく脈打ち、無性に息苦しくて爪を立てて胸をかきむしる。

げに恐ろしきはエロゲの媚薬。どんな女もスプレーひと噴きでメロメロにする媚薬を、瓶一本分頭からかぶった僕は、頭の中に桃色の靄《もや》がかかっているようで、何が何だかわからないまま……床に倒れたカロンに馬乗りになって、怯《おび》える彼女の顔を見下ろしていた。

「え、えっと……冗談、だよね？」

呼吸を荒くして馬乗りになる僕を、それでもカロンは信じてくれて、冗談ですませようと声をかける。ここで僕が引き下がれば、気のいいカロンはきっと笑い話にしてくれるだろう。

だけど、僕の耳に彼女の声は届いていなくて。

僕は欲望のままにカロンの制服を摑み、力任せにボタンを引きちぎった。

「きゃあ！　ちょ、ちょっと、やめなさい！　これ以上は冗談じゃすまない――」

冗談で済ませるつもりはない。制服のボタンがはじけ飛び、下に着ていた白いシャツの布越しにカロンの巨乳と下着が透けて見えた。おっぱい……これが、カロンの爆乳おっぱい……。

これから僕は、このおっぱいを味わうんだ。まずは裸にひん剝《む》いて、おっぱいの形をじっくり見て、色を楽しんで、触って、握って、しゃぶって、舐め回して……。桃色の思考に支配された僕は、カロンのシャツをまくり上げ、下着を下から上へとずり上げた。ぷるんと音を立て、はち切れんばかりに実った生おっぱいが僕の目にさらされる。

「や……やめて……それ以上は……」

男の力で押さえつけられ、生おっぱいまでさらされて、気丈なカロンが弱々しく声を震わせる。カロンが怯えている……泣きそうな目で僕を見ている……。彼女の視線が、嗜虐的なシチュエーションが、陵辱エロゲ好きな僕をたまらなく興奮させる。

ピンクの靄に支配された僕は、欲望のままに爆乳を摑み、力を込めて指を食い込ませた。

「痛っ！」

カロンが悲鳴を上げるが、気にせず僕は手からはみだすほど大きな乳房をわしづかみにする。ニッキの小ぶりな微乳とも、女神ミルフィの形の良い美乳とも違う。僕の手のひらに、今までに経験したことのない異常な柔らかさと弾力が伝わってくる。これがカロンのおっぱい……。ぐにゃぐにゃと自在に形を変えて……ああ、おっぱいを握る手が止まらない……。

「カロンのおっぱい……大きくて、すべすべで、最高の揉み心地だ……！　もっと強く揉むぞ……カロンのおっぱいが潰れるくらい、乱暴に、滅茶苦茶に揉んでやるっ！」

「ああっ！　そんな、乱暴に……痛い……お、お願い……やめて……！」

カロンが顔をしかめて苦痛を訴えている。

あぁん？　僕が愛撫してやってるのに、なんでカロンは気持ち良くならないんだ？　これがエロゲなら最初は嫌がっていてもすぐに気持ち良くなるのに……。

いっこうに気持ち良くならないカロンに業を煮やした僕は——そこで、ひらめいた。

気持ち良くならないのなら、むりやり気持ち良くさせてやる。きつく目を閉じて必死に陵辱に耐えるカロンを見下ろしながら、僕はポケットからスマホを取り出した。起動したアプリは——痴漢フィンガーテクニック。

アプリを起動すると、たちまち僕の両手が熱を帯びる。何の変哲もない僕の指が、あらゆる女を快楽に堕とす痴漢エロゲのゴッドフィンガーに変貌する。

「ひうっ！　な、なんなの!?　トモヤの指が、急に……！」

触れた相手に快楽を与える魔法の指で、僕はカロンの爆乳を欲望のままにこねくり回した。

「くふっ、はぁっ……やめっ、本当に、こんなこと……んっ、くぅっ……！」

明らかにカロンの反応が違う。さっきまで歯を食いしばって耐えていたカロンの顔が、あっという間に赤く火照り、肌が汗ばみ、呼吸も熱い吐息混じりになってきた。

「カロンのおっぱい、先っぽが硬くなってきたよ……そんな僕の指が気持ちいいの？」

「なっ……！　なに言ってるのよ。気持ちいいはずない――ああっ！」

僕の指が桃色の突起を擦ると、カロンはびくんと体を震わせていやらしい声を上げた。

「ど、どうして……こんなことされてるのに、私……ああっ、ひぅぅぅ！」

痴漢アプリによって快感を引き出されたカロンは、もはや快楽を隠し切れていない。

快感に体を震わせながら、それでも懸命に喘《あえ》ぎ声を抑えようとするカロンの姿に、僕はますます興奮して……ああ、カロン！　僕、もう我慢できないよ！

「カロンのいやらしいおっぱい、使わせてもらうよ！」

「えっ、それ、どういう……ふわぁっ！」

僕はカロンの腰にまたがると、肉棒を胸の谷間に突き刺した。おっぱいに挟まれたまま腰を前後させると、胸の谷間からペニスが飛び出してカロンの鼻先に出現した。

たじろぐカロンの唇に当たるように、僕は何度も腰を突き入れる。深く！　もっと深く！

「あぁ……カロンの巨乳パイズリ……。柔らかくて、ずっしり重くて、すべすべで、ボリュームがあって……ああっ！　すごくいやらしいよ！」

「はぅっ、ど、どうして……胸が、熱くなって、敏感に……くぅぅっ！　はぁ、はぁっ……！」

僕が胸をひと揉みするたびに呼吸を乱していくカロンは、パイズリしながら興奮していた。

「カロンのおっぱい、熱くなってきた……。ち×ぽで興奮して体が火照ってきたんだね……」

「そ、そんなわけ……！　いいから、さっさと手を離して……んんっ！　んぷっ！」

僕が深く腰を突き入れると、文句の多いカロンの口に亀頭がぬるりと触れた。

ううっ！　カロンの唇の感触が柔らかくて……パイズリしながらのフェラ……これはたまらない！　僕はこのままパイズリフェラに移行しようと腰を押し込むが、カロンの爆乳ま×こは大きすぎて、いくらペニスを突きだしても彼女の唇をこするのがやっとだった。

ああ、もうちょっとなのに。もうちょっとで僕のち×ぽがカロンの口に入るのに。

「カロン……手伝ってくれ……。パイズリしながら、僕のち×ぽを舐めてくれ……」

「はぁ!?　何を言って……ふぐぅ！　んんっ！」

カロンの口を狙い澄まして突き入れると、またしてもペニスの先端が彼女の唇に命中した。

カロンにキスされた僕の亀頭が、気持ち良くてびくんと震える。

「カロンも、僕におっぱい揉まれて気持ちいいんだろ？　な、だから僕のを舐めて、いっしょに気持ち良くなろう」

「わ、私は気持ち良くなんて……誰が、フェラチオなんて……んんっ！　んんんっ！」

「ああ、ああ、カロン……。カロンが口でしてくれなきゃ、下の口に中出しするよ。カロンがフェラチオしてくれなきゃ、セックスして、ま×こに精液中出しするよ。それでもいいの？」

「そんなっ！　くぅ……ああっ……！　んんっ、んんんっ……くっ、むぅ、うう……！」

カロンは嫌悪感に眉を寄せると、おそるおそる唇を開いて、胸の谷間から突き出ているち×ぽの先端を口に含んだ。

「んくっ！　はぁ、んぷっ、ふぅ……んんっ、んちゅ、んぷっ……」

爆乳にペニスを突き入れたまま僕が動きを止めると、カロンは自ら頭を前後させて口ま×こをずぼずぼさせ始めた。ああ……いいよ、カロン……。カロンの口ま×こ、柔らかくて、温かくて、ぬめぬめしていて……たまらないよ……。

「ちゅっ、んちゅ、はぁ……先っぽから、なにか出て……きて……んくっ、んちゅぅ……」

おっぱいの肉圧と口ま×この温かさに刺激されて我慢汁が溢《あふ》れてくる。柔らかな胸の谷間を、そしてピンク色の唇を、僕の我慢汁がべとべとに汚していく。

「我慢汁……カロンのパイズリフェラが、気持ちいいから、溢れて、止まらない……ううっ！」

「気持ち、いいの……？　くぅっ！　ああ、んちゅ、あん、わらひ、なんか……へんな、気分に……んんっ！　ちゅっ、ちゅっ、ちゅっ……！」

カロンが亀頭を口に含みながら、舌で我慢汁を熱心に舐め取っている。

……心なしか、カロンの口淫が徐々に熱を帯びてきている気がする。

もしかすると、カロンも口では嫌と言いながら、痴漢アプリの効果に屈して体が快感を求めて動いているのかもしれない。ああ、なんて素敵なエロゲ的反応！

「はぁ、うぅん、キミの……お汁……んちゅ、はぁ……へんなあじ……ふぁぁぁ！」

「そんなこと言って、本当は僕の我慢汁、美味《おい》しいんだろ？　もっと舐めたいんだろ？」

「美味しくなんて……んちゅ、ちゅぱっ、んんっ、んぷっ……」

言葉とは裏腹に、熱心に頭を動かして僕の亀頭を咥《くわ》え込むカロン。

カロンの濡れた唇がすぼみ、開かれ、亀頭が出入りするたびに熱く柔らかく包み込む。

「ああ、カロン……いいよ……。もっと、舌も使って、僕のを舐めて……」

「んちゅ、ちゅ、んぷっ、れろ……。はぁはぁ……ちゅっ、ぺろ、ちゅう、んちゅ、れろ……」

ペニスを口に含んだままカロンが亀頭をねぶるように舌を動かす。舌のザラついた感触が、僕の亀頭をびりびりと刺激する。

「いいっ、気持ちいいよ、カロン！　カロンのパイズリフェラ、すごすぎて……ううっ！」

舌と唇が絶え間なくペニスを刺激して、僕の腰がびくんと跳ね上がる。気持ち良すぎて腰が、勝手に動き出す！

ずん、ずん、ずん。相手のことを考えない、ただ自分が快楽を貪りたいだけの激しい律動に、口を犯されているカロンは目を見開き……。

「ふぐっ！　ふぅ、はぁっ……はむっ、れろっ、ちゅう……ちゅっ、ちゅる……れろ、れろ……」

それでも、一秒でも早く僕を射精させようと懸命に舌を伸ばしてフェラをつづける。

僕のために献身的にフェラしてくれるなんて……嬉しいよ、カロン……。

「くっ、うあああぁぁぁぁ！」

カロンの熱のこもった舌使いに夢中になった僕は、彼女の口にち×ぽを突っ込んで、そのまま腰をびくんびくんと震わせた。くっ……イキそう……。だけど、まだ、足りない……。

「はぁはぁ……カロン、このまま、舐めて……。カロンの舌で僕を射精させて……」

左右のおっぱいをぐにぐにと揉み込みながら懇願すると、カロンは上目遣いで僕を見て、ち×ぽを咥えたままコクリとうなずいた。

「んぐっ、ぐちゅ、じゅぶ、じゅぽ、ずずっ……れろれろ、れろ、ちゅぷっ、じゅぶっ……」

苦しそうに目を閉じながら、カロンが口ま×こをずぼずぼさせる。

カロンの舌が亀頭をねぶり、舐め回すように動き、僕の股間にカロンの熱い吐息がかかる。

「んちゅ、ちゅる、ちゅるるる、れろ、れろれろ、れろれろれろ……はぁ……だして……はやく、精液、だして、終わらせて……んちゅううう！」

カロンが、僕のち×ぽを舐めながら、精液を出してとおねだりしている。

ああ、カロンはいやらしいな。そんなに僕のザーメンを呑みたいの？　いいとも、出してやる。カロンの口に、僕の濃厚な精液をたっぷり出してやる。カロンの綺麗な顔に、僕の濃厚ザーメンをぶっかけてやる！

「カロン！　カロンカロンカロンカロン！」

僕が腰の動きを再開すると、カロンはフェラチオしながら、自らの手でおっぱいを挟み込み、ペニス全体をしごき始めた。カロンが自分の手で僕をパイズリしている！　僕を射精させたくて、パイズリしながら夢中でペニスを舐めている！

「じゅる、ちゅる、れろ、くちゅ……んふぅ、れろ、んちゅ、じゅ、じゅっ、じゅじゅ……」

「はぁ、はぁ……それ、いい……カロン、そのまま……」

僕の腰の辺りにむずむずした感覚が迫ってくる。もう少し、あと少しで……。

「僕の、ち×ぽ……吸って……舌も、激しく動かして……」

「じゅる！　ちゅる、んはぁ……れろれろれろ、ちゅう、じゅる、んちゅ、はぁはぁ……ねぇ、早くぅ……早く、射精してぇ……んちゅ、ちゅぱ、れろれろ……」

「くっ、あと、少し……ああっ！」

「ちゅぱ……しゃせい……じゅる、ずるっ……しゃせい、して……んちゅ、んちゅ、れろれろれろ、あらひの、くちに……んじゅ、ちゅぽっ、ちゅっちゅっ……はやく、だしてぇ……！」

いやらしいカロンの射精おねだりに、僕のペニスがびくびくっと反応する。それを射精寸前と感じ取ったのか、カロンがラストスパートをかけた。

「じゅるっ！　じゅるっ、んじゅっ、れろれろれろ、ずずずっ！　じゅぼっ、じゅるるる！」

「ああっ、すごい、もう、僕――」

「れろっ、ずずずっ！　じゅぶ、じゅぶ、じゅぶ！　ら、らして！　んじゅっ、ちゅるるる……！　はやく、んちゅ……はやく、らひて！　んちゅううう！」

「ううっ、カロン！　僕……い、イク！」

「らひて！　らひて！　んじゅんじゅんじゅ、れろれろれろ、じゅるるるっ！」

「んぁっ！　んっ、くぅううぅっ！」

どっぴゅ、どぴゅ、どぴゅ！　僕が精を放出すると、カロンは驚いてとっさに口を離してしまった。白濁液が勢いよくほとばしり、カロンの綺麗な顔に次々と降り注ぐ。

「んあっ！　ふぁ、ふあぁぁ……。んんっ、うう……はぁ、はぁ……」

どくんどくんと脈打つペニスから、とめどなく精液が放たれる。

しかしカロンは慣れないパイズリフェラで疲れ切ったのか、顔射されても抵抗する気力すらないようで、黙って僕の射精を受け入れていた。僕……カロンの顔にぶっかけてるんだ……。口の中に出すのもいいけど、顔にぶっかけるのもたまらなく気持ちいい……。

ようやく射精が納まり、僕が恍惚《こうこつ》感を抱いたままふらふらと立ち上がると、カロンは寝返りをうつようにして床に手をついた。全身を汗と精液まみれにしたカロンが、ぜぇぜぇと呼吸を乱しながら、立ち上がろうとうつぶせの体勢で体を持ち上げる。

「もう、満足したでしょ……いいかげんに……やめ……」

四つん這いの姿勢になったカロンを見て……僕に向かって突き出された大きなお尻を見て……。

僕の股間はたちまち硬くなった。

「今日の、ことは……なかったことに、して、あげるから……もう……終わりに……きゃあ！」

背後から僕に腰をつかまれて、カロンが悲鳴を上げる。

ああ、カロン。そんないやらしい体勢で僕を誘うなんて……さては僕に突いてほしいんだね。ずん、ずん、って犬みたいにバックで突いてほしいんだね。

脳内に桃色の靄がかかっている僕は、愛液で濡れたパンツのクロッチ部分を横にずらすと、男を誘うカロンのいやらしいおま×こに迷うことなく剛直を押しつけた。

「カロン。望み通り犯してあげるよ。盛りのついた野良犬みたいに、後ろから犯してあげるよ」

「うそ……。そんな……だめ、だめだめ！　それだけはだめ！」

「わかってるよ、カロン。そんなこと言って、本当は僕のち×ぽがほしくてたまらないんだろ？」

「な、何を言って……」

「遠慮しなくていいよ。思う存分——咥え込め！」

僕は彼女の腰をつかむと、パンパンに膨らんだ肉棒をカロンの膣穴にねじ込んだ。

僕の痴漢テクですっかり濡れていたカロンの膣が、難なく僕のペニスを咥え込み、ぎゅうぎゅうと熱く締め上げてくる。

「す、すごいよ……カロンのおま×こ、熱くて、キツくて、とっても気持ちいい……」

「やめて、言わないで……」

恥ずかしそうに目をそらすカロン。そんな嫌がる仕草に、僕はたまらなく興奮してしまう。

カロンが……あのカロンが……僕とセックスして恥ずかしがっている！

我慢できなくなった僕は、気持ち良くなりたい一心で乱暴に腰を振り始めた。

「ふああっ!?　やだっ！　いきなり、そんな……！」

「ああ、カロン……。すごく濡れてる……。膣の中がぬめぬめしてて、ペニスがこすれるたびに、痺れるみたいだ……」

「はうぅっ、んんっ！　そんな……どうしてぇ、私……私ぃぃぃっ！」

僕が腰を振るたびに、愛液があふれてぐちゅぐちゅと激しく音を響かせる。

愛液の量はどんどん増えていて……もしかして、カロンも僕とのセックスで感じている？

ああ、そうか。痴漢もののエロゲは愛撫とセックスで嫌がる女性を絶頂に導くのがお約束だ。痴漢エロゲ主人公の武器は、指や舌だけじゃない。肉棒だって立派な武器の一つなんだ。

だから、痴漢アプリを使えば、手と、舌と——肉棒に、嫌がる女性を快楽に導く力が宿るんだ。

「あうぅ、んんっ、あっ、あっ、ああっ！　私、どうして、ふぁっ……ふあああぁっ！」

僕の痴漢ペニスで肉壺を突かれたカロンが、我慢しきれずにぷるぷると爆乳を震わせる。

「いやらしいよ、カロン……。もっと激しくするから、もっといやらしい声を僕に聞かせて！」

僕はパンパンと音が鳴るくらい激しく、お尻に腰を打ち付けた。

「ああっ！　だめっ、動いちゃ……あっ、あっ、あっ、くぅっ！　お願い……そんなに、動かさないで……もう、やめて……」

「何を動かさないでほしいんだ？　ちゃんと言わないとわからないだろ」

「そ、それは……。あっ、あっ、あっ、ふぅっ……」

「ほら、はっきり言わないとわからないぞ。ほら！　ほら！」

「ふぅっ、くぅ……うぅ……お、おち×ちん……」

「え？　なんだって？」

「と、トモヤくんの、おち×ちん！　すごく、こすれて……出たり入ったり、激しすぎるのぉ！　おち×ちん動かさないでぇ！」

僕の腰使いが激しすぎると、気持ち良すぎるからおち×ちんを動かさないでと、カロンがいやらしく僕に懇願している。

ああ……最高だ……。嫌がる女を犯してよがり狂わせるの、最高だ……。

僕はカロンを気持ち良くするために……何より僕自身が気持ち良くなるために、ケダモノのように荒々しく腰を振り続けた。

「ああっ！　あっ、あっ、やめっ、んんっ！　んっ、んっ、ふわぁっ！」

「はぁはぁ……。カロンの膣内《なか》……ぬるぬるの、ぐちょぐちょで……カロンも気持ちいいんだね？　犬みたいに犯されて気持ちよくなってるんだね？」

「なってない！　私は、気持ち良くなんて……ふわぁっ！　あっ、あっ、あっ、んんっ！」

エロゲ風に言うなら――口では嫌がってても体は正直だ。痴漢アプリで快楽の源と化した僕のペニスは、確実にカロンを絶頂へと導いていた。

「違うぅ……気持ち良くなんて……。ああっ、何度も、奥まで、あああっ！　にゃあああ！」

「気持ち良くないなら、どうしてそんなにいやらしい声を出しているんだ？」

「ち、違っ！　これは……これはぁ……んあっ！　んん、あぁっ！」

僕のペニスが膣の一番深いところに突き刺さる。亀頭をぐりぐりと動かして子宮口を押し上げると、カロンは髪を振り乱してわなないた。

「ふぁっ！　あっ、ふっ、あっ、はぁっ！　そんな……奥ばっかり……やめ……ひぅぅぅん！」

「ほら、ほら……。亀頭がカロンの一番深いところをぐりぐりしてるよ……」

「だめっ！　そこは、だめよっ……そんなとこ、ぐりぐりしちゃ……んあああっ！　んんっ、ああぁぁぁぁあっ！　ふあああぁぁぁぁぁ――っ！」

「カロンは……乱暴にするほど、感じるんだね……。僕が深く突くほど、ぎゅうぎゅうに締め付けて……。僕に犯されるのがそんなに気持ちいいんだね？」

「そんなことっ……なっ……！　あっ、あっ、やぁっ、いやあああっ！」

「可愛いよ、カロン……。このままずっと、ここでカロンと子作りしていたいよ……」

「こづく……だ、だめよ！　子供なんてだめぇ！　中出しなんて絶対、だめなんだから……ふぁっ、ふあぁぁぁっ！　あっ、あっ、はぅっ！」

「そんなこと言って、カロンだって僕と子作りするの、気持ちいいんだろ？」

「ち、違う……私は、そんなこと……ふぁ……ふぁぁぁ……」

カロンの声がだんだん快楽に蕩《とろ》け始めている。もっともっと僕のものを感じて蕩けてくれ。

カロンのいやらしい声に興奮しながら、僕はカロンの背中にぴったりと密着すると、彼女のおっぱいに手を回して乳房をぎゅっと握りつぶした。

「ふぁぁぁぁっ！　キミの手っ……だめっ！　その手で、揉まれたら……私……あぁぁぁっ！」

僕の痴漢フィンガーにおっぱいを犯されて、カロンが艶《なま》めかしい声を上げる。同時に、カロンの肉襞《にくひだ》がぎゅうっとすぼまって、僕のペニスをきつく締め付けてきた。

「んん……っ！　さっきまでと、ま×この感触が違って……感じてるんだね？　カロンはおっぱいをいじられて感じてるんだね？」

「はぁ、はぁぁ……ち、違っ……ふぁっ、ふあぁぁぁぁっ！」

「ふぅ、カロンの膣内、どんどんとろとろになってる……僕のち×ぽに、絡みついて……！」

「あっ、あっ、あっ、ま、また……おち×ちん、激しく……ふぅっ、ふぁっ、くぅぅ……」

「んんっ！　また、カロンのま×こが、きつくなって……僕のち×ぽが、押し潰されそうだ！」

カロンに抱きつくような格好になった僕は、爆乳をぐにゃぐにゃと揉み込み、手で柔らかな媚肉の感触を味わって、ペニスで膣の締めつけを味わって、鼻でうなじの甘い匂いを味わって、抱きしめた体全体で熱い体温を味わって……。

腰の辺りがじわじわとうずいて、限界が近いことを実感した。

「いくよ……カロン……このまま、膣内に出すよ……」

「ま、待って！　それは、それだけは、はあっ！　やあっ、いやあぁっ！」

射精時に中に出すか外に出すか選択できるのがエロゲのお約束。当然ここは、中出しだよね！

「私の膣内で、おち×ちん、びくびくって……だめっ、中は……くっ、んんっ……！」

「はぁ、はぁ……イヤだ、膣内で出したい……とろとろのおま×こで、最後まで、イキたい……！

カロンのおま×こに挿れたまま、中出ししたいっ！」

ラストスパートとばかりに、僕はペニスの抽送をこれ以上ないほど加速させる。

「あっ、あっ、んんっ！　だめ、いっちゃうっ！　トモヤくんの、おち×ちんで、私……いっちゃぅぅぅ！　あっ、あっ、ひぁっ！」

「イクよ！　出すからっ！　カロンのおま×こに、僕の精子、いっぱい出すからぁっ！」

「はあっ！　深いっ、おち×ちん、深くて……赤ちゃん、できちゃうっ！　いま、出されたら、赤ちゃんできちゃう！　やあっ！　ひうっ、んんっ！」

「いいぞ、孕《はら》め！　僕の子供を孕んでしまえ！　出すぞ！　カロンの膣内に出すぞ！　出すぞぉぉおぉぉ――！」

「イクっ、イクっ、いやぁ！　中出し、いやっ、やあぁっ！　やあああぁぁぁ――っ!!」

どくっ、どくっ、どくどくっ！　僕はカロンの膣の一番深いところへ突き挿れたペニスを――すんでのところで引き抜いて、彼女の制服に白濁液をぶっかけた。

絶頂に達したカロンがぐったりと倒れ込み、背中に射精されたことに気がついて「……え?」と呆けた眼差しを僕に向ける。

はぁ、はぁ……僕は、どうしてカロンに中出ししなかったんだ?

カロンが嫌がったから? でも、そんなの、どうでもいいことなのに。だって今の僕はセックスのことしか考えられなくて……それ以外のことなんてどうでもよくて……どうでも……。

僕の脳内にかかっていたピンク色の靄が、晴れていく。……あれ? 僕はいままで何を……。僕は剥き出しの自分のペニスを見て、それからザーメンまみれで倒れているカロンを見て……。

そうだ。僕は媚薬の入った酒を頭からかぶって、それでセックスのことしか考えられなくなって、カロンを強引に押し倒して、嫌がる彼女に……。

「トモヤ……くん……?」

僕の様子がおかしいことに気づいたカロンが声をかけてくる。こんな目にあわされたのに、カロンはまだ僕の様子を気に懸けてくれるのか? こんな僕のことを……。

明るくて、優しくて、面倒見がいい、よきお姉さんだったカロン。そんな彼女が、無残に制服を引き裂かれ、体中に白濁精液をかけられて、呼吸を荒くしながら僕を見上げている。

そんな彼女の姿を見ていると、僕は……僕は……。

……たまらなく興奮して、ペニスがそそり立った。

「ああ……カロン……。カロンがほしい……」

「ちょ、ちょっと……。嘘でしょ？　二回も出したのに……」

僕のペニスがむくむくと勃起するのを見てカロンが顔色を青くする。そんな彼女に、僕は問答無用で襲いかかり、片足を肩に抱えて側位の体勢で肉棒をむりやりねじ込んだ。

「くぅっ……また、キミのが入って……んっ、はぁぁぁっ！」

僕の快感痴漢ち×ぽを挿入されたカロンが、快楽を感じまいとして眉をしかめる。

だが、カロンが感じようが感じまいがどうでもいい。もう僕はセックスすることしか考えられない。ただセックスして自分が気持ち良くなればそれでいい……。

……違う。僕は、そんなことがしたいんじゃない。僕がなりたいのは陵辱エロゲの主人公じゃない。僕がなりたいのは、百花繚乱の美少女たちに囲まれたハーレムルートの主人公だ。関わったヒロインを全員幸せにする——そんなご都合主義エロゲの主人公に僕はなりたいんだ！

カロンの膣からペニスを引き抜くと、僕はよろめきながらもなんとか彼女と距離を取った。

「はぁ、はぁ……トモヤ、くん……？」

様子がおかしいことに気づいたカロンが、僕に声をかけるが……。

だめだ、いま返事をしたら、僕はまたカロンを犯してしまう。このままだと媚薬の効果で、僕は女を犯すことしか考えられない最低最悪のエロゲ魔人になってしまう！

「カ、カロン、ごめん……僕、こんなこと、したかったわけじゃ……ごめん！」

床に放り投げられていたズボンを拾い上げると、僕は一目散に出口へと駆け出した。

カロンの家を飛び出した僕は夜道をさまよい歩きながら、発情が止まらない頭で考えていた。

……本当はとっくにわかっていた。媚薬の効果を打ち消す方法は一つしかないってことを。

だけど僕は、その事実から目をそらしていた。自分が嫌なことはしたくないから、楽な方へと逃げてしまった。

だけどそれじゃダメなんだ。これは調子に乗って力を濫用しようとした罰だ。僕がひどい目にあうのは自業自得なんだ。どんなにつらくても、これはやらなきゃいけないことなんだ！

覚悟を決めて、僕は服のポケットからスマホを取り出した。

媚薬の効果を打ち消す方法は一つしかない。――男とセックスして中出しされること。

武器屋でニッキに中出ししたことで媚薬の効果が切れたように、僕も男とセックスして中出しされれば媚薬の効果が切れるはずだ。

つまり、媚薬の効果を打ち消すには……僕が女になって男とセックスするしかない！

僕の指がスマホの画面をタッチして、女体化アプリを起動する。

一瞬で体が女になり、すぐさま僕の意識は持って行かれた。

「はあぁぁぁぁぁ！　なにこれ、しゅごい！　我慢できないぃぃぃぃ！」

男の体と女の体では快楽の質が違うのだろうか。男の体のときとはまるで違う体のうずきに、僕は下腹部が熱くなり、淫らな欲望に全身を貫かれ、がくがくと足を震わせる。

何もしてないのにアソコが濡れて、こんなの立っていられないよぉぉぉ！

夜道でふらふらとよろめきながら、僕は無意識に服の上からおっぱいを揉んでいた。

「ああっ！　これ、刺激、強すぎるぅ！　おっぱい、ちょっと触った、だけで……腰が抜けるみたいに……ふああっ！　ひぃぃぃぃん！」

まるで頭の中にピンクの靄がかかっているようで、僕は何も考えられなくなってしまう。

「ふぅ、はぁ……こんな、道ばたで……だめ、なのに……ひぃっ！　こんなこと、いけないのに……ひぁっ！　おっぱい、いじる手が……止められないよぉ……ああっ、んんっ……」

高まる気分を抑えられなくて、僕は両手で自分のおっぱいを揉みしだく。女体化した僕の胸は、服の上からでもわかるほど乳首がピンと硬く尖っていた。

「ああっ、刺激……刺激が足りない……。もっと、強いのほしい……もっと、もっとぉ……」

指先で乳首の先端をコリコリと刺激しながら、気がつくと僕は人気の無い路地裏でうずくまり、片手をスカートの中に突っ込んで女体化した秘部をまさぐっていた。

「あんっ、ああっ！　もう、僕のアソコ、濡れて……とろとろになってるぅ……！　ひぅんっ！さ、触ると、刺激、すごくて……ああんっ！　だめだめ、指が、止まらないっ……！　指が勝手に、おま×こ、ぐりぐりしちゃうぅ……！」

僕はヌレヌレの割れ目を丹念になぞり、あふれ出る蜜を指の腹に塗りたくった。

指と絡みあった僕のま×こが、ぴちゃぴちゃと卑猥な音を夜道に響かせる。

「はぁはぁ……おま×こいじるの……気持ちいい……女の子オナニー、気持ちいいよぅ……！　ああっ、だめ……おっぱいも……おっぱいも直接、触らないとぉ……ふぅ、ううんっ……おっぱい、揉んで……アソコもいじってぇ……あはぁ、はぁぁぁっ……！」

膣穴を指でくちゅくちゅさせながら、僕はおっぱいを露出させて直接揉み始めた。

「はぁ、ふぅ……体中が、敏感になって……くぅぅぅっ！　さ、触っただけで、びりびり痺れて……僕のアソコが、熱く、うずいて……あっ、あああぁっ！」

艶めかしい喘ぎ声を上げながら、僕の指は秘穴からあふれる蜜をぐちゅぐちゅと掻《か》き出す。淫猥な音を路上に響かせながら、僕は乳房に指を深く食い込ませ、こねるように揉みしだいた。

「これ……くるよぉ……！　なにか、きちゃう……！　何かがこみ上げてくるぅぅぅっ！」

限界が近づいて、僕の体がびくびくと震え出す。いままでに感じたことのない大きな波が、僕の全身をわななかせる。

「なに、これ……これが、女の子なの……？　女の子の、アクメ、すごい……ふあぁぁぁ！　なにか、くるよぉ！　ふあぁっ……きちゃう、きちゃう！　すごいの来ちゃうのぉぉぉっ！」

僕は初めての女の子オナニーに夢中で、快感に全身を震わせながら、路上でいやらしくおま×こをいじって、いじって、いじって、

「んああっ、すごい、すごいすごいすごいぃぃぃぃっ！　おま×こ、熱くて、女の子オナニー、止まらないぃぃぃ！　オナニーで、いっちゃう……！　もうイク、イク……！　すごいの、くる、くる、くるぅぅぅ！　イクぅぅぅぅぅっ!!」

暗い夜の路地裏で、僕は嬌声を上げながら全身をがくがくと震わせた。

媚薬によって何倍にも増幅された快感が、僕の脳髄を痺れさせる。そうして僕は、胸を露出して愛液を垂れ流したまま路上にばったりと倒れ込んだ。

あぁ……オナニーでこんなに気持ちいいのなら、セックスはどれほど気持ち良くなるのだろう。セックスしたい……。犯されたい……僕の処女ま×こ、ち×ぽに犯されたい……。

媚薬を浴びて淫乱になってしまった僕は、ヌレヌレのおま×こにち×ぽをはめてほしかった。誰でもいいから男の人とセックスして、女の喜びを全身で感じたかった。男に犯される自分を想像しただけで、どうしようもなく体がうずいてしまった。

「はぁ、はぁ……もっと広い通りに行こう……。歩いている男の人を捕まえて……道の真ん中で股を開いて……『僕を犯してください』っておねだりしよう……」

媚薬のせいでエロいことしか考えられなくなっている僕は、一刻も早く媚薬の効果を解いてほしくて――男の人と中出しセックスしたくて、淫らな妄想を膨らませてしまう。

「あっ、はぁっ……やだっ、また……体が、勝手に……んっ、んあっ……！」

またしても淫らな衝動が沸き上がってきた僕はうずくまり、剝き出しの股間に指を這わせた。

「んんっ、んあっ……媚薬の効果、すごすぎだよぉ……！　はぁっ、くるっ……またくるっ、すごいのきちゃうっ……！　僕、また……女の子オナニーで、イっちゃうっ……！」

さらなる絶頂を求めて僕の指が淫らに動く。硬く勃起した乳首をこすり、愛液に濡れた秘所に触れ、あと少しで僕はイキそうになって……そこで、誰かが近づいてくる気配を感じた。

通行人が近づいてきている！　このままじゃ、僕の恥ずかしい姿を見られちゃう！

いやだ！　路上でオナニーしてる姿なんて誰にも見られたくない！

「触るの我慢しなきゃ……！　ああ、でも、手の動き、我慢したら……焦らされてる、みたいで……余計にうずいて……はぁ、んんんっ……！」

込み上がる快感を抑えきれない僕は、唇を噛みしめて声が漏れそうになるのを我慢する。

人の気配がだんだんと近づいてくる。僕は怖くて、恥ずかしくて、顔を上げることもできないまま体を丸め、そして、

「おい、お前。そこで何をしているんだ？」

路地裏を通りかかった人影が、しゃがみこんで体を震わせる僕を見て声をかけてきた。

その人物は、緑のフードを目深にかぶった少年だった。十代半ばくらいだろうか。華奢で小柄な少年は、声変わり前の中性的な声で僕に問いかけてきた。

「体の具合が悪いのか？　怪我なら良く効く薬草を持っているから、俺様に見せてみろ」

少年は僕の身を案じてくれていた。しゃべり方は横柄で偉ぶっている感じがするけど、それでも彼の心根の優しさは十分に伝わってきた。

「キ、キミは……僕を、助けてくれるの……？」

「当たり前だろ。俺様は人間が嫌いだが、苦しんでいるヤツを見捨てるほど外道じゃないぞ」

少年はフンと鼻を鳴らすと、うずくまる僕を立ち上がらせようと肩に手を回してきた。

少年の顔が間近に迫り……そこで僕は、フードの奥に隠れていた彼の素顔を見た。

少年は十代前半くらいのあどけない顔立ちで、サラサラの金髪に清らかな白い肌、それに鮮やかなブルーの瞳が印象的な、まるで女の子のような美少年だった。

こんなに綺麗で、優しくて、無垢な美少年を見てしまったら、僕は、僕は――。

「いただきまーす!!」

「ほあ!?」と変な声を上げた美少年に、僕は飛びかかって押し倒した。

「はぁ、はぁ、はぁ……キミ、可愛い顔してるね……。可愛いよぉ！　ショタ、ショタぁぁぁ！」

「はぁ!?　なに？　ショタってなに——!?」

奇声を上げる半裸の美女（僕のことだ）に組み敷かれたショタ美少年が、困惑して慌てふためいている。はぁ～、狼狽するショタもかわいい～。食べちゃいたい～。

「ど、どけよ！　俺様を誰だと思って——ふぐっ！」

脳内をピンクの靄に支配された僕は、瞳をハートマークにしながら美少年の唇に吸い付いた。

「ふぐっ!?　んんんっ！　うぐっ、むぅ、んんん！」

キス魔を振り払おうともがく少年だが、そんな抵抗など気にも留めずに、僕は強く激しく唇を押しつけていく。ああ、少年の唇……柔らかくて、しっとりしていて、たまらなく甘い……。美少年のとろけるような甘い唇を、もっと味わいたい……。

「もっと……もっと、キスしよ……。んんっ、ちゅっ……はぁ……ちゅ、んんっ……」

「んぐっ、んんっ……んっ……！」

抵抗する少年は羞恥心で顔が真っ赤に染まっていて、そのウブな反応がたまらなく可愛くて……僕は少年の口内にぬるりと舌をねじ込んだ。驚いた少年がびくんと体を震わせて……もしかして感じちゃった？　むりやりベロチューされて感じるなんて、いやらしい男の子だぁ……。

「れる、れろ……くちゅ……ちゅぷっ……れろれろ……」

「んっ、んぐっ……！　こ、こんな、やめ──むぐっ！　んっ、んんんっ！」

「れろ、れろ……。ほらぁ、理性なんてとっぱらって……キミも舌を絡めて……ちゅっ、ちゅっ……いっしょに気持ち良くなろう……じゅぷ、れろ……」

「んっ、んぐぅ……んっ……んんんっ！」

少年の舌に僕の舌が絡みつき、先っぽから根元までねぶるように舐め回す。少年のザラザラとした舌の感触が気持ちよすぎて、なんだか脳みそが溶けちゃいそうだ……。

「んっ……ちゅく、はむ……ちゅう……」

「んぐっ、んんっ！　ふぁ……んんっ、んふぅ……あぅ……んあぁ……」

たっぷりねっとり唾液を交換していると、だんだんと少年の抵抗が弱まってきた。

あきらめたのか、それとも僕の性欲を受け入れる気になったのか。どちらにしろ、彼の素直な反応を見ていると、なんだか無垢な子供にいけないことを教えているようで、僕は無性に興奮して……。そして、興奮していたのは僕だけではないようで……。

僕の手が少年の足の付け根に触れる。びくっと震えた彼の股間は、すでに硬く膨らんでいた。

「れろ、れろ、んふぅっ……僕とのキスで、興奮したんだね……嬉しい……」

「ち、違う！　俺様が人間の女なんかに──ふぐっ！　むぐっ……」

「ちゅむ、れろ、れろ……あむ……。ズボンの上からでも……硬くなってるの、わかるよ……」

僕の手が少年のズボンをまさぐり、カチャカチャと音を鳴らしてベルトを外す。焦って抵抗する少年の口を塞ぎながら、どうにかパンツをずり下ろすと……。

「ふあぁ……。キミのおち×ちん……可愛い……！　小さいけど、エラがはってて……すごく、えっちな形だね……」

「むぐっ、くぅぅっ！　や、やめろ！　握るなぁ！」

「ちゃんと皮は剝けてるんだね……。すっかり硬くなって……もう、挿入できるよね……」

「はぁ!?　ちょ、ちょっと、なにやって――うぅっ！」

僕はスカートとパンツを脱ぐと、勃起した子供おち×ちんにまたがり、濡れた秘部で彼の竿を押し潰した。いわゆる「騎乗位素股」の体勢に、少年は声が漏れそうになるのを必死にこらえる。

「僕のアソコに、おち×ちんの感触が伝わってくるよ……。おち×ちんの裏筋に、僕のおま×こが当たってるのがわかる？」

「わ、わかるに決まってるだろ！　そんなにべっちょり濡れてたら、イヤでも感じる……」

「そうだよ。キミとのキスが気持ち良くて、こんなに濡れちゃったんだよ。だって、キミがあんまり可愛いから……んっ……ふぁ……！」

「ま、待て！　そこで、動いたら……うぐぅっ！」

ずりゅ……ずりゅ……。ゆっくりと腰を前後にグラインドさせると、さほど大きくない子供おち×ちんが僕の割れ目にめり込んだ。

「はぁ、はぁ……。どう？　僕のおま×こは、柔らかいだろ……ふぅ、はぁ……」

ずりゅ……ずりゅ……。愛液で濡れた少年の裏筋が僕の割れ目をなぞる。愛液がペニスをヌルヌルに濡らして、動きがどんどん滑らかになっていく。

「はぁ、んんっ……お、俺様は……こんなことじゃ……くぅ、んふぅ……」

「そんなこと言って……強がってるけど、本当は気持ちいいんだよね……？　ほら、おち×ちんが、僕のま×こに入りたいって、びくんびくん跳ねてるよ？」

「そ、それは……ううっ、くっ……ふあぁっ、あああっ！」

　僕が腰の動きを速めていくと、少年の口から嗚咽にも似た喘ぎ声が漏れ始めた。

「いいよ……。もっと僕の体で気持ち良くなって……。僕もキミのおち×ちんで気持ち良くなるから……！　あっ、んっ……クリトリス、こすれて……あっ、あっ、あっ、あっ！」

「うああっ！　熱い……おま×こが、こすれて……熱いぃっ！」

「キミのおち×ちんも、すごく熱い……。これって……二人で、気持ち良くなってる、証拠だよ……んあっ、んっんっ……」

「ぐうっ！　だ、だめだ……！　それ以上、おち×ちん、すりすりするの、止めないと……！」

「はぁ……止めないと、どうなるの……？」

「だ、だめ！　だめだ……割れ目が、おち×ちんに食い込んで……入っちゃう……！　このままじゃ、ま×こに入っちゃううぅぅっ！」

「ふあぁぁぁ！　もう我慢できないっ！　挿《い》れるよ！　キミのおち×ちん、僕のおま×こに挿れちゃうよ！　見て、おち×ちんが入るところ、ちゃんと見てぇ！」

　そう言って僕は腰を浮かせると、

「いくよ、いくよ、挿れるからね！　いくよ！」

「だめ！　だめだ、それだけは――」

僕は嫌がる少年のペニスめがけて腰を落とした。

ずるりっ。少年の亀頭が僕の花弁をノックしたが、ぬるりとずれて挿入には至らない。僕はもう一度挿入を試みるが……。ずるり。ずるり。そんなもどかしい動きを何度も繰り返す。

「あ、あれ、おかしいな……んんっ、ふぁっ……」

すっかり忘れていたが、これは僕が女体で行う初めてのセックスだ。

つまり、僕は……自分の穴の正確な位置が、よくわかっていなかった。

「ま、待ってね……？　あ、あれ？　あれ？」

「……もう、やめろ」

下敷きになっている少年が、僕の手をつかんで挿入を止めようとする。その目があまりに真剣で僕は意外に思ってしまう。だって健全な男の子が、こんな据え膳状況で拒絶するなんて……。

そんな僕に、少年はこれ以上ないほどに真面目な声で語った。

「俺様には、心に決めた相手がいるんだ」

思いがけない告白に、僕は頭が真っ白になる。えっと、それはつまり……。

「初めての相手は彼女だと決めているんだ。だから、俺様は、お前とはセ、セ、セ……セックス……で、できない」

単語が恥ずかしくてどもるあたりは子供らしいが、言っていることは立派な大人だった。

少年には最愛の恋人がいて、彼は恋人のために操を守ろうとしていた。

「だから、もうこんなことはやめて、俺様を解放しろ」

ここまで淫らに誘惑されても、この少年は鋼の意志で欲望をはねのけるのか……。

一途に恋人を思う彼の愛情の深さを知った僕は、

「かっこいいこと言ってるけど……。キミの童貞おち×ちん、僕のおま×こに入りたいって、ぐりぐり押し上げてきてるよ……？」

「そ、それは……ううぅっ！」

僕がおち×ちんをぎゅうっと握りしめると、彼の意志とは関係なしに、肉棒はびくんびくんと震えて「ま×こに入りたい！」と主張し始めた。

「な、なんで……ここまで言ってもやめてくれないんだ！」

「だって童貞ち×ぽが美味しそうなんだもん！　好きな子のために操を守る美少年の、童貞を力ずくで奪うなんて、ゾクゾクして絶対気持ちいいに決まってるじゃないか！」

「最低の変態だ！」

何と言われようと構うものか。僕は少年の肉棒を膣内におさめようとして、握りしめたおち×ちんを蜜穴に押し当てた。

「だから挿れるなって言ってるんだ！」

「いいや、ぜったい挿れる。キミの童貞おち×ちんは僕がもらうんだ！」

ずりゅ、ずりゅ……。少年がじたばたするせいで、おち×ちんは僕の割れ目をこするばかりで一向に挿入にいたらない。それでも僕は何度も挿入を試みて、

「はぁっ！　おち×ちんが、こすれて……あんっ、ふあぁ……こんなに、硬いのに……」

「くっ……いいかげんに、あきらめろ……」

「やだ……ぜったい、キミとえっちする……はぁ、はぁ……んんっ……」

「くううっ！　も、もう……やめろおおぉぉぉ！」

辱《はずかし》めに耐えきれなくなった少年が、両手で僕を突き飛ばした。僕がよろけた隙に、少年が四つん這いになって拘束から抜け出す。

「ああっ！　童貞おち×ちん、逃がさないよっ！」

逃げようとする少年の腰へ、僕は欲望のままにタックル。そのまま小柄な彼に覆い被さった。

少年を押し倒したはずみで彼の頭を隠していたフードがずり落ちる。

「……え？」

これまでずっとフードで隠されていた彼の左右の耳は、特徴的に尖っていた。

あらわになった少年の素顔を目の当たりにして、僕は言葉を失った。

「……キミは、エルフなの？」

「そうだ！　俺様は誇り高いハイエルフの一族！　ウィルムウッドの森を治める族長の一人息子、メナト・ロロ・アリスリィナだ！　お前たちのような野蛮な人間とは格が違――むぐっ！」

台詞が終わるのを待っていられないとばかりに、僕は美少年エルフの唇を塞ぐ。

だって、青い瞳の美少年で、高貴なエルフで、俺様で、だけど優しくて、恋に一途な童貞なんだよ！　こんなの押し倒したくなるに決まってるよ！

がんばり屋の看板娘

ニッキ・ポッテ

種族	人間
職業	武器屋の娘

T	150
B	77(Aカップ)
W	58
H	79

武器屋の看板娘。童顔で背が低い、おかっぱ頭の少女。引っ込み思案で照れ屋で恥ずかしがり屋の純朴な女の子。アイテム鑑定士になるのが夢で、世界の武器やアイテムを猛勉強中。処女を捧げて以来、トモヤのち×ぽの虜♥

異世界に転生したので
エロゲの力で無双する

Isekai Ni Tensei Sitanode
Eroge No Chikara De
Musou Suru

決めた！　僕はこの子でロスト・バージンする！　僕の初めての相手はこの子がいい！

「いますぐ僕とえっちしよ♥」

「お前、俺様の話を聞いて――むぐっ！　んんっ、んんんっ！」

メナトの唇を塞ぎながら、僕は少年の可愛いおち×ちんをまさぐった。もう一度、彼の勃起おち×ちんを僕の膣口にあてがって……。

「あ、あれ……？」

なんてことだ。僕がもたもたしていたせいで、メナトのおち×ちんは硬さを失っていた。

「ざ、残念だったな。もう俺様は、お前なんかに硬くなったりしな――うぇぇっ!?」

「はぁ……おち×ちん……童貞エルフのおち×ちん……。んっ、れろ、れろっ……んっ……舐めて、大きくしてあげる……んちゅ、れろぉ……ちゅぱっ……」

可愛いおち×ちんを立派な剛直に育てるため、僕は少年の股間に顔を埋めて舌で愛し始めた。

「そ、そんな、俺様のを……舐め回して……あっ！　ああっ！」

「んふ……大きくなってきた……れろっ、ぴちゅ……ここが感じるの？　んぁ、れろぉ……」

「うっ、あ……ああっ……！」

僕が丹念に舌で愛撫してやると、硬くなり始めたおち×ちんの先端から、どろりと我慢汁が染みだしてきた。我慢汁……美少年エルフの我慢汁ぅ！

「ちゅぷっ、ちゅぷっ……我慢汁、出て来た……僕のフェラチオ、気持ちいいんだ……」

「そ、それは！　さっき、素股、されて、その刺激が残ってて……ううっ、あああっ！　そ、そんな……俺様の、根元まで、咥え込まれて……んんっ、あああっ！」

「んぐっ、じゅぽっ、じゅぽっつ、れろれろ……くちゅ、くちゅ、じゅぶっ……。先っぽから、我慢汁、あふれてくる……舐めても舐めても、どんどんあふれてくる……！」

我慢汁を舌で舐め取り、その刺激によってさらに我慢汁が溢れ出す無限ループ。それが楽しくて、美味しくて、僕はもっと童貞エルフ汁を飲みたくて頭を前後に動かしていく。

「ううっ……あっ……。そんな、激しく動いたら……あっ、あっ、だ、だめ……」

「じゅぷっ、じゅぷっ、ぐちゅっ！　んちゅっ、んぐっ……はぁ、ふぅ……出そうなの？　もうすぐ出そうなの？　んくっ、にちゅっ……れろれろれろ……」

「あっ、あっ、も、これ……くっ、ああっ……。もう、我慢、できないっ……！　あっ、あっ、あっ……くぅぅぅっ！　もう、もう――っ!!」

すうっと、僕はメナトのおち×ちんから口を離した。「へ？」と呆けた顔をするメナトを見ながら、僕は唇についた我慢汁をぬぐい、彼の上にまたがる。

「……ねえ、もっとすごいことしてほしい？」

「はぁ、はぁ……もっと……すごいこと……？」

「そうだよ。フェラチオよりも、もっとすごくて、気持ちいいこと……」

「それって……」

射精しかけたせいで頭がぼーっとしているのか、メナトがとろんと緩《ゆる》んだ目で僕を見ている。

そうだよ、メナト……。僕と気持ちいいこと、しよ。

媚薬のせいで淫乱状態の僕は、メナトのおち×ちんを握りしめ、自分の秘口にあてがった。

今度こそ、童貞エルフのおち×ちんを……今度こそ……！　ずぶ、ずぶずぶ……。

「あぁ……嬉しい……。これでやっと、キミと一つになれる……」

「俺様と、一つに……ううっ、ああっ！　あああっ！」

童貞おち×ちんが、ゆっくりと僕の淫らな穴に呑み込まれていく。ゆっくり、ゆっくり……。

「……っ！　くぅっ！」

僕の中でおち×ちんが何かに引っかかり、それを突き破って——僕はついに、処女を失った。

「ああっ！　な、なにこれ……。アソコが……熱くて、硬いものに押し広げられて……！　刺さってる……僕の体に、突き刺さってる……こんな感覚、初めて……。変だよ……これ、痛いのに……気持ちよすぎる……ううっ……！」

「は、入ってる……人間の女の膣内に……俺様の、初めてが……うあああっ！」

フェラチオされて絶頂寸前だったメナトの子供おち×ちんが、僕の膣内で震えている。

「お腹の奥が、熱くて……童貞エルフのおち×ちん……すごすぎ……っ！　ねぇ、キミはどう？　僕の処女ま×こ……気持ちいい……？」

「う、うん……すごく……えっ、処女!?　な、なんで、そんな大事なものを、こんな……」

「だってぇ……僕、キミのことが気に入ったんだ……」

「そ、そんな理由で処女を捧げるなんて……あっ、はあぁっ！」

僕は上下に腰を動かして、破瓜の痛みに歯を食いしばった。

その様子を見て焦ったのは、僕の処女を奪ったメナトだ。

「い、痛いのか!?　そ、そうだよな……初めてだもんな……」

「だい、じょうぶ……。痛みより、気持ちいいが大きいから……。それに、僕が動かないとメナトはイケないだろ？　僕はメナトに気持ち良く射精してほしいんだ。だから……」

僕が腰を持ち上げると、ペニスが上に引っ張られてメナトが驚くほど大きな声で快感に喘いだ。

そのまま今度は腰を落としてゆっくりとペニスを膣穴に押し込んでいく。またしてもメナトが大声で喘いで、僕のアソコが彼に快感を与えていることを教えてくれた。

「はぁ、はぁ……ど、どう？　僕のま×こは……んぅぅ……ふぅ、んっ、はぁぁぁ……」

愛液と破瓜の血で濡れた膣穴が、ぐちゅぐちゅと音を立てて上下する。最初はゆっくりと……徐々に、徐々に、痛みに体を慣らすように少しずつ抽送のペースを上げていく。これも媚薬の効果だろうか。破瓜の痛みは次第に薄れて、だんだんと気持ちよさしか感じなくなってきた。

「んっ、んんっ！　はぁ、はぁ……僕の中、気持ちいい？」

「ああ……すごく、気持ちいい……」

「あは……メナトが、素直に気持ちいいって、言ってくれた……嬉しい……」

「お、俺様は、お前なんかとセックスしたくないけど……でも……俺様を気持ち良くしようと、そんなに一生懸命な姿を見たら……」

むくむくと、膣の中でメナトのおち×ちんが大きくなっていくのがわかる。

「い、言っておくが、俺様はお前の体で気持ち良くなったわけじゃないぞ！　お前の一生懸命な心

が、俺様を気持ち良くしたんだ！　だ、だから！」

「あぁん！」

メナトの手が、僕のおっぱいを下から持ち上げた。少年の小さな手が、拙《つたな》い動きでおっぱいをぐにぐにと揉み込んでいく。

「お、俺様も、お前が気持ち良くなるのを手伝ってやる！　だからお前も、俺様のち×ぽで気持ち良くなれ！」

顔を真っ赤にして、これは愛のあるセックスだ、だから二人で気持ちよくなるんだと主張するメナト。なんて可愛い男の子だろう。こんな可愛い子の初めての女になれて僕は幸せだ。

「いいよ、触って……僕のおっぱい、気持ち良くして……乳首を、くりくりってして……」

「うわ……柔らかい……おっぱいに指が食い込んで、手のひらにおさまりきらない……」

「ああ、そこ……いいよ……もっと強く揉んで……」

子供の手で下から持ち上げられて、僕の乳房がたぷたぷと跳ねている。メナトの拙い愛撫が嬉しくて、僕は彼を気持ち良くさせようと腰の動きを強くする。

「ふあっ！　いま、おち×ちんがびくんってなった……！　あっ、また……んんっ、ねえ、僕のおま×こ、どう？　どんな感じがする……？」

「ううっ……セックスの最中に、そんなことを聞くなんて……？」

快感に耐えながら、しかし俺様エルフは懸命に胸を揉みながらうなずいた。

「ね、ねっとりして、じんじんと熱くて……それが、ち×ぽを包み込むように……ううっ！　微妙

お手数ですが
切手をおはり
下さい。

郵便はがき

1 0 2 - 0 0 7 2

東京都千代田区飯田橋2-7-3

（株）竹書房

VN
Variant Novels

異世界に転生したのでエロゲの力で無双する 1

Isekai Ni
Tensei Sitanode
Eroge No
Chikara De
Musou Suru

アンケート係 行

A	芳名《フリガナ》	B 年齢　　歳（生年　　）	C 男・女

D	血液型	E	ご住所 〒

		1	2	3	4	5	6	7	8	9
F	ご職業	短大生 大学生	専門学校	会社員	公務員	自由業	自営業	主婦	アルバイト	その他（　　　）

G	ご購入書店　区（東京）市・町・村　書店 CVS	H	購入日　　月　　日

I	ご購入書店場所（駅周辺・ビジネス街・繁華街・商店街・郊外店・ネット書店）
	書店へ行く頻度（毎日、週２・３回、週１回、月１回）
	１カ月に雑誌・書籍は何冊ぐらいお求めになりますか（雑誌　　冊／書籍　　冊）

●今後、御希望の方にはEメールにて新刊情報を送らせていただきます。メールアドレスを御記入下さい。

＿＿＿＿＿＿＿＿ @ ＿＿＿＿＿＿＿＿

＊このアンケートは今後の企画の参考にさせていただきます。応募された方の個人情報を本の企画以外の目的で利用することはございません。

異世界に転生したので エロゲの力で無双する1

8F

	竹書房の書籍をご購読いただきありがとうございます。このカードは、今後の出版の案内、また編集の資料として役立たせていただきますので、下記の質問にお答えください。
J	●この本を最初に何でお知りになりましたか？ 1 新聞広告（　　　　　新聞）　2 雑誌広告（誌名　　　　　） 3 新聞・雑誌の紹介記事を読んで　（紙名・誌名　　　　　） 4 ＴＶ・ラジオで　5 インターネットで 6 ポスター・チラシを見て　7 書店で実物を見て 8 書店ですすめられて　9 誰か（　　）にすすめられて 10 Twitter・Facebook　11 その他（　　　　　）
K	●内容・装幀に比べてこの価格は？ 1 高い　2 適当　3 安い
L	●表紙のデザイン・装幀について 1 好き　2 きらい　3 わからない
L	●ネット小説でお好きな作品（書籍化希望作品）・ジャンルをお教えください
M	●お好きなH系のシチュエーションをお教えください
N	●本書をお買い求めの動機、ご感想などをお書きください。

＊ご協力ありがとうございました。いただいたご感想はお名前をのぞきホームページ、新聞広告・帯などでご紹介させていただく場合がございます。ご了承ください。

に、凹凸があって……出し入れするたびに、引っかかって……裏筋を、刺激……はうぅっ！」

快感に喘ぎながら律儀に答えるメナト。俺様なのにすごくいい子で、なんて愛おしい……。

「僕も、おち×ちんの形……わかるよ……。エラが張ってて……出し入れする、たびに……気持ちいいところに、ごりごりって、引っかかるの……」

「や、やめろ！　そんなこと、恥ずかしいだろ！　……ああっ、はぁぁぁっ！」

おっぱいを揉んでいたメナトの手が不意に離れた。怒らせちゃったかな、と思っていたら。

「お返しだ！　こうしてやる！」

何のお返しかわからないが、とにかくメナトは僕の腰をつかむとペニスを突き上げ始めた。

「んあっ！　あっ、ああっ！　深いっ、深いぃぃぃっ！」

突然動き始めたメナトに僕は驚き、亀頭が膣の一番深いところに打ち付けられて、思わず嬌声を上げてしまう。僕のあられもない反応が気に入ったのか、メナトは腰をグラインドさせてペニスを膣壁の前後左右にこすりつけてきた。

「あっ、あっ、うっ、ふぅっ！　お前の膣……ヌルヌルで、よく滑るぞ……っ！　おかげで、お前の膣内……かき回し放題だっ！」

「あはぁっ！　んんっ、あふぁっ……はぁっ、いいっ……いいっ！　あっ、あっ、あっ！」

「聞こえるか！　お前のアソコ、出し入れするたびに、にちゃにちゃ、にちゃにちゃって、いやらしい音を出して……よだれを垂らして、俺様のち×ぽを呑み込んでるぞ！」

「あふぅっ！　そんなこと、言っちゃ……んんっ、んんんっ！　ふあああぁっ！」

縦横無尽に動いていた亀頭が膣の最奥に当たり、僕は自分でも驚くほど反応してびくっびくっと体を震わせてしまった。

「ここか、ここが気持ちいいんだな？　ここが感じるんだな？」

「んんんっ！　そこっ、そこっ……いいっ！　それ、きっと、子宮、子宮なのぉ！　子宮に当たってるのぉ！　いいよ、いいよ、あふっ、あぅぅぅん！　メナト、メナトぉ！」

「なんだ？　いまさら止めろと言われても、やめるつもりは……んっ!?」

僕は粋がるメナトにキスをすると、赤く火照った顔でささやいた。

「もっと……メナトのおち×ちん、ほしい……。メナトのおち×ちんで、僕の弱いところ、いっぱい突いてぇ♥」

「お、俺様に命令するな！」

そうしてメナトは、ずん、ずん、と強く激しく膣内に怒張を打ち込んだ。

「あっ、あっ、メナトのおち×ちん、僕の膣内で暴れ回って……ああっ！　ふあああぁぁぁっ！」

もはや子供おち×ちんなどとは呼べない……雄々しくそそり立った立派な大人ち×ぽが、膣の奥深くをえぐり、僕の子宮口をごつごつと叩いた。びくびくっ、っと体が震える僕に、メナトはペニスを押し込みながら喘ぐ。

「くっ、だ、だめだ、俺様はもう……」

「んんっ！　メナトのおち×ちん、僕の膣内で、びくびく跳ね回って……出そうなの？　もう射精しそうなの？」

動きの止まったメナトを刺激するように、僕が腰をぐいぐいと前後させる。うめくメナトは、しかし負けじと自分も腰を動かし始めた。

「はぁ、はぁ……っ！　んっ、で、出そうなんだよね……？　射精、したいんだよね……？　ねぇ、僕のおま×こで出したい？　おま×この中でイきたい？　びゅくびゅくしたい？」

「くぅぅっ……！　出したい……お前のおま×こに、射精したいっ！　うぁっ……けど、中に出したら子供が……うあっ！　はぁはぁ……」

「い、いいよ……んくっ、ふぁっ……出していいから……膣内に出していいからっ！」

「だ、だめだ……っ！　俺様には、好きな、人が……っ！　ふあぁぁっ！　膣壁が、ち×ぽに絡みついて……もう、我慢できないっ……！」

「いいよ！　このまま最後までイって！　僕は、メナトに中出しして、ほしいっ……！　メナトの童貞おち×ぽで、濃厚ザーメンを、どぴゅどぴゅしてほしいんだ！　僕に、女の子の悦びを……はぁっ、くるっ……くるぅ……！　出して……お願い、膣内に出してぇぇぇ！」

「くぅぅっ！　はぁはぁ……なんて、ふしだらな、女だ！　これだから、人間は嫌いなんだ！　人間の、くせに、いやらしい体しやがって……ふぁっ、ふあああぁぁぁっ！」

絶頂に向けて腰の動きがどんどん速くなっていく。ぱんぱんに張りつめた肉棒が、根元から先端まで全体をつかって膣を激しく出入りする。僕とメナトは互いに激しく腰を振り、ずぼずぼと絡み合うち×ぽとま×この快感を何倍にも押し上げていく。

「はぁっ！　はぁっ！　で、出る！　もう出る……出るっ！」

「あっ、あっ、出して！　膣内に出してっ！　ドロドロの濃厚童貞ザーメンを、僕の膣内にぶちまけて、あっ、あっ、んあぁぁぁぁぁっ！」

「イク！　イク、イク！　出すぞ、望み通り、膣内に出してやる！　あっ、あっ、あっ、んんっ、ふあああぁぁぁぁぁぁっ!!」

　びゅるっ！　びゅるるるっ、びゅくっ、びゅくっ！

　どくどくと注ぎ込まれる熱を感じ取り、僕は痺れるような感覚と同時に、ふわふわとした浮遊感のようなものを味わった。ああ……メナトの初中出し精液が、膣内に流れ込んでくる……。

「んっ、ああっ……精液、いっぱい、出てる……あっ、あふぅ……」

　射精の快感とはまったく違う、体の奥底から染みだしてくるような女体の快感に、僕はなんだか頭がクラクラするみたいで、目の前がちかちかするみたいで……。僕はびくんびくんと体を震わせると、倒れ込むようにしてメナトの上に覆い被さった。

　膣口からペニスが抜けて、精液と破瓜の証である赤い雫が滴り落ちる。騎乗位セックスから解放されたメナトが、大の字になりながらはぁはぁと呼吸を整えている……。

「メナト……。初めてのセックスは、どうだった……？」

「そ、そんなこと聞くな……」

　童貞を卒業したばかりの美少年エルフは、恥ずかしそうに顔を赤くしながら、

「す、すごく、気持ち良かった……。お前のおま×こ、きつくて……熱くて……。気持ち良すぎて、腰が止まらなくなって……。イクとき……おま×この中に、射精するのが、信じられないくらい気

持ち良くて……」

僕に質問されたメナトが、馬鹿正直に初中出しの感想を教えてくれる。

なんて可愛い、いい子なんだ。こんなにいい子の初めてを僕はもらったんだ。そう思うと僕は、メナトがたまらなく愛しく思えてきて……。

――そうして、僕の頭の中を覆っていたピンクの靄が、一気に晴れていった。

……僕は何をしていたのだろう。

今、僕の目の前には、大の字になって絶頂の余韻に浸っている半裸の美少年エルフがいる。

僕は自分の股間に手をやると、破瓜の血と少年の精液が混ざり合った液体を指ですくい、それをじっと見つめて……サーッと頭から血の気が引いていった。

「お、おおおおおお僕はいったい何を!?」

慌てふためきながら、僕は自分が何をしでかしたのか思い出す。

そうだ。僕は間違って自分に媚薬を使ってしまい、媚薬の効果を消すために女体化して、誰かに中出ししてもらいたくて路地裏でオナニーを始めて、そんな僕を心配してエルフの美少年が声をかけてくれて、それで……。

うっかり美少年を逆レイプしてしまった。

「あ、あの、えっと……ご、ごめんね。僕、そんなつもりじゃなくて……」

「は？　お前、いきなり何を謝って……」

「悪気があったわけじゃないんだ。これは不可抗力と言うか、だから、その……さよなら！」

いたたまれなくなった僕は半裸のまま逃げ出した。
背後から少年の叫ぶ声が聞こえた気がしたけど、足を止める余裕は僕にはなかった。

ギルドの爆乳職員 カロンお姉さんが 教える❤

冒険者ギルドの秘密

あなたは「冒険者ギルドの職員は美人が多い」と思ったことはないかしら?幅広い知識と教養、高い事務処理能力、荒くれ者相手に物怖じしない度胸と、彼らをテキパキとさばけるコミュ力……。有能な人材でなければ務まらないのがギルド職員の仕事よ。

そのぶん給料は破格の高額。優秀さと高収入の証である「冒険者ギルドの職員」という肩書きは、王国で働く女性にとって憧れのステータスシンボルになっているわ。

憧れの職業目指して多くの就職希望者が集まり、選りすぐられた才女だけが採用されるとなれば、美人揃いになるのも当然よね。

美人職員は冒険者たちにとって心のオアシス。気安く話せるけどガードが堅い高嶺の花。目の前にいるのに手が届かない女神的存在なのよ。

かくいう私もよく口説かれるけど、内心で「無駄なのにご苦労さま」なんて思いながらいつも笑顔であしらっているわ。

ギルド職員と冒険者が深い仲になるのは奇跡に近いほどありえないことなのに、それでも言い寄る冒険者は跡を絶たないのよね。

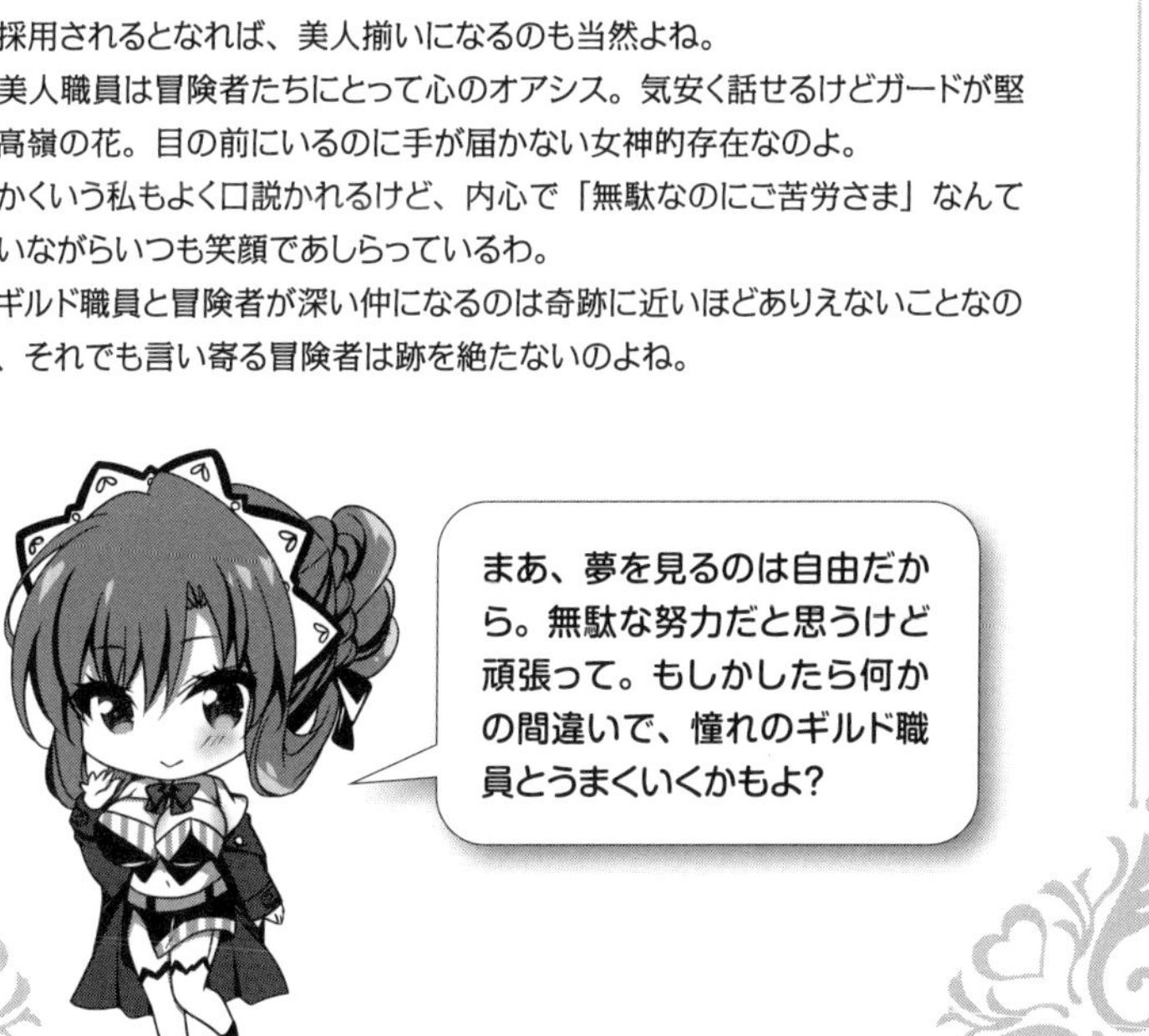
まあ、夢を見るのは自由だから。無駄な努力だと思うけど頑張って。もしかしたら何かの間違いで、憧れのギルド職員とうまくいくかもよ?

第四話　盗撮と女騎士

「キミは最低だね」

美少年エルフを逆レイプした翌朝。

早朝の冒険者ギルドに行くと、ギルドの職員カロンが仁王立ちで僕を待ち構えていた。

僕は地面に膝を突くと、両手を突いて額を床にこすりつけた。

「それは何の真似かな？」

「僕の祖国に古くから伝わる謝罪の気持ちを最大限に表したポーズ、『土下座』です」

ごりごりと額を床にこすりつけて僕はカロンに謝罪する。

「昨夜、僕はカロンにひどいことをしてしまった。謝って許されることじゃないのはわかってる。でも僕は、心の底から反省しているんだ。カロンに許してもらうためならどんなことでもするから、どうか――」

「わかった。許す」

「そうだよな。あんなことをして許してくれるわけないよな。だけど僕は心から反省――え？」

「許すって言ったのよ。確かにキミはひどいことをしたけど、こうして逃げずにちゃんと私と向き合って謝罪してくれたし……。男の人からあんなに激しく求められたのは初めてで、それほど悪い気はしなかったし……」

「え？」

「そ、それに！　キミにお酒を勧めた私にも責任の一端はあるわけで……」

「お酒？」

「キミが酒乱だなんて知らなかったのよ。私の知り合いにも酔っ払うとキス魔になる人がいるけど、まさかお酒が入るとあんな風になるなんて……」

僕が急に性欲魔人になったのは、酒に酔ったせいだとカロンは勘違いしているようだ。

……でも、そうだよな。酒の席でいきなり態度が豹変したら、そう思うのが自然か。

実際はカロンには何の落ち度もないけど、かといって「そうじゃないんだ、カロンに媚薬を飲ませようとして自爆しただけなんだ」とも言い出せず、僕はなおさら恐縮してしまう。

「カロンは何も悪くない。昨日のことは全面的に僕が悪いんだ」

「その潔さに免じて今回だけは許してあげる。酒を憎んで人を憎まず。……でも今回だけよ？　二度と女の子にあんなことしちゃダメだからね」

「はい。肝に銘じます」

自分の行いを深く反省した僕は、「媚薬は永遠に封印しよう」と固く心に誓うのだった。

……ごめん。嘘《うそ》です。どんな女の子もエロエロにしてしまう媚薬を、エロゲ大好きな僕が使わずにいられるはずがない。だからせめて「媚薬のせいで女性に悲しい思いをさせない」と、それだけは肝に銘じよう。

だって僕のエロゲ能力は、僕と、僕に関わる女性たちを幸せにするためのものなんだから。

「はい、この話はこれでおしまい。ほら、いつまでも座ってないで立ちなさい」

土下座していた僕は、カロンに腕を引かれてのろのろと立ち上がる。半殺しにされても文句は言えないと思っていたから、カロンの寛大さに僕は感謝と申し訳なさでいっぱいになった。

「そう言えば、さっき『どんなことでもする』って言ってたわよね？　それじゃ、そのうちいっぱい働いてもらうから。覚悟しておきなさい」

いったい僕に何をさせるつもりだ？　意味深な目つきがすごく怖いんだけど。

「カロンの頼みは絶対に断るまい」と心に誓いつつ、「もしかするとこの借りは高くつくかもしれない」と内心でびくびくしてしまう、そんな朝の一幕だった。


「そういえば、今日はずいぶん人が少ないね」

土下座パフォーマンスを終えた僕は、冒険者ギルドの閑散とした雰囲気に今さらながら気がついた。昨日は大勢の冒険者で賑《にぎ》わっていたのに、今日は数えるほどしか人がいないのだ。

「緊急クエストが入ったから、みんなそっちに行っちゃったのよ。掲示板に貼りだしてあるからキミも見てみたら？　上手くいけば大金が転がり込むかもよ？」

僕が大金を必要としていることを知るカロンが、掲示板の一角を指差す。そこには大きな文字で「緊急クエスト」と書かれた紙が張り出されていた。

――緊急クエスト『誘拐された娘を捜し出してほしい』

「誘拐とはまた物騒な話だな……。ここに書かれている依頼人の『ウィロウ・リスレンジア』ってどういう人なの？」

「この街で一、二を争う大富豪よ。資産家だけど気取ったところがなくて、冒険者の支援も積極的にしているから冒険者の間ではかなり評判がいいの」

「冒険者を支援する大金持ちか……。だから冒険者たちは、こぞって彼の娘を助けようと動いているわけだ」

普段みんなを助けているから、困ったときはみんなが助けてくれる。「情けは人のためならず」ってやつだ。

「理由はそれだけじゃないんだけどね」

カロンは苦笑すると、張り紙の下段に書かれている文章を指差した。

『娘を救出してくれた者には報酬として一〇〇〇万ドリー支払うことを約束する』

「いっ、一〇〇〇万ドリー!?」

「この緊急クエストが張り出された途端、みんなの目の色が変わっちゃって……」

「そりゃ目の色も変わるさ！　だって一〇〇〇万だよ、一〇〇〇万！」

なんという僥倖《ぎょうこう》。誘拐された令嬢には申し訳ないが、僕にとっては幸運だ。何しろこのクエストを解決すれば、念願の美少女奴隷エルフを手に入れられるのだから！

「それで、娘を誘拐した犯人はどこの誰なの？」

「それがわかれば苦労しないわよ。犯人を突き止めることを含めての高額報酬なんじゃない」

「なるほど、一から捜査しないといけないわけか……」

「興味があるなら、依頼人のウィロウ氏に会って詳しい話を聞いてみたら？」

「そうだね。さっそく行ってみるよ」

僕は冒険者ギルドを飛び出――そうとして、思いとどまった。

「どうしたの？　話を聞きに行かないの？」

「それが……。昨日パーティを組んだ仲間と、ここで会う約束をしているんだ。もうそろそろ現れてもいい頃だと思うんだけど……」

昨日知り合った女騎士スミレと、僕は冒険者ギルドで再会する約束をしていた。スミレに伝言を残して一人で行動を開始するという手もあるが……。

「スミレは僕と冒険するのを楽しみにしていたからな。とりあえず三十分だけ待ってみるか」

それだけ待っても現れなければ、一人でクエストを始めよう。そう思い、僕はこの場でスミレを待つことにした。

……しかし、それから三十分が経過してもスミレは現れなかった。

どうしよう。どこにいるかもわからず連絡の取りようもないスミレをこれ以上待っても……。

「……待てよ。スミレが今どこにいるかわかるんじゃないか？」

僕はカロンに見られないようにこっそりとスマホを取り出すと、盗撮アプリを起動した。

『盗撮したい相手の名前を入力してください』

僕は入力欄に「スミレ・ブレンジャー」と女騎士の名前を入力。アプリを実行する。

『エラー：盗撮に失敗しました』

……あれ？　もしかして名前を間違えた？　僕は再度アプリを起動すると「スミレ・サリンジャー」「スミレ・アベンジャー」「スミレ・デリンジャー」などそれっぽい名前をいくつか入力してみた。だが、結果はすべて失敗。……だめだ。闇雲に試してもらちがあかない。

僕は窓口に近づくと、仕事がなくて暇そうにしていたカロンに声をかけた。

「カロンに聞きたいことがあるんだけど。スミレっていう冒険者のフルネームを教えてもらえないかな？　女騎士で、最近冒険者になったばかりって言ってたけど……」

「最近冒険者登録した騎士で、スミレという名前の子はいないはずよ。ひょっとしたら別の街で登録したのかもしれないわね。だとしたら私にはわからないわ」

「……そっか。ありがとう」

礼を言って窓口を離れた僕は、「これ以上時間を無駄にはできない、スミレには悪いけど一人でクエストを始めよう」と決断する。僕は気持ちを切り替えると、スマホをポケットに戻そうとして……画面に新たなメッセージが表示されていることに気がついた。

——『バッテリー残量はあと十五％です。充電してください』

「……カロンに聞きたいんだけど」

「ん？　なにかな？」

「このへんにスマホの充電器売ってるお店ある？」

たいへんだ、たいへんだ。スマホのバッテリーが切れかかっている！

バッテリーが切れてスマホが動かなくなったら、当然アプリも使えなくなる！

エロゲ能力のアプリは僕の命綱。これが使えなくなったりしたら、憧《あこが》れのハーレム生活なんて夢のまた夢になってしまう！　しゃれにならない緊急事態に僕はあわてふためいた。

資産家のウィロウ氏には申し訳ないけど、誘拐事件は後回しだ。僕はバッテリー節約のためスマホの電源を切ると、ニッキの店に駆け込んだ。

「いらっしゃいませ……。あ、トモヤさん……」

カウンターで店番をしていた看板娘のニッキが、僕を見てポッと頬《ほお》を赤らめる。

昨日、店内で僕と激しいセックスをして処女を散らしたニッキは、初体験の相手の顔をまともに見ることができないようだ。ウブじゃのう。可愛いのう。おかっぱ頭を手ぐしで整え、もじもじと照れくさそうに目をそらす可愛いニッキに、しかし僕は構わず大股で歩み寄った。

「ニッキ！　この世界のアイテムに精通しているキミに聞きたいことがあるんだ！」

「は、はい！　なんでしょう！」

「『充電器』ってどこへ行けば手に入るのかな？」

「ジューデンキ？」

不思議そうに小首を傾げるニッキ。この反応は……答えを聞くまでもなさそうだ。

ファンタジー世界に充電器なんてあるはずがないよね。わかりきっていたことだけど、他に頼るアテのない僕は、ニッキの豊富なアイテム知識以外にすがる道がなかったんだ。

「すみません、トモヤさん。充電魔法なら知っていますが、充電器はわかりません」

「そうか、わからないか。無理を言ってすまな――充電魔法!?」

「はい。サクラ王国を建国した初代サクラ王が、アイテムに電力を蓄えるために使ったと言われている魔法ですけど……」

初代サクラ王といえば、パスタや魔法のコンロ、冒険者の経験値システムなどを考案した発明家だったと聞いているが……。だとしても、アイテムに電力を蓄えるとはどういう意味だ？　初代サクラ王はなぜそんなことを？　そもそもこの世界に電力が存在するのか？

「その充電魔法について詳しく教えてくれ！」

「は、はい！　伝説によると、初代サクラ王は異世界から召喚された勇者で、ケータイと呼ばれるアイテムに女神から与えられた特殊能力を封じ込めていたと言われていて」

「待て待て待て待て！　ケータイ!?　異世界から召喚された!?」

サクラなんて日本ぽい名前だと思っていたが、僕と同じ日本からの転生者だったのか!?　この世界の冒険者システムがやけにファンタジーＲＰＧぽいのは、システムを考案したサクラ王が現実世界のコンピュータＲＰＧを参考にしたから？

「充電魔法というのは、サクラ王が『ケータイ』のエネルギー源である『電力』を供給するために作った魔法だと言い伝えられています」

「電力を供給する魔法を作った？」

「はい。充電魔法を一度かけただけで『ケータイ』には無限に電力が供給されて『デンチギレ』という状態にならなくなったと言われています。サクラ王はこの充電魔法のおかげで、女神から与えられた特殊能力をいつでも使えるようになったと……」

僕のエロゲ能力がスマホアプリであるように、サクラ王の特殊能力はケータイアプリだったようだ。だから、ケータイが電池切れにならないように充電魔法を作った……。

だったら、充電魔法があれば僕のスマホも……。

「その魔法はどこに行けば手に入るんだ？」

「それはわかりません。世界は広いですから、どこかに充電魔法を記した魔法書が残っているかもしれませんが、見つけたとしても大変貴重な品ですから購入するのは難しいと思います」

希少価値が高くなれば、手に入れるための値段も相応に跳ね上がる。充電魔法の魔法書を手に入れるには、相当な額の金が必要になるということだ。それ以前に、そもそも充電魔法を記した魔法書が見つかるかどうか……。

いや、そう悲観したものでもないな。

異世界転生者であるサクラ王は、王様になるという夢をこの世界で叶えた。だったら僕のエロゲ的ハーレムを作る夢も、この世界で叶えられるに違いない。そうとも。ここはポジティブに考えよう。充電魔法が実在するのは、僕の夢が叶うという兆候だ。

「ありがとう、ニッキ。さすが鑑定士志望だね、とても参考になったよ。もしも充電魔法のことで何かわかったらまた教えてくれ。もちろん、お礼はするから」

「は、はい、わかりました」

こくこくとうなずく素直なニッキは、そこで思い出したように「そういえば」と声を上げた。

「そういえば、この街にはサクラ王ゆかりの品を集めているコレクターがいますから、その方なら充電魔法について何かご存じかもしれません」

「本当か!?　そいつの名前は？」

「はい。街で一、二を争う資産家で、ウィロウ・リスレンジアさんという方です」


「おお……門がでかすぎて建物が見えない……」

ウィロウ氏の邸宅を訪れた僕は、僕の身長の三倍はあろう巨大な門構えに圧倒されていた。

屋敷の四方を囲む高い塀と、門と呼ぶにはあまりに巨大な壁を見上げながら、僕は考える。

誘拐されたウィロウ氏の娘を救出すれば手に入る、報酬一〇〇〇万ドリー。

スマホを充電するために必要な「充電魔法」。

この二つについて情報を得るために、僕は街の中心部にあるウィロウ氏の屋敷にやって来た。

「ウィロウ氏から直接話を聞きたいけど……。でも、どうやって中に入ればいいんだ？」

当たり前だが、門扉にインターホンはついていない。試しにノックして「門を開けてくれ！」と叫んでみたりしたが、まったく反応がない。これはどうしたものか。

門の前で困っていると、近くで「ガタン」と何かが動く音がした。見れば、門の脇に普通サイズの勝手口があるじゃないか。「あんな所に扉があったのか」と驚く僕の前で、扉ののぞき窓が開き、メイドらしきひらひらのカチューシャをつけた二十代後半の女性が顔を見せた。

「冒険者の方ですか？」

抑揚のない冷淡な声で尋ねられ、僕は「そうですそうです」と答えながら勝手口に駆け寄る。

「緊急クエストの件で、ウィロウ氏に会って詳しい話を聞きたいんだ」

「冒険者手帳を拝見してもよろしいでしょうか」

きっと今までにも多くの冒険者と同様のやり取りをしているのだろう。事務的な態度を崩さないメイドに僕は冒険者手帳を手渡した。

メイドは手帳を開くと、僕のレベルと能力値を確認して「フッ」と鼻で笑った。

「レベル2ですか。話になりませんね。お引き取りください」

冒険者手帳をぽいっと投げ捨て、メイドがのぞき窓をぴしゃりと閉じる。

はあああ!?　何が冒険者を応援している資産家だ。話が違うじゃねーか。

おそらく、金目当ての弱小冒険者がひっきりなしに訪れているのだろう。いちいち対応していられない気持ちもわからないではないが、だからってこの仕打ちは酷すぎる。

とりあえず、あのメイドを何とかしないと依頼人に会うことすらままならないぞ……。

よし。ここはエロゲらしくメイドを快楽責めにして、僕の命令に逆らえない従順な牝奴隷に調教してやろう。そう考えた僕はさっそくスマホの電源をオンにした。

……いかんいかん。クールでビューティでクラシカルなメイドを見てついエロゲマスターの血が騒いでしまった。エロゲ大好き人間としてメイド調教にはとても興味があるが、今は時間がない。

調教は次の機会にやるとして今回はシンプルな作戦でいこう。

気を取り直した僕はコンコンと勝手口をノック。すぐにメイドがのぞき窓から顔を出して、

「またあなたですか。何度来ても――」

メイドが言い終わるより早く、僕は起動した催眠アプリの画面を彼女に見せた。

「僕をウィロウ氏に会わせろ」


よく「人は見かけによらない」と言うけれど、エロゲにこの格言は当てはまらない。大抵のエロゲでは、キャラクターの外見は性格を色濃く反映したデザインがされている。キャラデザが優れていれば、一目見ただけでどんな性格のキャラかわかるほどだ。

そういう意味では、資産家のウィロウ氏はとてもエロゲ的だった。

「よく来てくれたね。私がウィロウ・リスレンジアだ」

僕が応接室に通されてすぐに、詰め襟の礼服を着た壮年の男性が現れた。

年の頃は四十代前半。彫りの深い顔立ちとスマートな体型で、ハンサムなのに軽薄さがまるで感じられない実直な雰囲気。「やり手の実業家」という喩えが似合いそうなデキる男オーラを出している氏だが、その目元は疲労の色を隠し切れていなかった。

「娘を救うために今は一人でも多くの助けがほしい。キミの協力に感謝する」

席に着くなり頭を下げたウィロウ氏は、冒険者だからといって下に見ず、一定の敬意を払って僕に接していた。

メイドが僕を追い返そうとしたのはウィロウ氏の指示ではなかったのだろう。おそらくはウィロウ氏の心労をおもんばかったメイドの、主人を想うがゆえの独断専行だ。ワケもなくそう確信してしまうほど、氏の第一印象は好感度が高かった。

「お疲れのところ、申し訳ありません。さっそくですが誘拐事件について詳しく教えてください」

「わかった。私の一人娘――ヴィオラ・リスレンジアについて話そう」

何度も冒険者相手に説明しているのだろう。ウィロウ氏の話す内容は理路整然としていて、とても分かり易かった。

――簡単に経緯をまとめると、
昨日、娘のヴィオラは行き先を告げずに外出して日が暮れるまで戻ってこなかった。

帰宅したヴィオラは様子がおかしく、問い詰めたところ、どうやらずっと男と一緒だったらしい。

ウィロウ氏の資産を狙って娘に近づく男は多い。氏がそう言って「簡単に男を信用するな」と警告すると、ヴィオラは激怒して大喧嘩になった。

怒ったヴィオラは部屋に閉じこもって鍵をかけ、朝まで誰も部屋に入れなかったそうだ。

そして翌朝。合い鍵を使って部屋に入ると、窓が開いていてヴィオラの姿が消えていた――。

「部屋を調べてみたところ、何者かが娘の部屋に侵入した形跡があった」

「なるほど。誘拐犯は夜中に屋敷に侵入してお嬢さんを連れ去ったのか。なんて大胆な……」

「ヴィオラが抵抗した形跡はないので、おそらく犯人は娘の顔見知りだ。私が思うに……」

「昨日ずっと一緒だった男が怪しいですね」

ウィロウ氏は「うむ」とうなずくと、一枚の紙を僕に差し出した。

「ヴィオラが話していた男の特徴を似顔絵にしたものだ。まずはこいつを捜し出して欲しい」

「わかりました。この男を捜せばいいんですね？」

僕は容疑者である男の似顔絵をまじまじと見つめて……。

なんだろう、この違和感。なぜだかわからないが僕の額にじっとりと汗が浮かんできた。

「以上が事件の概要だが、何か質問はあるかね？」

ウィロウ氏に問われて僕は我に返る。そうだ、僕には確認しなければいけないことがあった。

「事件とは関係ないんですが、『充電魔法』というものをご存じですか？」

「初代サクラ王が開発した充電魔法のことかね？　もちろん知っているとも」

「それを習得する方法を探しているのですが、ご存じありませんか？」

「サクラ王の残した魔法書が闇市場に出回っていると噂《うわさ》で聞いたことがあるが……。いいだろう。もしも娘を助けてくれたら、充電魔法を手に入れる方法がないか調べてあげよう」

「本当ですか！　助かります！」

話はまとまった。まずはウィロウ氏の娘、ヴィオラ嬢の救出を優先。それが達成できれば、おのずと充電魔法についても見通しが立つ。

「それでは、何かわかったら連絡します」

必要な情報を聞き終えた僕は、長居は無用とばかりに応接室を出て行こうとして、

「……待ちたまえ」

ウィロウ氏に呼び止められた。振り返ると、彼は真剣な目つきで僕の顔を見つめていた。

「……いや、なんでもない。私の勘違いだろう。引き留めてすまなかった」

「……？　失礼します」

首をひねりながら僕は応接室を後にする。

退室間際にちらりと振り返ると、ウィロウ氏はメイドに何やら耳打ちしていた。

はて。ウィロウ氏は僕に聞こえないように何を話しているのだろう？


屋敷を出た僕は、さっそく事件の捜査を始めようと思い、もらった似顔絵をまじまじと観察した。

まじまじと観察を……。

……なぜだろう。似顔絵の男の間抜け面に見覚えがあるような気がしてならない。

どこかで見た顔なのに、どうしても思い出せない。いったいこの男は何者なんだ？　そうして僕が似顔絵を持って首を傾げながら歩いていると、どこからか男の話し声が聞こえてきた。

「おい、あの男、もしかして」

「ああ。まちがいない。似顔絵の男だ」

似顔絵の男？　僕が立ち止まって通りを見回すと、長剣を腰に下げた冒険者二名と目が合った。

男たちは手に持った似顔絵と僕の顔を見比べていた。

……まさか!?　あわてて僕は持っていた似顔絵を確認する。

「これ、僕じゃないか！」

よく見ると、似顔絵は僕そっくりだった。

えっ、じゃあ僕って誘拐犯だったの!?　いやいや僕はそんなことしてないぞ！

二人の冒険者が険しい表情で歩み寄ってくる。僕は素知らぬふりですたすたと歩き出す。

「おい、そこのお前」

冒険者に呼び止められ、僕はしかたなく立ち止まった。

「ナ、ナンデショウカ……」

「お前に聞きたいことがある。昨夜はどこで何をしていた」

振り返った僕に、昨夜のアリバイを問う冒険者たち。落ち着け。僕は何も悪いことはしていない。

僕は焦る気持ちを懸命に鎮《しず》めると、身の潔白を証明するべく昨夜のアリバイを語り始めた。

「昨夜の僕は……」

――知人女性をレイプした後、人気のない路地裏で美少年のエルフをレイプしていた。

言えねえ！　昨夜のことは口が裂けても言えねえ！

「ち、違う、僕じゃない！　僕は何も知らない！」

叫んだ僕は一目散に逃げ出した。路地裏に逃げ込む僕と「間違いない、あいつが誘拐犯だ」と叫びながら追いかけてくる冒険者たち。なぜ！　どうしてこんなことに！

僕は走りながらスマホを取り出すと、電力節約のために切っておいた電源をオンにして、路地を曲がると同時に透明人間アプリを起動した。そのままぴったりと壁にくっついて身じろぎひとつせずにいると、二人の冒険者は透明な僕に気づくことなく目の前を通り過ぎていった。

なんとか危機をやり過ごした僕は、透明なままホッと胸をなで下ろす。

「それにしても、どうして似顔絵が僕そっくりなんだ？　似顔絵の人物は、資産家令嬢のヴィオラ嬢をたぶらかした男のはずじゃ……」

そこで僕は、はたと気がついた。

——資産家令嬢ヴィオラ・リスレンジアは、昨日、日が暮れるまでずっと男と一緒だった。

「まさか……」

恐ろしい考えが頭をよぎり、僕はあわてて透明人間を解除。すぐに盗撮アプリを起動する。

『盗撮したい相手の名前を入力してください』

アプリを起動すると入力欄が表示された。ここに盗撮したい相手の名前を入力するわけだが、

「さっきはスミレの名前を入力して失敗したんだよな」

女騎士スミレの居場所を知りたくて彼女の名前を入力したが、何度やってもエラーが表示された。てっきり僕が名前を覚え間違ったのだと思っていたが……。

もしかしたら「スミレ」という名前がそもそも存在しないのではないか。

「スミレ」というのは偽名で、彼女の本名は別にあるのではないか。

僕は昨日出会った女騎士スミレの顔を思い浮かべながら、入力欄に名前を打ち込んだ。

——ヴィオラ・リスレンジア
たちまち盗撮アプリの画面が切り替わり……裸でベッドに横たわるスミレと、好色な笑みを浮かべながら彼女に覆い被さる肥満体の全裸男が映し出された。

『うっ……はぁっ、ううん……』

スマホから聞こえてきたのは、吐息混じりのスミレの喘《あえ》ぎ声だ。画面の中で裸のスミレが、でっぷりと太った裸のおっさんにれろれろと乳首を舐められて快感に身をよじらせていた。

こ、これは、凜々しい女騎士がキモい親父に陵辱されている!?

『ああ……そこ、いい……すごく気持ちいい……もっと、強く吸ってくれ……あぁんっ！』

ポニーテールの髪を振り乱して、乳首舐めの快楽に喜び悶えるスミレ。なぜ、どうして、と混乱する僕の耳に、スミレの甘い声が聞こえてきた。

『ああ、トモヤ……嬉しい……。初めて会ったときから、こうなることを夢見ていたんだ……。トモヤに愛してもらえるなんて……ああっ、ふぁぁぁ！』

——スミレは、目の前にいる太った中年男を僕だと思い込んでいた。

どうして！　僕は中年じゃないし、こんなにぶくぶく太ってもいない！　それなのに、どうしてこんなおっさんを僕だと思い込んでいるんだ！

——催眠。そんな単語が思い浮かび、僕の背筋がゾッと震えた。

まさか、スミレは催眠をかけられて肥満体のおっさんを僕だと思い込まされているのか？

僕は絶句すると同時に、頭の片隅に何かが引っかかった。つい最近、催眠を使う何者かの話を聞いた気がする。あれはどこで聞いたんだったか……。

思案する僕の前で、スミレの催眠プレイは激しさを増していく。

『ぐふふふ。吾輩《わがはい》に舐められて乳首がどんどん硬くなっていくぞ。お前はいやらしい女だな』

『そ、それは……トモヤが、舐めて、くれると思ったら……感じ、すぎて……あぁっ！』

乳首に吸い付いている肥満男の手が、スミレの白い太ももをさわさわと撫で回す。スミレは切なそうに内ももをこするが、男の指は構わず股間へと潜り込んだ。

『ぐふふふ。ここはぐっしょりと濡れているではないか。吾輩に乳首を吸われて感じたのか？　吾輩とセックスできると期待して、ここがヌルヌルになってしまったのか？』

『うう……。そ、そうだ……。トモヤとひとつになれると思ったら、私は、我慢できなくて……あっ、あはっ！　すご、トモヤの指、私のいやらしいところ、ぐちょぐちょって、いっぱい、いじって……あぁっ、すごいっ！　気持ち、イイ……ふぁっ！』

普段の凜々しい姿からは想像もつかない乱れ方で、スミレが喜び悶えている。

あぁっ、スミレがあんなやつの指で感じているなんてっ！

『ぐふふふ。どうだ、吾輩とセックスしたいか？　吾輩のち×ぽが欲しいか？』

『ああ、したい……セックスしたい……。トモヤのものを、私のここに挿れてくれ……』

肥満男はぐふふといやらしく笑いながら、スミレの股間へと移動した。男のたぷたぷ揺れる三段腹の下では、凶悪なまでの極太ち×ぽがギンギンに反り返っている。

肥満男はスミレの両足を開くと、竿で彼女の秘裂をこするように前後に動かし始めた。

『あぁっ……。擦るだけなんて……どうして……挿れてくれないんだ……あっ、んぁ……』

突然始まった正常位素股に戸惑いながらも、スミレは自ら腰を突き出して快感に身悶える。

『心配せずとも貴様の処女は吾輩が奪ってやる。新月の今夜、吾輩の魔力がもっとも高まる午前〇時に、貴様を女にしてやろう。ヴァンパイアの精液をたっぷりと注ぎ込まれて、貴様は吾輩以外の男では二度と満足できない体になるのだ！』

くちゅくちゅと卑猥な水音を立てて、肥満男の極太ち×ぽが愛液で濡れた秘裂を擦り上げる。凜々しい女騎士が、全裸の太った中年男に素股されて淫《みだ》らによがっている。

『こ、今夜、私のバージンを、もらってくれるのだな……？　はぁっ……わかった、待つぞ。トモヤが私のおま×こに中出ししてくれるのを、私は待つぞ。ふぁ……あっ、あっ、あっ！』

『そうだ！　楽しみにしていろ！　たっぷり中出しされて貴様は吾輩の肉奴隷となるのだ！』

『あっ、あっ、あっ！　そんなに、激しくされたら……トモヤと本気セックス……しているようで……頭が、とろけて……ふあぁぁぁぁっ！』

『いいぞ！　吾輩の亀頭がお前のクリトリスに当たって、ごりごりこすれているぞ！　吾輩のち×ぽの裏筋を、お前のおま×こが舐め上げているぞ！』

『おち×ちん、ぐりぐりきて、んぁっ！　そんなにされたら、私、私っ……！』

『ぐふふふふ。いくぞ……出すぞ！　そら、そら、そら！』

『あっ、あっ、あっ！　だめ、もうだめ、イク、いっちゃう……だめ、だめだめだめっ！　トモヤ、いっしょにいこう、いっしょに、いっしょにぃぃぃぃぃぃ!!』

どぴゅっ、ぴゅるるるっ、どくっ、どくっ！　画面の中で、おっさんが大量の精液をスミレの腹にぶちまけた。どぴゅっどぴゅっととめどなく精子をかけられたスミレは、

『はぁ、はぁ……トモヤ……♥』

ベッドの上でぐったりしながら、幸せそうに頬を緩ませていた。

直後に「バッテリー残量はあと十%です」と画面に表示され、淫猥《いんわい》な映像に耐えきれなくなった僕はスマホの電源を切った。

――僕はエロゲが好きだ。

ヒロインが薄汚いおっさんに犯されるNTR系のエロゲも当然のように大好物で、自分に好意を寄せてくれる美少女が、他の男に犯されるのを見て僕はいつも興奮していた。

だけど、実際にスミレが陵辱される光景を目の当たりにして、僕は微塵も興奮しなかった。

ただただ苦しくて、悔しくて、怒りではらわたが煮えくりかえる思いだった。

「スミレ……待ってろ、必ず僕が助けてやる」

肥満男は今夜スミレの処女を奪うと言った。そんなことは絶対にさせない。あんなブタ野郎にスミレの処女は奪わせない。スミレの処女を奪うのは、僕だ！

「そのためにはまず、スミレが監禁されている場所を見つけ出さないと」

そうして僕がまず考えたのは、肥満男の正体についてだ。あいつは催眠によってスミレの心を操り、魅了していた。何より、あいつ自身が自分の正体を口走っていた。

――ヴァンパイア。

おそらく、あいつは以前カロンが言っていた賞金首の吸血鬼エルメブルだ。

ヴァンパイアというと「クールなイケメン」のイメージだったので、肥え太ったおっさんなのは予想外だったけど……。魅了催眠で女性の心を操り、本人が「ヴァンパイア」だと口走っているのだ。十中八九、あのブタ野郎が吸血鬼エルメブルと見て間違いない。

「たしか、エルメブルは北の大森林を根城にしているという話だったな。そういえば昨日、僕とスミレはパーティを組んで、北の大森林でレベル上げをしたけど……」

思い返してみれば、昨日倒したモンスターの中にやたらと強いジャイアントバットがいた。

吸血鬼にはコウモリがつきもの。もしかすると、あの巨大コウモリはヴァンパイアの眷属《けんぞく》か使い魔だったのかもしれない。

「手下を殺されたヴァンパイアが、報復として女騎士のスミレをさらった？　だとしたら、僕がジャイアントバットを殺したせいでスミレはさらわれた……」

スミレがさらわれたのは僕のせいだ。スミレが嬲《なぶ》り者にされているのは僕のせいだ。責任を感じた僕は、スミレ救出の決意を新たにする。何があってもスミレを助け出そうと心に誓う。

「ええと、カロンの話だと、ヴァンパイアを倒すには魔法の武器が必要で……。それから、ヴァンパイアの根城である大森林にはエルフの結界が張られていて……」

ヴァンパイアの根城に乗り込むには、森を抜けるための道案内を雇わなければいけない。

冒険者ギルドへ行けば道案内できる冒険者がいるかもしれないが……。いや、だめだ。僕は誘拐犯だと思われて冒険者に追われているんだ。冒険者のたまり場にのこのこ顔を出したが最後、濡《ぬ》れ衣《ぎぬ》で捕まるのは目に見えている。そうなったら今夜中にスミレを救出できなくなる。

他の冒険者は頼れない。僕一人でヴァンパイアを倒してスミレを助け出すしかないんだ。

そのために必要なのは、魔法の武器と、森の抜け道を知っている人物だ。でも、エルフの結界の抜け道を知る人物に心当たりなんて……僕にはエルフの知り合いなんて……。

——そして僕は思いだした。奴隷市場で僕が売約した、美少女エルフの存在を。


「一〇〇〇万ドリーを持参して私を解放しに来た……わけではなさそうね」

奴隷市場内にある石造りの建物を訪れた僕は、つい昨日、透明人間になってボディタッチしまくったエルフの美少女と向かい合った。

「えっと、ごめん。今日は違う用事で来たんだ」

「フン。いいわよ、最初からあんたに期待なんてしてなかったから」

美少女奴隷エルフがツインテールの金髪を揺らして「ぷいっ」とそっぽを向く。きつい態度と容赦のない口ぶりは、相変わらずのツンデレっぷりだ。

ちらりと彼女の背後に目を向けると、顔の上半分を仮面で隠したタキシードの男——奴隷商人のリプリーが、唇の端を吊り上げて僕たちのやり取りを眺めていた。

ここは前回彼女と会ったのと同じ場所。奴隷市場内にあるリプリーの店の応接室だ。

ヴァンパイアを退治するためにエルフの協力が必要な僕は、リプリーに頼み込んで、黒い首輪をつけた奴隷の少女——美少女エルフのルルと対面していた。

「今日、僕がここへ来たのは、ルルに話があって……」

「みなまで言わなくてもわかってるわよ。一〇〇〇万稼ぐのは無理だと悟って謝罪しに来たんでしょ？『キミを助けられなくてごめんなさい』って謝りに来たのよね？ ええ、いいわよ。見ず知らずの他人が私のために大金を工面するなんてありえないとわかっていたから、がっかりなんてしないわ。私は心が広いから、謝罪しに来たことに免じてあなたを許してあげる」

「いや、僕は……」

「言い訳はいらないわ。私のことなんて忘れて、あなたはあなたの人生を生きればいいわ」

口が悪いのでわかりづらいけど、彼女の言葉からは「私を助けられないことを気に病む必要はない」と遠回しに相手を慮《おもんぱか》る気持ちが感じられた。

ルルは口は悪いけど根っこは優しい、素直になれない女の子なんだ。

「僕はキミを助けるって約束したよね？　僕のことを信じてくれないの？」

「人間の言うことなんて信じるわけないでしょ。あんたが私を助け出してくれるなんて、最初から期待していなかったわ」

さっきからずっと僕とは目を合わせずに、ルルはそっぽを向いたまま語気を強くする。

——ツンデレヒロインは、思っていることと正反対のことを言うものだ。

期待していたんだよね？　本当はここから助け出してくれることを期待していたんだよね？

でも、期待するほど裏切られたときにつらくなるから、キミは「期待していない」と自分に言い聞かせているんだ。さっきからそっぽを向いて目を合わせてくれないのは、僕の顔を見ると怒りたくなるから？　それとも、僕に「助けて」と弱音を吐きそうになるから？

「僕が今日ここへ来たのは謝るためじゃないよ。一〇〇〇万ドリーを稼ぐために、キミの協力が必要なんだ。どうか僕に力を貸してほしい」

「……どういうこと？」

ようやく話を聞く気になった彼女に、僕は経緯を説明した。

資産家の令嬢がヴァンパイアにさらわれたこと。ヴァンパイアを倒して令嬢を救出すれば一〇〇〇万ドリーが手に入ること。そのために北の大森林の抜け道を知りたいこと……。

僕たちのやり取りを監視していたリプリーが「ほう」と含み笑いをしたけど、そんなことはどうでもいい。僕は「キミを助けるために必要なことなんだ」と熱を込めて彼女を説得した。

「吸血鬼エルメブルの名前は私も知ってるわ。北の大森林に張り巡らされたエルフの結界を抜ける方法も、吸血鬼の城へ行くための道順も知ってる」

「本当に!? 良かった！ じゃあ、さっそくそれを教えて――」

「でも、道順を教えるわけにはいかないわ。大森林の結界は、エルフの隠れ里に人間が近づけないようにするためのものよ。その結界の抜け方を人間に教えるなんてあり得ないわ」

「なっ……そんなこと言ってる場合じゃないだろ！ 僕がヴァンパイアを倒さないと、キミはここで従順になるまで調教されて、奴隷として売り飛ばされることになるんだよ!?」

「私の村は人間の襲撃を受けて壊滅したわ。エルフの里が奴隷狩りに襲われて……そのせいで私はここにいるのよ！ その私が、身内を危険にさらす情報を人間に教えるわけないでしょ！」

ルルに怒鳴られて僕は絶句する。今のが彼女の本音なら協力は期待できない。僕が歯がみしていると、それまで黙って話を聞いていたリプリーがおもむろに口を開いた。

「本当にそれが、森の抜け方を教えたくない理由ですか？」

びくっ、と肩を震わせるルルに、仮面の男リプリーは飄々《ひょうひょう》と問いかける。

「エルフの隠れ里は大森林の奥深くにあるのでしょう？　ヴァンパイアの居城とは場所がまるで違いますから、城への道順を教えるだけなら何も問題は無いと思いますが」

「そ、それは……」

「それとも他に、彼に抜け道を教えたくない理由があるのですか？」

リプリーの追及を受けたルルは、顔を伏せたままうめくように声を絞り出した。

「……ええ、そうよ。このバカの実力じゃエルメブルには勝てないわ。むざむざ死にに行くようなものよ。だから……」

だから、僕に森の抜け方を教えなかった。

僕に死んでほしくなかったから。僕たちは赤の他人なのに、僕がルルを「助けたい」と思ったように、彼女も僕を「死なせたくない」と思ったのだ。

ああ、この娘《こ》はどうしてこんなに不器用で、口が悪くて、優しいのだろう。

これがエロゲだったら、間違いなくルルは僕の理想のヒロインだよ。

そう思ったとき、僕は迷い無く彼女に告げていた。

「ルル」

僕の声に込もった真剣な想いに気づいたように、少女がハッとして顔を上げる。

今日初めて、僕と彼女の目が合った。

「僕は必ず生きて返ってくる。そして必ずルルを救い出す。だからお願いだ。僕を信じて」

本当は誰かにすがりたかったのかもしれない。

本当は誰かに助けてほしかったのかもしれない。

「必ず救い出す」と宣言されたエルフの少女は、肩をふるわせ、瞳にうっすらと涙を滲ませて……ぷいっとそっぽを向いた。

「し、しかたないわね。そこまで言うなら、道順を教えてあげないこともないわ。その代わり、絶対に生きて帰ってくるのよ！　ヴァンパイアに殺されたりしたら許さないんだから！」

「僕は死なないよ。必ず生きて帰って、キミを迎えに来る」

僕が真顔でそう答えると、彼女は耳まで真っ赤にしてうつむいてしまった。

「ああもう……なんで私は、こんなバカを信じたいと思っちゃうのよ……」

そうしてルルは、僕に罵詈雑言を浴びせながら、森を抜けるための地図を描き始めた。


ヴァンパイアの居城までの地図を手に入れた僕は、つづいて武器屋に立ち寄った。ヴァンパイアを倒せる「魔法の武器」を手に入れるためだ。

「いらっしゃいませ、あ……」

僕が店に入ると、店番をしていた武器屋の娘ニッキがカウンターの奥で頬を赤らめた。

目をそらしてもじもじと照れくさそうに指を絡める姿は、まるでウブな女の子が初体験の相手と目が合って恥ずかしがっているような反応だ。……まあ、その通りなんだけどさ。

「また来たよ、ニッキ。今は、親父さんはいないの？」

「は、はい。朝から仕入れに出かけていて……。もしかしてお父さんに用事ですか？」

「いいや。ニッキと二人きりで話したかったんだ。親父さんがいないのは好都合だよ」

「二人きりって……それは、その、どういう意味でしょうか……」

顔を真っ赤にしてもじもじと指を絡めるニッキ。何を考えているのか想像はつくけど、僕はあえて気づかないふりをして本題を切り出す。

「実はヴァンパイアを倒せる武器を探しているんだ。なにか心当たりはないかな？」

「ヴァンパイアを倒せる武器ですか？　心当たりならありますけど……」

「本当に!?　ぜひ詳しい話を聞かせてくれ！」

「ど、どうしたんですか？」

カウンターに身を乗り出す僕に、ニッキは戸惑いたじろいでいる。いかんいかん。ニッキを怯《おび》えさせてどうする。はやる気持ちを抑えつつ、僕は手短に事情を説明した。

「僕はこれから賞金首のヴァンパイアを倒しに行くんだ。そのために、ヴァンパイアを倒せる魔法の武器がほしいんだよ」

「賞金首のヴァンパイアですか……」

ニッキの幼い顔つきが、落ち着いた理知的な雰囲気へと変わっていく。引っ込み思案な少女から、豊富な知識を持つ鑑定士の顔へと変わっていく。

「……そうですね。対ヴァンパイア用の武器なら、うちの店でも扱っています」

「そうなのか？　だったらそれを僕に売ってくれ！」

「イヤです。トモヤさんには売りたくありません」

「なんでだよ！」

「理由は二つあります。一つは、とても高価な武器だから。トモヤさんは二〇〇万ドリーを一括で支払えますか？」

「に、二〇〇万……それはちょっと……」

リアルな値段を提示されて鼻白む僕へ、ニッキはここぞとばかりに畳みかけてきた。

「もう一つの理由は、トモヤさんのレベルでヴァンパイアと戦うのは自殺行為だからです。私はトモヤさんに死んでほしくありません。だから、武器を売りたくありません」

ニッキらしからぬきっぱりとした物言いなのは、本気で僕の身を案じているからだろう。心配してくれるのはありがたいが、かといって僕もここで引き下がるわけにはいかない。

「危ないから売らないなんておかしいよ。武器屋なんだから客が欲しいと言ったら売るべきだ」

「理屈なんてどうでもいいんです。私はトモヤさんに危険なことをして欲しくないんです」

「僕は冒険者だ！　冒険者は危ないことをするのが仕事だろ！　危険だからやらないなんて、そんなのは冒険者じゃないよ！」

思わず怒鳴ってしまい、ニッキは耐えるように下唇を噛みしめた。

……僕は何をやってるんだ。思い通りにならないからってニッキに八つ当たりしてどうする。

僕ははやる気持ちをぐっと堪えると、真剣な口調でニッキに訴えかけた。

「ニッキ。僕の話を聞いてほしい。知り合いの女の子がヴァンパイアにさらわれたんだ。僕はその子を助けたいんだ。だから、僕に力を貸してくれ！」

僕が正直に打ち明けると、ニッキは怒っているような拗《す》ねているような不思議な目つきで僕をにらみつけた。

「トモヤさんは命を懸けるくらい、そ……その女性のことが、大切なんですか？」

「は？　どうして急にそんなことを」

「こ、答えてください！」

ニッキににらまれて僕は改めて考える。

どうして知り合って間もないスミレのために、僕はこんなに必死になっているのか。気の合う友人だから？　一緒に冒険した仲間だから？　彼女がさらわれたことに責任を感じて？　それとも報酬の一〇〇〇万が目当てで？　……いや。きっと、もっと単純な理由だ。

「可愛い女の子がひどい目にあっているんだ。男なら、助けたいと思うのが普通だろ」

僕はエロゲが大好きだ。この異世界で、僕はエロゲの主人公のように生きると決めた。

だから僕はエロゲの主人公らしく、可愛い女の子が困っていたら全力で助ける。それができないやつにエロゲのようなハーレム生活を望む資格はないと思うから。

「トモヤさんは、困っている人がいたら誰でも助けるんですか？」

「もちろん」

それが可愛い子なら、僕は誰でも助ける。それがエロゲ主人公の心意気だ。

「……トモヤさんは、自分の命よりも人助けを優先しちゃう人なんですね」

「そんなんじゃ長生きできないって言いたいんだろ？　わかってるけど、そう生きると決めたんだ。無謀なやつだと幻滅されるかもしれないけど……」

「幻滅だなんて……。きっと、そういうトモヤさんだから、私は……」

ごにょごにょとつぶやくと、ニッキは探るような目で僕を見つめた。

「……もしも私がピンチになったら、トモヤさんは助けに来てくれますか？」

「当たり前だろ。どこにいても必ず駆けつけてニッキを助けるよ」

僕が断言するとニッキはほんのり頬を赤くして、それからあきらめたように肩を落とした。

「……わかりました」

そうしてニッキは、カウンターの奥から一振りのナイフを持ち出した。

柄の部分に細かな装飾が施されている、実用性よりも見た目を重視した高級ナイフ。その刀身には、太陽を模した象形文字のような記号が刻まれていた。

「商品名は『太陽ナイフ』。対アンデッド用の武器で、刺した相手に光の魔力を注ぎ込んで浄化します。これで心臓を一突きすれば、ヴァンパイアを退治できるはずです」

「いいね。こういうのを探していたんだ」

弱小冒険者がナイフ一本でヴァンパイアに挑むなんて、普通に考えれば無理ゲーだ。

だが、僕に限ってはそうじゃない。対アンデッドに特化したこのナイフなら腕力や剣の腕前は関係ない。透明人間アプリで姿を消して接近。このナイフで無防備なヴァンパイアの心臓をひと刺しすれば勝てる。はっきり言って楽勝だ。

「ただ、この太陽ナイフには欠点があるんです」

ニッキがナイフを握ると、刀身がぼうっと赤く輝いた。光の魔力が発動した証拠だ。

そのままニッキが僕にナイフを手渡す。僕がナイフの柄を握ると赤い輝きがすうっと消えた。

……ニッキが持つと魔力が発動するが、僕が持っても魔力は発動しない。つまり、

「太陽ナイフの魔力は、女性が持ったときだけ発動するんです」

「女性にしか使えない武器ってこと？　それだと僕が持っていても意味ないじゃないか」

「ごめんなさい。うちの店でヴァンパイアに対抗できそうな武器はこれくらいしか……」

申し訳なさそうにうつむくニッキだが、無理を言っているのは僕の方なので、そんなふうに謝られるとこちらの方が申し訳なくなる。

……でも、どうする？　太陽ナイフを扱えそうな女性冒険者を探して仲間にするか？　だが危険なヴァンパイアと戦ってくれる女性冒険者の知り合いなんて僕には……。

いや、いる。スミレを助けるためなら命がけで戦ってくれる女性冒険者に心当たりがある。

「僕に当てがある。だから、ちょっとの間だけナイフを貸してくれ」

「わかりました。太陽ナイフはトモヤさんにプレゼントします」

すんなりと、ニッキが僕に太陽ナイフを手渡す。あまりにもあっさりと手に入って、逆に受け取った僕の方が戸惑ってしまった。

「ちょ、ちょっと待って！　こんな高価なものをタダでもらうわけにはいかないよ。貸してくれるだけでいいんだ」

「そうですか？　でも、なぜだかわかりませんが……私は無性に、この武器をトモヤさんにプレゼントしたいんです」

タダで受け取ってほしいと強情を張るニッキ。僕は彼女の態度に違和感を覚えながら、それでも背に腹は代えられないと、ありがたく太陽ナイフを受け取ることにした。

「わかった。ありがたくいただくよ。お礼に、僕にできることがあったら何でもするから、遠慮無く言ってね。ニッキの頼みならどんなことでも聞くから」

「私からトモヤさんへのお願いは、一つだけです」

ニッキは真摯な眼差しで、僕の顔を見つめてはっきりと言った。

「絶対に死なないで、必ず帰って来てください」

そうしてニッキはカウンターから身を乗り出すと、顔を真っ赤にしながら僕にキスをした。

僕は、生きて帰って来て、またニッキと愛し合いたいと思った。


武器屋の看板娘ニッキから対吸血鬼《ヴァンパイア》用武器「太陽ナイフ」を借りた僕は、その足で町を出て、北にある大森林に向かった。スミレ救出のタイムリミットは今夜の午前〇時。これから森を探険しなければいけない僕には、休息を取っている余裕などないのだ。

ほどなくして大森林の入り口に到着した僕は、暗い森へと分け入りながら、エルフのルルが地図を書きながら語ってくれた吸血鬼の情報を頭の中で反芻した。

――人が住まなくなって荒れ果てた古城。そこがヴァンパイアの巣になっているという。

ヴァンパイア――エルメブルは十年前から廃城に住み着いている古参の吸血鬼で、好物は処女の生き血。年に数回、若い女性をさらっては慰み者にするのが彼の娯楽であるらしい。

若い女性に催眠をかけて意のままに操り、性的な奉仕をさせ、欲望のままに嬲り、飽きたら殺す。そんな所業を繰り返すエルメブルが賞金首になったのは当然の成り行きだった。

賞金を狙ってエルメブルに戦いを挑んだ冒険者は数知れず。しかし、そのことごとくが返り討ちにあい、男の冒険者は惨殺され、女の冒険者は気が狂うまで強姦された。

エルメブルは肥満体な見た目によらず俊敏で、怪力でもあるらしい。しかも不死身の肉体は普通の武器では傷つけられない。そんなエルメブルのもっとも厄介な点は、強力な催眠能力だ。

男には効果がないが、女性は彼の目を見たが最後、言いなりの操り人形になるという。女冒険者がエルメブルに挑むことは、彼の肉奴隷になりに行くのと同義だった。

かくしてエルメブルは数多くの冒険者を無残に殺し、高額賞金首として現在も悪名を轟かせている……。とまあそんな感じで、ルルから聞いたエルメブルの武勇伝(?)は、有益ではあるが勝機がなさすぎて、聞けば聞くほど戦意が削がれていくのが難点だった。

――だが、それほどの実力差があっても僕の勝利は揺るがない。

「透明人間になってヴァンパイアにナイフを突き刺すだけの簡単なお仕事だ。スマホのバッテリーが切れる前にカタがつくさ」

「楽勝楽勝」と自分を鼓舞しながら、僕は日没後の闇に覆われた森を進んでいく。

肥満体のヴァンパイアは今夜、スミレの処女を奪って肉奴隷にするなどと抜かしていた。その前に――午前〇時になる前に、スミレを救出しなければいけない。

さらに言うなら、奴隷商人リプリーと交わした奴隷エルフの購入期限は明日の日没までだ。

日没までに金を用意できなければ、奴隷エルフは人勢の前で公開レイプされることになる。

深夜の森を抜け、ヴァンパイアの城に単身で乗り込み、ヴァンパイアを退治、スミレを救出して、彼女を連れて街に戻り、「クエスト達成報酬として一〇〇〇万ドリーよこせ」と請求して、即金で受け取り、奴隷商人のところへ行って奴隷エルフを買う。

……間に合うのか？

「弱気になるな。間に合うかどうかじゃない。絶対に間に合わせるんだ！」

ここからは時間との勝負。誘拐された美少女と奴隷の美少女を救うため、僕は気合いを入れて夜の森を突き進んだ。

幸いなことに、ルルが作ってくれた地図はとてもわかりやすかった。

夜の森は真っ暗で方向感覚もなくなりそうなものなのに、地図には目印となるポイントが事細かに記されていて、おかげで僕は道に迷うことなく森を進むことができていた。

それどころか、地図の所々に変なメッセージが……「このあたり毒蛇に注意！」「ここの泉の水は飲んじゃだめ！」「星を見て方角を確認するのよ！」「エルフとすれ違ったら笑顔で挨拶！」「落ちてるものを拾って食べるな！」「ばーかばーか」などという文言がルルの似顔絵イラスト付きで書かれていて、僕は一人で歩いていても寂しさをまったく感じなかった。

くそ可愛いツンデレエルフめ、絶対に助け出して僕の奴隷にしてやるからな！

笑顔で決意を新たにした僕が、ずんずんと森の奥へ入っていく。そうして何時間歩き続けただろうか。突然視界を遮《さえぎ》っていた木々が晴れて、眼前に石造りの城が出現した。

森の奥に浮かび上がる、巨大な黒いシルエット。暗闇に溶け込む灰色の城壁と夜空に伸びる何本もの尖塔が、不気味な存在感を放って見る者を威圧している。石造りの城壁には無数の亀裂が走り、崩れた部分に深緑の蔦が幾重にも絡みついていた。

廃墟と化した古城……見るからに雰囲気がある建物を前に、僕は身震いしてゴクリと喉を鳴らす。

間違いない。ここが探していた目的地──ヴァンパイアの居城だ。

迷わず森を抜けたはずなのに、それでもかなりの時間を費やしたようだ。夜空を見上げると、月は中天にさしかかろうとしていた。

午前○時まで時間が無い。僕は気持ちを奮い立たせて廃城に乗り込んだ。


潜入した夜の古城は、静まりかえっていて人の気配をまるで感じなかった。

「スミレはどこに監禁されているんだ？」

ホールのような広間を横切りながら僕は考える。広い城内を闇雲に捜すのは時間がかかりすぎる。城のどこにスミレが監禁されているのか、目星をつけてから行動したいところだけど……。

「そうだ。盗撮アプリを使えばスミレが今どこにいるかわかるかもしれない」

僕はスマホの電源を入れると、盗撮アプリを起動してスミレの本名を入力した。

直後に画面に大写しになったのは、ベッドの上で股を広げ、太った中年男に割れ目を舐められてよがっている裸体のスミレだった。

『あぁんっ！　いい、いい……。舐めて、もっと舐めてくれ……。私のいやらしいおま×こを、ぐちゃぐちゃになるまで舐め回して……あっ、あぁっ！』

『ぐふふふ。愛液がどんどんあふれてくるぞ。吾輩の舌はそんなに気持ちいいか？』

『あっ、あっ、私、トモヤにぺろぺろされてる……大事なところぺろぺろされて、すごく感じてるぅ……んひぃっ！　舌がっ、トモヤの舌がっ、ぐりぐりって、ぐにぃぃぃぃ！』

いきなりの痴態に僕が顔を歪めていると、肥満男の舌がスミレの秘裂にずぶずぶと埋もれて、彼女は豊かな胸を波打たせて身悶えた。

『トモヤ、舌使い、すごすぎて、ひっ！　はぁっ、もう、だめっ、私……あっ、あっ、あっ！』

じゅるじゅるという水音とスミレの嬌声がシンクロして響き渡り……。そこでヴァンパイアはクンニを中断すると、スミレの秘口から顔を離して上を向き、天井の一点を凝視した。

『……侵入者か？』

……え？　まさか、僕が忍び込んだことがばれた!?

僕が焦るのと同時に、左右の通路からぐちゃ、ぐちゃ、と不気味な物音が聞こえてきた。暗闇から現れたのは、腐った体をひきずるようにして歩くゾンビの群れ――その数、ざっと二十体。

「うﾞあぁぁぁぁ」

ウジ虫が湧いている顔で言葉にならない叫びを上げながら、ゾンビが群れをなして迫り来る。

おそらく侵入者を探知する魔法が仕掛けてあったのだろう。まんまとそれに引っかかった僕にヴァンパイアが気づき、ゾンビの番兵をよこしたといったところか。

「やっぱり、やつが急に上を向いたのは、僕の侵入に気づいたから――」

――上を向いた？

「待てよ。とっさに上を見たってことは、ヴァンパイアはこの下……城の地下にいる！」

探せ！　城のどこかに地下へと続く階段があるはずだ！　僕は盗撮アプリを終了させると、別のアプリを起動しようとして……画面に『バッテリー残量は五％です』と表示されていることに気がついた。ヴァンパイアを倒すのが先か、スマホのバッテリーが切れるのが先か。

「ここからは時間との勝負だ！」

僕はスマホを操作すると、透明人間アプリを起動した。

ふっ、と僕の姿が消え、ゾンビの群れが目標を見失って足を止める。

ゾンビが視覚で僕を認識しているかは賭けだったけど、どうやら上手くいったようだ。立ち尽くすゾンビたちの間を、僕は忍び足ですり抜けて広間を出た。

透明人間でいられるのは十〜十五分。それを超えてしまったら……あるいはその前にバッテリーが切れてしまったら、透明人間は自動的に解除されて僕に勝ち目はなくなる。

さまようゾンビ軍団を無視して僕は地下室の入り口を探し回り……ほどなくして、廊下の突き当たりで下りの階段を発見した。

地下への階段はあまりに堂々としすぎていて、逆に「罠じゃないのか？」と疑いたくなるほどだ。これも「冒険者ごときに遅れは取らない」というヴァンパイアの余裕の表れなのか。

「この奥が地下室。おそらくそこに、スミレが監禁されている……」

僕は意を決すると、たいまつすらない闇の中を、手探りで降りていった。

スマホのバッテリー残量を気にしながら慎重に階段を下っていくと、やがて金属製の扉の前に行き着いた。僕が慎重に扉を押し開けると、室内からむせかえるような汗の臭いが漂ってくる。

ギシ、ギシ、ギシ。ランタンの明かりに照らされた部屋の奥から、ベッドの軋む音が聞こえてくる。そっとのぞき込むと、見えたのは天蓋付きのベッドと、絡み合う二人の男女――。

「あっ、あっ、あっ！　す、すごっ……はげしすぎっ……！　私、もうだめ……！」

「ぐふふふ。どうだ、吾輩のものは気持ちいいか？」

「んっ、あっ！　い、いい……。気持ち、良すぎて……何も考えられなくなる……！」

ベッドに横たわるスミレが、ポニーテールの髪を振り乱してよがっている。不気味に笑う肥満男は、スミレの秘部にイチモツを押しつけて正常位素股で前後にこすりつけていた。

ぶよぶよの三段腹を揺らし、二重顎をたるませ、好色な目つきでぐふふと笑う中年親父。間違いない。こいつがスミレをさらった腐れヴァンパイアだ。

「ぐふふふ。貴様のま×こから蜜が溢《あふ》れているぞ。そんなに吾輩のペニスが恋しいのか？」

「恋しい……トモヤのおち×ちん、恋しい……。私のおま×こ……おち×ちんが恋しくて、切なくて……よだれをたらしているのだ……」

「待っていろ。もうじき日付が変わる。そうなれば、吾輩のち×ぽを根元までねじ込み、膣の一番深いところで射精して、ザーメンを子宮にぶちまけてやろう！」

秘裂にペニスをこすりつけながら、中年男が下卑《げび》た笑みを浮かべている。僕は叫び出したい衝動を必死に押さえ込み、怒りに震える手で、懐に忍ばせていた太陽ナイフを抜き放った。

女性が持てば刀身から光の魔力があふれ出て、燃える刃で邪悪なアンデッドを焼き尽くす……。

この武器を使いこなすために、僕はもう一方の手でスマホを握りしめた。

女性でなければ魔力を発動できないという欠点に対応するため、僕は……ここで女になる！

①透明人間のままヴァンパイアに忍び寄り、太陽ナイフを胸に突き刺す。

②その状態で透明人間を解除。すぐさま女体化アプリを起動する。（透明人間アプリは他のアプリと同時使用できないため）

③太陽ナイフの光の魔法を発動。ヴァンパイアの心臓を焼き尽くす。

④ヴァンパイアは滅び、僕はスミレを救出して街に帰還する。

それが僕のプランだった。

問題は、僕が透明人間を解除した瞬間にヴァンパイアがどういった行動を取るかだ。驚いて何もできないか、それとも即座に僕を殺そうとするか……。

もしも太陽ナイフが発動する前に攻撃されたら、低レベル冒険者の僕はひとたまりもない。

それでも、やるしかない！　ヴァンパイアに嬲られて嬌声を上げるスミレを見ながら、僕は胸の奥にふつふつと怒りの炎がわき上がるのを感じていた。

待ってろよ、スミレ。僕がヴァンパイアを退治して必ず助け出すからね。

「あぁ……おち×ちんがクリトリスにこすれて……あぁっ、そこ！　そこがいいっ！」

「いいぞ、貴様のとろとろま×こに舐められて、吾輩のペニスも興奮しているぞ。もっとだ、もっと吾輩を楽しませろ！　そら、そら、そらぁ！」

「あっ、あっ、あっ、イクっ、イクっ……はぁ、はああああぁぁぁぁん！」

足音を忍ばせてベッドに迫った僕は、スミレが絶頂に達する瞬間、無防備なヴァンパイアの胸に太陽ナイフを突き立てた！

──ドン。胸を叩く衝撃とともに、ナイフはヴァンパイアの胸板に苦もなく突き刺さった。

「……ん？」

痛みを感じていないのか。スミレとの交歓に熱中していたヴァンパイアが、違和感を覚えて自分の胸を見た。いまだ！　僕はナイフを突き立てたまま、もう片方の手でスマホを操作する。

──透明人間、解除！

「なに!?」

驚きに目を丸くしたヴァンパイアは、何もない場所からいきなり僕が出現したように感じたことだろう。動揺したヴァンパイアは、だがすぐに胸に刺さった太陽ナイフに気がついた。とっさに動いたヴァンパイアの手が、僕の手首をつかむ。──だが、遅い！

すかさずスマホを操作。女体化アプリを起動した僕は、性別を選択。アプリを実行！

一瞬で僕の服装が女物に変わり、僕の体がショートヘアの美少女に変身する！

「燃え尽きろおおおおぉぉぉぉぉぉぉぉぉ!!」

僕の雄叫びに呼応して、太陽ナイフからまばゆい光があふれ出した！

「ぐわあああああああああ!!」

地下室に轟く、肉の焼ける音とヴァンパイアの絶叫。ナイフから放たれた真紅の輝きがヴァンパイアの心臓を焼き、断末魔の悲鳴を上げさせる。

いける！　このまま心臓を焼き尽くせば僕の勝ちだ！

手ごたえを感じた僕はナイフを押し込み、ヴァンパイアはさらなる悲鳴を上げた。

「ぐわあああ！　ぎゃあああああぁぁぁ……」

ヴァンパイアの体から力が抜け、断末魔の叫び声がかすれて消える。

——勝った。

勝利を確信した僕は、やつの死に様を確認しようとつい顔を上げて……そこで、ヴァンパイアの赤い瞳を見てしまった。

「しまっ……」　声を出そうとして、自分の口が——体が動かないことに気づく。

ヴァンパイアは催眠能力で女を意のままに操る。そして今の僕は……女だった。

「ぐぅ……ナイフから、手を離せ……」

くぐもったヴァンパイアの声に、僕は逆らえない。

僕が太陽ナイフを手放すと、真紅の光はたちまち弱まり、消えてしまった。

ヴァンパイアは肉厚な手で太陽ナイフを抜き取ると、床に投げ捨てた。カランカランと音を立てて床を滑るナイフを、しかし僕は体が硬直していて目で追うことすらできない。

「はぁはぁ……危ういところであったわ……」

胸を焼かれ、消耗してよろめき、ベッドの上で尻餅をつく肥満ヴァンパイア。かなりのダメージを受けているが、残念ながら死んではいない。

くそっ。太陽ナイフで心臓を刺したのに、どうして死なないんだ！

「太陽ナイフか……。恐ろしい武器だ。吾輩の分厚い胸板が刃を防がなければ、心臓を焼かれていたところだ」

なにが胸板だ。ただの贅肉じゃねえか。千載一遇のチャンスだったのに、やつの脂肪に阻まれて刃が心臓まで届かなかったなんて、笑えない冗談だ。

「惜しかったのう。貴様が油断して顔を上げなければ吾輩は負けていたぞ」

ぐふふと不敵に笑うヴァンパイアの、ナイフに焼かれた胸の傷がみるみる修復されていく。

これがヴァンパイアの魔性。どんな傷もたちどころに治る不死身の肉体。身動きできずに悔しがる僕を見下して、ヴァンパイアは不敵に笑う。

「ほう……。最初は男かと思ったが、よく見るとかなりの上玉ではないか。そうか、そんなに吾輩の肉奴隷になりたいのか」

ヴァンパイアがぶよぶよした手で僕の顔を撫で、分厚い舌で頬をべろりと舐める。あまりの気色悪さに全身が総毛立つが、それでも僕の体はピクリとも動かない。

「殺そうとした相手に嬲られる気分はどうだ？　悔しいであろう？　吾輩に陵辱されるのは絶望の極みであろう？　その絶望こそが吾輩の愉悦よ」

ヴァンパイアの太い指が、服の上から僕の胸を揉みしだく。相手を気持ち良くする気などさらさらない、ただ自分が楽しみたいだけの乱暴な愛撫に、僕は心の中で歯ぎしりする。

こんなやつに、いいように体を弄《もてあそ》ばれるなんて……。

「いいぞ、その目だ。屈辱に燃えるその目がたまらぬのだ。貴様ら冒険者は負けん気が強いからのう。そういう気の強い女を屈服させるのが吾輩の娯楽なのだ」

肥満ヴァンパイアが赤い瞳で僕の目をのぞき込む。やつの目を見た瞬間、乱暴に揉まれていた胸が急にじんじんと熱く火照《ほて》り始めた。どうして……嫌なのに、気持ち悪いのに……体が火照って、心臓がドキドキしてる……。

「服の上からでも乳首が硬くなってきたのがわかるぞ？　吾輩に揉まれて感じているのか？」

「だ、誰が、お前の愛撫なんかで……こんなの、気持ち悪いだけだ……」

「ほう、吾輩の催眠を受けてもまだそんな口がきけるのか。見上げた精神力だ。だが」

ぎゅうっと胸をわしづかみにされ、僕は痛みと同時に激しい快感を覚えて声を呑み込む。

「ぐふふふ。我慢することはない。いくら抵抗したところでしょせんは女。乳房を揉まれれば感じるのは当然のことだ」

男の指が僕の乳房をぎゅうぎゅうと乱暴に握りしめる。胸を揉まれる感触がじわじわと体の芯に染みこむようで……やつの荒っぽい愛撫で僕はたまらなく感じてしまって……。

「トモヤぁ……」

不意に、甘えるような女性の声が聞こえてきて、混濁していた僕の意識に稲妻のような閃光が走った。今の声は、スミレ？　そうだ。僕はスミレを助けに来て……。

意識がもうろうとしたまま視線を上げると、ヴァンパイアのボンレスハムのような腕にすがりつくポニーテールの女騎士の裸体が目に入った。

「トモヤぁ、そんな女のことはほっといて、私とえっちなことをしてくれ。そんな女より、私の方がトモヤを気持ち良くしてあげるから……」

「おお、そうであったな。もちろん貴様も存分に可愛がってやるぞ」

ヴァンパイアの指がスミレの顎をくいと持ち上げ、分厚いたらこ唇が美少女の唇を塞ぐ。ねちゃねちゃと舌を絡める濃厚なキスを見て、僕は淀んでいた意識が一気に冴えていくのを感じた。

「や……やめろ！　スミレから離れろ！　このブタ野郎！」

「……なんと。ここまでされてまだ吾輩の催眠にあらがえるとは……。貴様、本当に女か？」

僕が怒鳴り声を上げたことに、ヴァンパイアは驚いて目を剝《む》いている。

どんな女性も意のままに操るヴァンパイアの催眠能力。その能力で僕を支配しきれずにいるのは、おそらく僕が女体化しているせいだろう。今の僕は、いわば男女両方の要素を併《あわ》せ持つ存在。僕の中に残された男の部分が、ヴァンパイアの催眠に墜ちることを拒絶しているのだ。

「吾輩の催眠が効きにくい体質なのか？　……ふむ、だがそれも一興。貴様のように一筋縄ではいかない女が、屈辱と快楽に溺《おぼ》れていく様を見るのは楽しいものよ」

そう言うと、ヴァンパイアはスミレの腰をぐいと抱き寄せ、彼女の耳元でささやいた。

「貴様に命じる。貴様の手で、あそこにいる強情な女をイカせてみせろ」

「私が、彼女を……？」

「そうだ。見事イカせることができたら、貴様のま×こに待ち望んでいたものをくれてやろう」

ぐぐぐっと、極太ち×ぽがこれ見よがしに反り返る。それをうっとりと眺めていたスミレは、

「嬉しい……♥　わかった。私が彼女を絶頂アクメに導いてやろう……」

「ぐふふふ。可愛いやつだ。さあ、貴様らの愛し合う姿を吾輩に見せるがいい」

このブタ野郎は、僕がスミレを助けに来たとわかっていて、スミレに僕を襲わせるつもりだった。なんて悪趣味な！

「やめろ、スミレ！　こんなやつの言うことを聞くな！　お前は催眠で操られ――うわっ！」

スミレはポニーテールを翻して僕に飛びつくと、乱暴にベッドに押し倒した。スミレの手が女体化した僕の服をめくり上げ、形のいいおっぱいを外気にさらす。

「だめだ、スミレ！　正気に戻って、手を放して――」

「抵抗するな。私がこれから、いっぱい気持ちいいことしてやるから……。ああ……キミのおっぱいは、とても柔らかいな……」

スミレは僕の生おっぱいに指を食い込ませると、豊満な乳肉の感触を味わうようにふにふにと指を動かした。

「はぁ……だめ、そんなに、揉まないで……」

スミレの細い指が、ぐにぐにと僕の乳房をこねくり回す。おっぱいに指が食い込み、ひと揉みされるたびにいやらしく形を変えていく。催眠のせいで体が敏感になっているのだろう。僕はスミレにおっぱいを揉まれただけで、電流が流れるような甘いしびれを感じていた。

「乳首が立ってきたな……。切ないのだろう？　我慢しなくて良いのだぞ？　……いいや、違うな。私が我慢できなくさせてやろう」

僕の乳首をスミレの指がくりくりと刺激する。乳首の先端をぎゅっとつまれて、僕の全身を強烈な刺激が駆け抜けた。だめだ、これ以上おっぱいをいじられたら声が出ちゃう……。

「キミの肌、すごく綺麗だ……それに、いい匂いがする……くんくん……ちゅっ、ちゅっ……」

蕩《とろ》けた表情のスミレが、顔を近づけて僕の匂いを嗅ぎ……不意打ちで首筋にキスをした。ピンク色の唇が、僕の首筋に、鎖骨に、ちゅっ、ちゅっ、と吸い付いてくる。

「あっ……！　くぅ……ひゃぁんっ！　んっ！　ふぁぁぁっ！」

「感じるのか？　キスされると気持ちいいのか？　じゃあ、ここは？　ちゅっ、ちゅっ……」

円を描くように胸を揉みながら、スミレは硬く勃起した乳首に吸い付いた。胸を揉まれ、乳首を吸われ、僕は我慢できずに切ない吐息を漏らしてしまう。

「ふぅっ……あっ、ふぅんっ、はあぁっ……」

「ちゅっ、ちゅっ……んふぅ……もっと感じろ……私の舌で、指で、いっぱい感じるのだ……」

僕の勃起乳首をれろれろと舐めながら、スミレが反対側の乳首をぎゅうっとつまむ。

「んあああっ！　乳首、きゅうって、それ、すごく――」

「すごく、なんだ？」

「すごく、あぁ……気持ち、いい……」

僕の正直な感想を効いて、スミレは「んふ」と淫靡に微笑《ほほえ》んだ。

「なぜだろうな……。私は、キミをいじめるのが好きみたいだ……。キミが気持ち良さそうにしていると、私も嬉しくなって、アソコがじんじんしてくるのだ……」

そう言って、スミレは自分の股間に手を伸ばす。くちゅ、と水音がしてスミレのアソコから愛液が滴り落ちた。ああ……僕の乳首を舐めながら、スミレも感じてくれたんだ……。

「ああ、可愛い……。なぁ、キスしていいか？　私は、キミにキスしたいんだ」

「き、キス!?　そ、それは――」

つぶやいた直後に、僕の唇に熱くて柔らかい何かが押し当てられた。

唇に伝わる柔らかくて温かい感触……。僕はいま……スミレとキスしている……。

「……ふふ。キス、してしまったな」

僕から唇を離したスミレが、嬉しそうに微笑する。その顔があまりに幸せそうで……僕のよく知っているスミレの表情そのままで……僕はほんの一瞬、今の状況を忘れてしまった。

「……なぜだろう。キミの唇はすごく柔らかくて、甘くて、温かくて……」

スミレが夢中になって、ついばむような優しいキスを繰り返す。

「はぁ……キミの唇、変だ……。私……もっと……もっといっぱい……。私はキミと、いっぱいキスがしたい……」

「ああ……スミレ……可愛いよ、スミレ……」

僕がつぶやくと、スミレは照れくさそうに微笑み、可愛らしい舌をちろっと出して僕の唇をぺろりと舐めた。僕も舌を出してスミレの舌にちょんと触れた。ぴりぴりと舌先が痺れるような快感に溺れて、僕たちはどちらからともなく舌を伸ばし、舐め合い、絡め合った。

「んちゅ、ちゅ……れろ……ちゅぷ、ちゅ、んちゅう……。んはぁ……しゅごい……」

「僕も、すごい……ゾクゾクして……んふぅ、んちゅ、んんっ……ちゅぱ、ちゅむ……」

僕の舌がスミレの唇を押し開き、口の中へと侵入する。お互いの唾液を貪るように、僕たちは濃厚に舌を絡め、かき混ぜあった。

ああ……舌が絡みついてくる。スミレの舌が、ぐちゅぐちゅって僕の舌をかき混ぜてくる。

「こんなに気持ちいいキスは、初めてだ……。もっと、もっとキスしよう……」

「僕も、キスしたい。もっと、キスして、気持ち良く……ふむぅっ、んっく、くふぅ……」

もはや抵抗する気など起きもしない。僕はひたすらスミレの唇を味わおうと、彼女の口内を舌で蹂躙《じゅうりん》した。僕の熱情に応えるように、スミレがキスをしながら胸への愛撫を再開する。乳房をもみ上げ、乳首をつまみ、こりこりと刺激して……。こうなったら、僕だって……。

僕は催眠のせいで重く感じる体に力を込めて、片手を持ち上げ……スミレの胸に指を沈ませた。

四つん這いの姿勢から垂れ下がる乳房を、僕が下から押し上げる。重力に逆らって押し上げられた乳房は、僕の手のひらからこぼれ落ちるほどで……。

僕は乳房を揉みながら、もう一方の手を伸ばして、彼女の股間に指先を滑り込ませた。

「んっ！　んんっ！　ふぁっ、そ、そこ、ちょくせつ、触られたら——あぁぁぁん！」

「すごい……スミレのクリトリス、勃起して硬くなってる……」

「ううっ、言わないでくれ……そんなとこ、触っちゃ……くっ、ふぁっ、ふぁぁぁぁ！」

ころころと指の腹で勃起クリトリスを転がすと、スミレはびくんびくんと体を震わせた。

「スミレのアソコ、大洪水だ……。指を動かしただけでびちゃびちゃ鳴ってるよ……」

「あっ！　それっ、すご……っ！　そこ、指でぐりぐりしちゃ……っ！」

僕の中指が膣口に滑り込み、スミレの膣を内側から刺激する。顔を真っ赤にして喘ぐスミレが可愛くて、僕は膣を抉《えぐ》る動きをどんどん激しくしていく。

「スミレの中、熱くて、ぬめぬめしてて……スミレのおま×こ、すごくいやらしい……」

「んぁっ！　やだ、膣内《なか》で指が、動いて……こんなの……こんなの……感じすぎちゃう……！」

「いいよ……スミレの体、感度が良くて……最高だ……はうぁ！　ひぃぃぃっ！」

一方的に責められていたスミレが、反撃とばかりに僕の乳房を揉み、乳首を指でつまんだ。

乳首をもてあそばれた僕は負けじとクリトリスをこりこりといじり、スミレは身悶えしながら僕の唇を唇で塞いで、お互いの舌を絡め合って感じ合って——もう、わけがわからない。

「はぁ、はぁ……んっ……もっと、んちゅ……もっとぉ……」

「はぁ、はふぅ……僕も、んっ……ふぅん……もっとぉ……」

僕が舌を絡め、胸を揉み、膣口をぐちゅぐちゅと刺激する。どれだけキスをしても満ち足りることはない。僕とスミレは互いの体を激しく愛撫しながら、唾液を交換しつづけた。

「んっ、んんっ！　ふぁっ！　いいっ！　私、おっぱいも、おま×こも、すごくいいっ！　もっと、もっといじってくれ……もっと私をいじってぇ！」

スミレの期待に応えるように、僕の指が加速していく。膣に突き入れた中指をぐりぐりと動かして愛液をあふれさせていくと、不意にスミレのあそこがきゅうっと僕の指を締め付けた。

「あっ、やぁっ！　やぁぁ……もう、だめだ……私、私、もう……イッちゃう……っ！」

「いいよ。僕が受け止めるから。全部受け止めるから。だから、いけ、僕の指でいっちゃえ！」

「うん！　私、イクから、イク……私、もうくるっ！　きちゃうっ……飛んじゃうっ！　飛んじゃうぅぅぅぅっ!!　あ————っ!!」

僕の上で、スミレはびくんびくんと体を痙攣《けいれん》させて絶頂まで上り詰めた。

「ふぁぁ……私、イってしまった……初対面の女の子に……イクとこ、見られてしまった……」

そうしてスミレは力なく僕の上にのしかかり、二人の乳房が上下で押し合い、潰れ、乳首がこすれ合って……。はぁはぁと肩で息をしながら余韻を感じているスミレが可愛くて、僕はもう一度彼女の唇を奪った。スミレは驚き、だけどうっとりと舌を絡めてくれた。

——ああ、もうどうなってもいいや。

唇を離したスミレの満ち足りた顔を見て、「このままスミレといっしょに、ずっと気持ちいいことだけをしていればいいんじゃないか」と、そんなふうに僕は思ってしまった。

……だが、そんな余韻も長くは続かない。

「実にいい見世物だったぞ」

高みの見物を決め込んでいたヴァンパイアが、ぐったりと脱力するスミレの足元に回り込む。肥満男の肉厚な手が、大洪水のスミレのアソコに触れてぐちゅぐちゅとかき回した。

「あっ……！　はぁ、ふぅあっ……うぅ、あぁ……」

「たっぷりと濡れているな。これならば問題なさそうだ」

肥満男はうつぶせで倒れているスミレにのしかかると、怒張を彼女の秘口に押し当てた。

「褒美だ。約束通り、吾輩のものをくれてやろう」

この腐れ外道は、僕の真上でスミレを犯して処女を奪うつもりでいるようだ。

かたや、膣口に極太ち×ぽを押し当てられたスミレは、

「ああ……トモヤ……。やっと私を女にしてくれるのだな……。トモヤのぶっといおち×ちんで、私の膣内をいっぱいにしてくれるのだな……」

僕におっぱいを押しつけながら、女騎士はうっとりと喜悦に浸っていた。

だめだ。このままだとスミレはヴァンパイアの極太ち×ぽを受け入れてしまう。目の前でスミレが犯されるなんて絶対に許せない。なんとかしないと。僕がなんとかしないと……。

「やめ……ろ……」

僕の口がかすかに動き、膣穴に狙いを定めていたヴァンパイアが目を見張る。

「信じられん。まだ理性があるのか」

そうしてヴァンパイアは、スミレの上に覆い被さったまま、赤い瞳で僕を見つめた。ヴァンパイアの瞳を見ているだけで、僕は腰が熱くうずくのを感じてしまう。

だめだ、こんなやつの催眠に負けるな。僕はスミレを救うためにここまで来たんだ……。

「娘を救いたい一心で吾輩の催眠にあらがうか……。それほどこの娘が大事なのか？」

変態ヴァンパイアは、贅肉でたるんだ頬を緩めて「ぐふふふ」と笑う。

「ならば、貴様の見ている前でこの娘を犯してやろう。己の無力さを噛みしめながら、娘がよがり狂うさまを見届けるがいい。安心しろ、娘を犯したら次は貴様の番だ」

ヴァンパイアは二重顎をたぷたぷと震わせて哄笑《こうしょう》すると、凶暴なイチモツをスミレの秘所に押しつけた。亀頭が入り口に触れて、スミレの表情は期待と喜びに輝く。

「感じる……トモヤのものを感じる……。ああ、トモヤ、早く挿れてくれ……トモヤぁ……」

「ぐふふふ。娘よ、吾輩を見ろ」

命じられるまま、スミレが四つん這いの体勢で振り返る。ヴァンパイアの瞳が赤く輝いて……あれは催眠の瞳？　スミレに何をする気だ！

「吾輩の顔をよく見ろ。吾輩が誰に見える？」

「えっ？　トモ……ヤ……？」

ぼんやりとつぶやきながら、淫欲に蕩けていたスミレの瞳が……催眠にかかって正気を失っていたスミレの目が、徐々に光を取り戻していく。淫らな喜びに緩んでいたスミレの口元が、ヴァンパイアの肉塊のような面構えを見て、みるみる驚愕に歪んでいく。

「トモヤ……じゃ、ない……？」

「そうだ。吾輩は貴様の想い人ではない。貴様は吾輩に騙《だま》されていたのだ。貴様は見ず知らずの男に愛撫され、好きでもない男のペニスを愛おしそうに舐めていたのだ。吾輩の前でいやらしく股を開いて、卑猥な言葉でセックスしてくれと淫らに誘っていたのだ！」

「そんな……だって私は、ずっとトモヤと……」

「すべては吾輩が見せていた幻だ。貴様が想い人と結ばれることは永遠にないのだ！」

「あ……あ、ああ、あああ……」

スミレの心が壊されていく。肉塊のような男に純情を汚され、体を穢《けが》され、今まさに純潔を奪われそうになって、スミレの心が現実を受け止められなくて崩壊していく。

「そんな……私は、私は……」

愛する人と過ごした甘美な時間が、すべて偽りだった。自分がこれまで行ってきたことと、自分がこれからされることを思い、スミレの瞳からはらはらと涙がこぼれ落ちる。

そんな壊れゆくスミレを見ながら、憎きヴァンパイアは愉悦の笑みを浮かべていた。

「絶望に染まったその顔……。従順なだけの女よりよほどそそるぞ。もっと絶望しろ！　嫌悪する男になすすべなく犯され、泣きながらいやらしく腰を振るさまを見せるのだ！　人生最高の瞬間に、最悪へと突き落とす！　これこそが至高の娯楽よ！　ぐふふふ！」

――このヴァンパイアは、最低のゲス野郎だ。

許せない。こんなやつにスミレの純潔が奪われるなんて絶対に認めない！　スミレの下で横たわったまま、僕は思うように動かない自分の体を叱咤する。怒れ！　もっと怒れ！　怒りでやつの催眠を打ち破るんだ！　やつの手からスミレを取り戻すんだ！

そして――僕の指が、ぴくりと動いた。

「貴様は自分から動いて吾輩のものを挿入するのだ。その手で入り口を開いて、いやらしく腰を振って吾輩のペニスを咥《くわ》え込むのだ」

「いや……いやぁ……」

涙を流しながら、スミレが拒絶するように首を振る。しかし、催眠によって支配された体はヴァンパイアの命令に逆らえない。スミレは自らの指で秘口を開くと、じわじわとま×こを贅肉まみれの下腹部に押しつけていく。

「ぐふふふ。もうすぐ吾輩のペニスが貴様の処女膜を貫くぞ。さあ、思う存分咥え込め！」

「いやだっ！　それだけは……いや……助けて、トモヤ、トモヤ――!!」

「スミレェェェェ!!」

僕は雄叫びを上げると、弾かれたように両手を勢いよく突き上げた。

体が、動く！　僕は破瓜寸前のスミレを両手で抱きしめ、力いっぱい引き寄せた。突き入れようとしていた尻に逃げられ、「なにっ!?」と声を上げるヴァンパイア。

「うらあ！」

標的を失って反り返ったイチモツめがけ、僕は蹴りを叩き込む！　しかし剛直を蹴られたヴァンパイアは平然と僕の足首をつかんだ。

「この期に及んで催眠を打ち破るとは……さすがにそろそろ笑えんぞ」

声は落ち着いているが、僕の足首をつかむ手には怒りで過剰に力がこもっていた。足首をギリギリと締め上げられた僕は、骨が折れたかと錯覚するほどの激痛を感じて悲鳴を上げた。

「このっ！」

抱きしめていたスミレの体を横に押しのけると、僕は反対側の足でヴァンパイアの肉棒を蹴りつけた。だが、やつは蚊に刺されたほども感じていない様子で、平然と反対側の足首もつかむ。

そのままなすすべもなく、僕はヴァンパイアの両手で股を大開きにさせられた。

「それほど吾輩に犯されたいのか。ならば望み通り、貴様を先に犯してやろう！」

僕の上にヴァンパイアの贅肉にまみれた体がのしかかる。ヴァンパイアの分厚い唇が僕の乳房に吸い付き、長い舌が乳首を舐める。それだけで快感が僕の全身を貫いた。

「今宵は新月。吾輩の魔力が最も高まる夜だ。吾輩の魔力で貴様をよがり狂わせて、吾輩なしでは生きられない体にしてやろう。そのうえで、あの娘を貴様の目の前で犯してくれるわ」

ヴァンパイアに犯される自分を想像して、僕の心は怖気《おぞけ》に震える。

嫌だ。こんなキモいヴァンパイアにいいようにされるなんて死んでも嫌だ！

「抵抗するだけ無駄だ。あきらめて吾輩を受け入れろ」

ヴァンパイアが僕の髪をつかみ、強引に目線を自分に向けさせた。ヤツと目が合って、僕の体はまたしても動かなくなったが……それでも僕は、闘志に燃える目でやつをにらみつけた。

「催眠が効きづらいとは厄介な体質だ。吾輩の催眠にこれほど抵抗した女は貴様が初めてだぞ」

吐き捨てるように言い、ヴァンパイアは僕の下腹部へと手を這わせる。ぶよぶよとしたグローブのような手が、僕のスカートの中へ滑り込む。

「まあいい。嫌がる女にムリヤリというのも一興。壊れるまで貴様を犯し尽くしてくれるわ」

やつの手がパンツの中に潜り込み、僕の下腹部を直に撫で回す。

ぶよぶよとした生温かい肉の感触に僕は怖気立ち、そして。

「ぐふふ……………うん？」

ヴァンパイアの手の動きが、ピタリと止まった。

僕のパンツに手を突っ込んだヴァンパイアが、眉間にしわを寄せて首を傾げる。

「なんだ、これは……」

ヴァンパイアの手が僕の股間にあるものを握りしめ……僕は思わず「うっ」と声を漏らした。

ヴァンパイアはあわてて僕のパンツに手をかけると、スカートごとずり降ろした！

ビィイイィン!!

スミレとのレズプレイで鋼のように固く屹立した僕の愚息が、股間で力強く反り返った。

「お、お、おおおおおおお男!?」

美少女の股間に生えている雄々しいち×ぽを目の当たりにして、激しく動揺するヴァンパイア。

「えっ？　えっ？　顔は女で、体も女で、でも股間は男……おとこ――――!?」

あまりの衝撃にヴァンパイアが奇声を上げる。驚愕の光景にショックを受けたヴァンパイアは茫然自失となり……その瞬間、催眠が解けて僕は体の自由を取り戻した。

手が、足が、動く！　そして聞こえてくる、スミレの雄叫び。

「うわあああああ!!」

裸のスミレが、混乱するヴァンパイアに猛烈な勢いで体当たりする。彼女が手に持っているのは、僕が落とした太陽ナイフだ！　赤く輝く刀身がヴァンパイアの胸に突き刺さる！

「ぐわあああああああああ!!」

じゅううう、と肉の焼ける音が轟き、心臓を焼かれたヴァンパイアが悲鳴を上げた。

だが、これではまだ浅い。心臓を焼き尽くすにはもっと深く突き刺さないと！

「人間風情が！」

ヴァンパイアが怒りの形相でスミレの横面をひっぱたく。丸太のような腕で殴られたスミレは真横に吹っ飛び、壁に叩きつけられて床に崩れ落ちた。

「スミレ！」

僕が叫ぶと、ぐったりと力なく横たわるスミレが、こちらを見た。

「どうして、私の名前……」

頭を殴られたダメージで思考が定まっていないのだろう。彼女はぼんやりと僕を見て、

「……トモヤ？」

女体化した僕を見て、スミレは確かにそう言った。

「あぁ……トモヤ……トモヤぁ……」

スミレの瞳からぽろぽろと涙がこぼれ落ちる。スミレが震える手を僕へと伸ばす。

「トモヤ……助けて……」

救いを求めるスミレの声を聞き、僕の胸は火がついたようにカッと熱くなった。

「うわあああぁぁぁぁぁ!!」

僕は咆哮を上げて跳ね起きると、ナイフを抜こうともがくヴァンパイアに飛びかかった。

ヴァンパイアと取っ組み合いながら、僕の手がナイフの柄を握りしめる。スミレの突き刺したナ

イフが、僕の手に握られて真紅の輝きを取り戻す！

「焼け死にやがれぇぇぇぇぇ！」

「ぐわあああああ！　な、なぜだ！　お前は男なのに、なぜ太陽ナイフを使えるのだあああ！」

「僕は男じゃない！　今の僕は、フタナリだあああああ!!」

絶叫しながら、僕はヴァンパイアを押し倒し、倒れ込むように全体重をかけてナイフを押し込んだ。僕の雄叫びに呼応して刀身が赤く輝き、心臓の焼ける音がこだまする。

「おのれぇぇぇ！　離せ！　その手を離せぇぇぇ！」

胸にナイフを突き立てられたまま、ヴァンパイアが丸太のような腕を振り回す。頭が、肩が、脇腹が、殴られて重い衝撃に見舞われる。何度も殴られ、意識が飛んでしまいそうな激痛を感じながら——それでも僕はナイフから手を離さず、決して顔を上げなかった。

ここで催眠をかけられたら今度こそ勝ち目はなくなる。絶対に目を見るな。どんなに殴られても、ひたすらしがみついて心臓を焼き尽くせ！

「たかが人間の分際で！　この私が、人間ごときに！」

「うるせえ、この贅肉野郎！　とっとと燃え尽きやがれ！」

殴られて激痛に見舞われながら、それでも僕は全身全霊をかけてナイフを押し込む。

ずぶり、とナイフの刃が一際深く突き刺さった。

「ぎゃああああああああああ————!!」

耳を塞ぎたくなるほどの絶叫が断末魔の叫びとなって、脂肪の塊は一気に燃え上がった。

業火が僕の体をあぶり、それでもナイフから手を放さずにいると、ヴァンパイアの巨体は青白い炎に包まれて……そして炎はあっという間に消えて、灰色の燃えかすが床に残った。

こげつくような匂いがつんと鼻を突き、僕は灰の上にぺたんと座り込む。灰の中で、魔物を倒した証である魔力の結晶——親指ほどもある大きな青い魔石が、キラリと光った。

「勝った……のか？」

手に握られていた太陽ナイフが光を失い、カランと音を立てて床に落ちる。

今頃になって僕の手が恐怖で震え出す。あまりに強くナイフを握りしめていたせいか、指の感覚が麻痺しているみたいで、上手く手を握ることができない。

「トモヤ……？」

すぐそばでスミレの声がした。見ると、彼女は裸で横たわったまま驚きに目を見開いていた。

——タイムオーバー。どうやらスマホの電池が切れたようだ。僕は、自分の体が男に戻っていることに気がついた。

「……助けに来たよ、スミレ」

僕がふにゃりと微笑むと、スミレは泣きながら抱きついてきた。

第五話　愛と希望と僕のヒロイン

僕は死闘の末に肥満ヴァンパイアを撃破した。さらわれたスミレの奪還に成功したのだ。あとは父親のもとへスミレを連れて帰ればクエスト達成だけど……。

「帰る前にどこかで体を洗わせてほしい」

精液まみれのスミレがそう申し出て、僕たちは城内にある浴室を拝借することにした。温泉なのか魔法で水を温めているのかわからないが、地下水を組み上げるポンプからはお湯が流れ出ていて、浴室は温かい湯気で満たされている。

スミレが念入りに体を洗う間、僕は浴室の外で見張りに立つことにした。

親玉のヴァンパイアが死んだため、城を守っていたゾンビは消滅して土に帰ったようだが、それでも油断はできない。僕は気を緩めずに警戒を続けていた。

「それにしても、スミレが回復魔法を使えて良かったよ」

つぶやきながら、僕は先刻の戦いでヴァンパイアに殴られた自分の体を見回す。

ヴァンパイアの怪力で殴られて大ダメージを受けた僕の体は、スミレの回復魔法によってほぼ完全に回復していた。重傷だった僕にスミレが泣きながら何度も魔法をかけてくれたおかげだ。

「僕の体の傷よりも、スミレの心の傷の方が深手かもしれないな」

一昼夜ぶっ通しでヴァンパイアの性のはけ口にされたスミレの体には、男の精の匂いがこびりついていることだろう。家族に会う前に体を清めたいと思うのも当然だ。

浴室で懸命に体を洗っているスミレに、僕はかける言葉が見つからない。しかたなく黙って見張りを続けていると、やがて背後から物音が聞こえてきた。

何気なく振り返った僕は、扉の隙間から顔をのぞかせている裸のスミレを目撃する。

「トモヤに頼みがある」

顔を出したスミレは恥ずかしそうに、だけどはっきりと、僕におねだりした。

「私の背中を洗ってくれないか?」


五分後。僕は浴室で小さな椅子に座るスミレの背中に、素手で石けんを塗りたくっていた。

服を脱いで裸になった僕の目の前で、全裸のスミレが傷一つない綺麗な背中をさらしている。その柔肌を優しく撫でるように、僕は泡立てた石けんを塗っていた。

一応断っておくと、素手でスミレの素肌を撫で回しているのは僕の意向じゃない。この世界にはスポンジを使う習慣がなく、体を洗うときは素手で泡立てるのが一般的だとスミレが主張したから、僕は彼女に指示されるまま素手で石けんを泡立てて肌に塗り込んでいるのだ。

そうとも。これはいやらしい行為じゃない。僕は善意でスミレの背中を流しているだけだ。だから、これでいかがわしい気持ちになったりすることは……することは……。

……こんなの、いかがわしい気持ちになるに決まってるだろ！

だって目の前に裸の美少女がいるんだよ？　お風呂場で美少女の無防備な背中を洗っているんだよ？　こんなのエロゲだったら確実にセックスするシチュエーションじゃないか！

……だが、僕は暴走しそうになる欲望を、ギリギリのところで抑え込んでいた。

彼女は思い出したくもない淫《みだ》らな仕打ちを散々受けてきたのだ。さすがにこのタイミングで傷心のスミレを襲うほど僕は鬼畜じゃない……はず……。ちょっと自信ないかも……。

「……トモヤ」

「は、はい！　なんでしょう！」

いきなり声をかけられ、僕は思わず背筋をしゃんと伸ばしてしまった。

「さっきの姿のことだが……。トモヤが女の姿になっていただろう？　あれは……」

そういえば、女体化した姿をスミレに見られたんだった。僕はなんと言ってごまかそうかと考えて……。さすがに男に戻る瞬間まではっきり見られたんじゃ、ごまかすのは無理か。

覚悟を決めると、洗いざらい白状することにした。こうなったらしかたないよね。

「実は僕、この世界の人間じゃないんだ」

僕は前世で死んでこの世界に転生したこと、女神から女体化の力を授かったことをスミレに打ち明けた。さすがに触手や媚薬や催眠など他のエロゲ能力のことは伏せたけど……。まあ、あえて言わなかっただけで嘘《うそ》はついてないからいいよね。

「……って、前世とか女神とか言われても信じられないだろうけど」

こんな突拍子もない話、簡単に信じてもらえるはずがない。そう思って僕が苦笑していると、

「……私は信じるぞ」

「え……？」

「私は、トモヤを信じる」

スミレの一言は揺るぎない信頼感に満ちていて、僕は不覚にも感動してしまった。

「ありがとう。スミレにそう言ってもらえるのが一番嬉しいよ」

「……すまない。私を助けるために無茶をしたせいで、トモヤは女神から授かった力を失ったのだな。私のせいで……」

「スミレのせいじゃないよ。遅かれ早かれいつかはこうなる運命だったんだ。むしろ、力を失う前にスミレを助けられて良かったよ」

「トモヤ……」

突然、スミレが僕を振り返った。うわ、ばか！　振り返ったらスミレの裸が丸見えに――。

慌てる僕に、スミレは躊躇なく抱きついてきた。僕の胸板にスミレの豊かな胸が押しつけられて、ふにゅんと柔らかい感触が伝わってくる。

「トモヤ。私を抱いてくれ」

「ええっ⁉　い、いや、でもそれは……」

「私はトモヤにお礼がしたいんだ。だから……」

濡れた体で抱き合ったまま、スミレが潤んだ瞳で僕を見つめる。

「……抱いて」

昨日までの僕なら、間違いなくこの瞬間にスミレを押し倒していただろう。

だけど、今はだめだ。エロゲ能力が使えない今の僕ではスミレを気持ち良くさせられない。いまセックスしても、「ヴァンパイアの方が気持ち良かった」とスミレを落胆させるだけだ。

もしも僕とセックスするなら、スミレには最高に気持ち良くなってほしかった。ヴァンパイアのことなんて記憶の彼方に忘れ去ってしまうほどの快楽を、僕はスミレに与えたかった。

だから、僕がスミレを抱くとしたら、それは充電魔法を手に入れてエロゲ能力が再び使えるようになってからだ。それまではスミレを抱くわけにはいかないんだ。

「えっと……気持ちは嬉しいけど、僕は、その……」

「私とするのはイヤか?」

「イヤじゃない！　スミレはすごく綺麗で魅力的だから、できるなら僕だってえっちなことをしたいよ。……でも、今はだめなんだ。僕は下手くそでスミレを満足させられないから……」

「下手くそでも構わない」

スミレはためらう僕を潤んだ瞳で見つめると、

「……私は、トモヤが好きだ。トモヤに処女をもらってほしいんだ」

そのままスミレの柔らかい唇が僕の唇を塞ぎ……僕の心の防壁は、あっさりと決壊した。

「トモヤはじっとしていてくれ。私がトモヤの体を綺麗にするから……」

恥ずかしそうに頬《ほお》を染めたスミレが、僕を浴室に押し倒す。全身泡まみれのスミレが覆い被さり、そのまま乳房を押しつけて僕のペニスを挟み込み……。こ、これは、パイズリ!?

「私が、トモヤを気持ちよくするから……」

ぎこちない動きで、スミレが豊満な乳肉を使って僕のペニスをこねくり回す。柔らかな肉の圧力が僕のペニスをぎゅうっと挟み込み、石けんで滑らかになった胸の谷間を肉棒がにゅるん、にゅるんと出入りして……。泡まみれのパイズリ……最高にエロ気持ちいい！

「トモヤのおち×ちん、胸の中でびくびく跳ねて……そんなにおっぱいが気持ちいいのか？」

「ああ……スミレのおっぱいは、柔らかくて、すべすべで、すごくいいよ……」

「トモヤの先端からいやらしい汁が出てきたぞ……。これがトモヤの匂いか……」

くんくんと、僕のペニスに鼻を近づけて匂いを嗅ぐスミレ。そのまま彼女は唇を開くと、舌を出して僕の亀頭をぺろりと舐めた。こ、これは、パイズリしながらのフェラチオ！

「ちゅ、ちゅる、れる、れる、れろぉ」

スミレの赤い舌が、僕の亀頭を丹念に舐め回す。不意打ちの刺激だったので、寝そべっていた僕は腰ごと股間を跳ね上げてしまった。ああっ、いい！　これはたまらない……！

「ちゅる、れろ……はぁ……。これが、トモヤの、先走り汁……。ああ……美味しい……」

思わず突き上げたペニスを、スミレは唇で受け止め、ヌルヌルの舌で舐め回す。

乳房に揉み込まれ、舌で舐め回され、これで気持ち良くないわけがない。ち×ぽを包む快感に溺《おぼ》れていると、スミレは舌先で我慢汁を舐め取りながら、上目遣いで僕を見た。

「れろ、れろ……。トモヤ……私にしてほしいことがあったら、言ってくれ……」

「して、ほしいこと……？」

「そうだ。私はトモヤを、もっと気持ち良くしたい……。だから、教えてくれ……」

「だ、だったら……スミレの口で、僕のものを咥《くわ》えてくれ……」

「わかった……」

おっぱいで竿を挟み込んだまま、張り詰めた肉棒がスミレの口に飲み込まれた。柔らかい唇がカリ裏を刺激して、さらにちゅうちゅうと吸い付かれて、僕は思わず声が出そうになった。

「じゅる、れろ、れぷっ……。すごい……トモヤのおち×ちん、おいひい……」

小さな口で僕のものを懸命に飲み込むスミレ。パイズリの速度が一気に上がり、僕のものをしゃぶる唇が……ち×ぽに絡みつく舌の動きが、どんどん激しくなっていく。

「口の中で、おち×ちん、どんどん、大きくなって……イキそうなのか？　私の口で、出そうなのか？　ちゅう、ちゅるうぅぅぅ……！」

「ううっ！　そんなに吸い付いたら、出る……出るっ……！」

「ちゅぷっ、いいぞ……らひて、らひて、私のおくひに、らひてぇ……ぶちゅるるる！」

「ぐうぅっ！　おっぱいと口の動きが、激しすぎて……僕、もう！　あっ、あああっ！」

僕の腰を快感の奔流が襲い、たまらず僕はペニスを突き上げて――。

どぴゅるるっ、どくっ、どくっ！　スミレの喉に、僕は精の濁流をぶちまけた。

大量の精子を口内に注ぎ込まれたスミレは、僕の精液を口いっぱいに頬張り、しかし一滴も垂らすまいと喉を鳴らして飲み干していく。

「んく……んく……しゅごい、しゅごい……これが、トモヤの精液……。精液で、溺れそうだ……はぁ、はぁ……。全部、飲むぅ……トモヤの精液、全部……れろ、れる……」

亀頭の先に残った一滴すらもったいないとばかりに、スミレが僕のち×ぽに吸い付いて、ザーメンを舐め取る。情熱的なお掃除フェラが気持ち良くて……そこまでしてくれるスミレが、愛おしくて……。出したばかりだというのに、僕の愚息はすぐに反応してしまった。

「れろ、れる……また、硬くなってきたぞ……」

「それは、スミレがあんまりいやらしいから……」

「そうか……私がいやらしくて、興奮したのか……。では責任を取らないといけないな……」

そう言うとスミレは立ち上がり、床に横たわる僕の上にためらいなくまたがった。

「見てくれ、トモヤ……。トモヤのたくましいおち×ちんを舐めていたら、我慢できなくて、こんなになってしまった……」

膝立ちになったスミレが、自分の指でくぱぁと秘所を広げてみせる。どろどろに濡れたスミレの花弁からは、大量の愛液があふれ出て彼女の内股を滴り落ちていた。

「大洪水じゃないか……」

「そうだ。トモヤのおち×ちんを舐めて……トモヤのおち×ちんが恋しくて、こんなになってしまったんだ。だから……」

ゆっくりと、スミレが腰を落としていく。ぐちょぐちょに濡れたスミレのま×こが、僕のち×ぽに押し当てられる。

「……挿《い》れてくれ。トモヤのガチガチに勃起したおち×ちんを、ここに――」

挿入を誘うように、スミレが愛液で濡れた陰唇を亀頭にこすりつける。

これから僕はスミレの処女を奪うんだ。処女膜を破られて、きっとスミレはすごく痛がるだろう。だけどセックスが下手くそな僕は、痛がる彼女に何もできなくて……。痛いのを必死に我慢する彼女を、僕は性欲にまかせて荒々しく蹂躙《じゅうりん》するだけで……。

――それで、いいのか？

「ちょ、ちょっと待った。やっぱり――」

「トモヤ」

僕の制止を遮《さえぎ》って、スミレは幸せそうに微笑《ほほえ》んだ。

「――好きだ」

愛の告白とともにスミレが腰を落として、僕の肉棒はぬるぬるの蜜穴に飲み込まれた。

「くぅ――っ！」

「あ、ああああああっ！」

僕の肉棒がスミレの処女膜を――純潔の証を貫いて、一気に最奥まで到達する。

「んんっ……。ふぅ、はぁ……はぁはぁ……。私、セックスしてる……。私の膣内《なか》で、トモヤのおち×ちんが……ひくひくしてる……」

スミレのお尻が僕の腰にぴたりとくっつく。僕のペニスは根元まで咥え込まれてしまった。

「ス、スミレ？　大丈夫なのか？　その……痛くは……」

「少し痛いが、そんなことは気にならないくらい……」

「……気持ちいい？」

僕が問うと、スミレは首を振り、嬉しそうに微笑んだ。

「幸せだ……」

きゅう、とスミレの膣が僕のペニスを締め付ける。

「だから、もっといっぱい、いやらしいことをしよう。私はトモヤと、いっぱいいやらしいことをしたいんだ」

そう言うと、スミレはお尻で円を描くように動き、膣内でペニスをかき混ぜ始めた。

「あっ、ふぁ……膣内でこすれて……んっ、ふぁ、ああああっ！」

「そ、そんなに動いたら、くぅ……っ！」

「まだだ。もっと、私でとろとろになって……もっと、私をとろとろにして……あああぁ！」

どうやら本当に破瓜の痛みは感じていないようだ。僕にまたがったまま、スミレは快楽を貪るように自ら腰を振り始めた。

ぐちゅ、ぐちゅ。スミレが腰を動かすたびに愛液がいやらしい音を立てる。とても初めてとは思えない淫らな腰の動きで、スミレは僕の肉棒を前後左右にくねらせて最善のスポットを探る。

淫らに動くスミレの膣内は熱くて、肉がうねるようだ。絶妙の締まり具合だった女神ミルフィとも、きゅうきゅうにきつかったニッキとも違う、熱くからみつくようなスミレのま×こ。今までセックスしてきた誰よりも高い熱量に、僕のペニスは溶けてしまいそうだった。

「あっ……。ここ、ここ……気持ちいい……」

快感ポイントを見つけたスミレが、腰をくねらせて膣襞《ちつひだ》をペニスに押しつけてくる。ぐいぐいと圧迫されたペニスが、刺激を感じてどんどん硬く、大きくなっていく。

「トモヤも、動いて……トモヤのもので、私を気持ち良くさせて……」

だんだんと腰の動きが激しくなるスミレが、夢中で僕におねだりする。

僕は自分のテクニックに自信が無い。どうすれば彼女を気持ち良くできるかわからない。

だけど、そんなことはもうどうでも良かった。ただひたすらスミレの体を味わいたかった。スミレの熱を感じたかった。スミレと気持ち良くなりたかった。

「わかった、動くぞ。スミレ！」

「ひぅっ！　ああっ、んんっ！　熱い、熱いぞ、トモヤ！」

スミレの弱いポイントをめがけて下から突き上げると、彼女は歓喜の嬌声で応えてくれた。

「すごっ、いっ！　これが、セックス……。好きな人と、エッチすることが、こんなに、気持ちいいなんて……ああっ！　あああぁぁぁっ！」

明らかにスミレの声色が変わってきていた。自分だけで動いていたときに比べて、声に艶が交じり、喘《あえ》ぎが嬌声へと変化している。愛液もドロドロとあふれ出て、僕のものをもっと深く飲み込もうと抽送を滑らかにしている。

間違いない。僕の腰の動きで、スミレはどんどん気持ち良くなっている。

「あっ、あふっ……気持ち、いいっ！　トモヤのものが、私の中で、暴れ回って……あっ、あっ、もっと、激しく突いて！　一番気持ちいいところ、おち×ちんで、いっぱい突いてぇぇぇ！」

僕がペニスを突き上げるたびに、スミレがガクガクと腰を震わせる。

スミレが感じてる……。スミレが僕の拙《つたな》い動きで感じてくれている！　調子に乗った僕は、スミレの腰に手を添えて荒々しく下から突き上げた。何度も、何度も、何度も！

「あぁっ！　んんっ、あっ、いいっ！　すごい、トモヤのおち×ちんが、硬くて、太くて……こんなにすごいおち×ちん……私、頭がとろけちゃう……」

「んっ、くっ……スミレのアソコが、締めつけてくる！」

「だって、私の敏感なところ、こすって、刺激……強すぎ……ああっ！　あぅん！」

僕のリズムに合わせるように、スミレもリズミカルに体を上下させる。スミレの豊かなおっぱいが目の前でたぷたぷと揺れ、僕はたまらず両手でスミレのおっぱいをわしづかみにした。

「ふああぁぁぁ！　私、トモヤにおっぱい触られて……！　トモヤは、おっぱいがいいのか？　私のおっぱい、好きなのか？」

「ああ、好きだ。スミレのおっぱい、柔らかくて、熱くて、すごく綺麗で……。僕はずっと、スミレのおっぱいを、めちゃくちゃにしたかった……！」

「めちゃくちゃにしてくれ……トモヤの指で、私のおっぱい、めちゃくちゃにしてぇ！」

スミレの許可を得た僕は、遠慮なしに美乳をつかんで責め立てた。手のひらからこぼれ落ちそうな豊乳を、僕は下からもち上げ、腰の動きに合わせて揉みしだく。

「はあんっ！　くぅ……そこっ……先っぽが、むずむずして……はぁん！」

どうやらスミレは乳首が性感帯のようだ。もっともっとスミレの甘い喘ぎ声が聞きたい僕は、乳房の先端をコリコリと指でつまんだ。

「くぅぅうん！　そこ、ぞくぞくって……トモヤの手が、私の乳首、触って……！　私、乳首がきゅんってなって……おっぱいが切なくて……！」

「感じてるんだね？　僕におっぱいを揉まれて、気持ちいいんだね？」

「うん、気持ちいい！　だからもっと……もっと乱暴にして！　もっと激しく、私をめちゃくちゃにしてぇぇぇ！」

「めちゃくちゃにしてやる。スミレのおっぱいも、ま×こも、僕がめちゃくちゃにしてやる！」

「ああっ！　嬉しい！　嬉しいっ！　教えて！　気持ちいいこと、いっぱい私に教えて！　私のおっぱいに、おま×こに、いっぱい教えてぇぇぇ！」

さらなる快楽を貪ろうと、スミレの腰が前後左右に揺れ動く。僕も負けじとおっぱいを揉み込み、指先で乳首をコリコリと刺激し、ペニスに角度をつけてスミレを突き上げた。

「おっぱい、おっぱいぃぃ！　アソコも、すごいぃ！　ぐりぐりってお腹の下、こすれてっ！」

「ここか？　ここが気持ちいいのか？」

「そこ！　そこ！　んぁ、んっ、あぅぅぅ！」

スミレの膣内でもっとも快感が強いポイントを、僕のペニスが刺激しているようだ。

ならばと、僕はスミレの快感ポイントに狙いをつけて腰を強く打ち付けた。

「あんっ！　ふぁっ、これっ、これっ！　好き！　これが好き！　トモヤのおち×ちん、太くて、硬くて、好きすぎて癖になるぅぅ！」

「僕のち×ぽに恥ずかしい場所を突かれて、そんなに気持ちいいのか！」

「うん！　大好き、トモヤのおち×ちんに、恥ずかしいところを突かれるの、大好き！　して！　もっと私にえっちなことして……！」

「いいぞ、もっとしてやる！　だから、僕のち×ぽで、もっと気持ち良くなれ！」

「ひぅぅぅっ！　すごいの、来るっ！　くる、来ちゃう！　奥から熱いのがくるぅぅぅぅっ！」

そろそろか！　そろそろなのか！　僕はここぞとばかりにスミレの腰をつかんで、爆発寸前のペニスを根元までねじ込んだ。彼女は全身を貫く快感に髪を振り乱し、喘ぎ、仰《の》け反《ぞ》った。

「奥に、届いてる！　トモヤのおち×ちんが、届いてるぅ！」

「くっ！　僕も、もうそろそろ……」

「いいぞ！　きてくれ！　我慢しなくて、いいから、このまま、二人でいっしょに！」

「僕も、スミレといっしょにイキたい……！　僕のち×ぽでスミレをイかせたい！　スミレの膣内に僕の精子をぶちまけたい！　スミレ！　行くぞ、スミレ！」

「来て！　膣内《なか》に出して！　トモヤの熱いものを、私の膣内に出して！　出して、出して出して出して――ひぁっ！　あっ、あっ、あっ、あっ、あ――――っ!!」

「出すぞ、スミレ！　出すぞ――――っ!!」

どぴゅっ、どぴゅっ、どぴゅるるるっ！　どくっ！　どくっ！

きゅうっと膣が締め付けて、僕はありったけの精液をスミレの中に吐き出した。

「あああぁぁ、出てる……私の中で、トモヤのおち×ちんが、びくんびくんって跳ねてる……」

「うぅ……はぁ、はぁ、はぁ……」

きゅうきゅうと締め付けてくるおま×こに、僕は搾り取られるようにして大量の精液を出し切った。精液を出し切るのを待っていたかのように、力尽きたスミレが息も絶え絶えに倒れ込み、僕の体に覆い被さる。スミレの豊かな胸が僕の胸板に押し潰されて、柔らかく形を変えた。

さっきまでの硬さが嘘のように萎《な》えたペニスが、自然とスミレの秘所から抜ける。

下腹部を伝うぬるっとした感触に顔を上げると、スミレの膣口からこぼれ落ちた大量の白濁液と、純潔の証である鮮血が僕の太ももに滴っていた。

……本当に、スミレは処女だったんだ。

初めてとは思えないスミレの乱れように、僕はついそんなことを思ってしまった。

「トモヤ……」

横たわる僕に抱きつくような格好で、裸のスミレがささやいている。

「私の初めてをもらってくれて、ありがとう……」

「こちらこそ、僕とのセックスで気持ち良くなってくれてありがとう」

エロゲ能力を使わずにスミレを絶頂に導いた。それがなぜだかやけに嬉しくて、だけど妙に恥ずかしくて、僕は照れた顔を見られないようにスミレを抱きしめた。

スミレも黙って、僕を抱きしめてくれた。

……不思議だ。

絶世の美女である女神ミルフィとの完璧なセックス。

媚薬と痴漢テクでいやらしい体になったニッキとのロリま×こセックス。

カロンを押し倒して獣のように快楽を貪った自分本位のセックス。

どれもたまらない気持ちよさがあったけど……エロゲ能力を使わない、スミレとの稚拙だけど愛を感じるセックスは、それらに勝るとも劣らない気持ち良さだった。

「男は体で感じて女は心で感じる」なんて話を聞いたことがあるけど、これが心で感じるセックスなのかもしれないな。そんなことを思いながら、僕は愛あるセックスの余韻に浸り――。

――だが、いつまでも余韻に浸ってはいられない。

すぐに街に戻って、やらなければいけないことが僕にはあるのだ。

「……そろそろ行こうか。スミレのお父さんもきっと心配してる」

耳元で優しくささやくと、スミレはコクリと小さくうなずいた。

「うむ、そうだな……。だがその前に……」

僕に覆い被さっているスミレが、手を伸ばして僕のペニスをぎゅっとつかむ。スミレの指が僕のペニスを上下に擦り上げると、僕の肉棒はたちまち太く硬く回復した。

「……もう一回、しよ？」

スミレが上目遣いで僕を見つめ、ちゅっと愛情たっぷりのキスをする。

――僕は二回戦を開始した。

結局三回戦までやってしまった……。

処女喪失したばかりなのに四回目をねだるスミレの無限の性欲におののきつつ、僕は渋るスミレを説得すると、大急ぎで身支度を整えてヴァンパイアの城を後にした。

まずい。予想外に時間を食ってしまった。早く街へ戻って日没までに一〇〇〇万ドリーを手に入れないと、奴隷エルフが売り飛ばされてしまう。

「なあ、トモヤ。森ではぐれるといけないから、手をつないでもいいだろうか？」

恥ずかしそうに頬を染めながらスミレが僕の手を握る。お前、さっきまでエロエロだったくせになに恥ずかしがってるんだよ。可愛いじゃねえかちくしょう。

スミレと手をつなぎ、僕は森を駆け抜ける。急げ、急げ。時間は残り少ない。急いで街に戻るんだ。緊迫した面持ちで先を急ぐ僕へ、スミレはささやいた。

「トモヤに確認しておきたいのだが、女体化の力のことは誰にも言わない方がいいんだよな？」

「ああ、そうしてくれると助かる。能力のことは僕とスミレの二人だけの秘密だ」

「秘密……私とトモヤの二人だけの秘密……ふふふ……」

つぶやいて、スミレはかすかに頬を赤く染めた。……なぜそこで照れる？

どうして嬉しそうなのかわからないが、とりあえず秘密は守ってくれそうだ。安心した僕に、スミレは「二人だけの秘密……」と含み笑いを漏らしながら幸せそうにささやいた。

「トモヤ……。私はトモヤを愛している。街に戻ったら、いっぱいセックスしよう」

……スミレは何を言っているんだ？

昼夜ぶっ通しでヴァンパイアに陵辱され、ついさっき僕と三回ヤッた直後にこの台詞だ。愛と性欲があふれ出て止まらない彼女に、僕はひとつの疑念を抱いた。

……もしかしたら、僕は大きな勘違いをしていたのかもしれない。

スミレが初体験にも関わらず体がいやらしい反応を示したのは、ヴァンパイアに性感を開発されたから……ではなく、実はスミレ自身が根っからの淫乱なのでは……。

「トモヤは私にとって特別な男だ。そして私もトモヤにとって特別な存在だ。何しろ秘密を共有する仲なのだからな。そう、私たちは運命共同体。私たちの愛の絆は永遠なのだ……」

がっちりと手を握って「うふふふ」と微笑む愛の使徒スミレ。

おかしいな。スミレは美人で性格も良くて体もえっちで僕のことを一途に愛してくれる素晴らしい女性なのに……ときどきものすごく恐ろしく感じるのはなぜだろう。スミレの初めての男になった僕は「ちょっと早まったかも」と思いつつ、あえてそのことは考えないようにした。

「やっと着いた……」

ようやく街に到着したとき、太陽は地平線へと傾き、空はすでに赤く染まり始めていた。

日没まであまり時間がない。僕はスミレの手を引くと、大通りを突っ切って最短距離でウィロウ氏の邸宅へと向かった。強引に腕を引かれたスミレはなぜか嬉しそうに頬を赤らめ、

「そんなに急いで私の家へ……。そうか、そんなに私を抱きたいのか。嬉しいぞトモヤ。私も同じ気持ちだ。だが慌てずとも良い。夜は長いのだから……」

妄言をまき散らす女騎士を無視しつつ、僕はウィロウ氏の屋敷に到着。勝手口の前に立ち、扉を壊さんばかりの勢いでノックした。ダンダンダンダンダン！

するとすぐに勝手口の窓が開き、以前にも会った美人メイドが顔をのぞかせた。

「いったい何の騒ぎですか？」

「誘拐された娘を助け出してきたぞ！」

「やあ、リーベルト。一日ぶりだな」

僕と手をつないだまま、スミレが爽やかな声音でメイドに挨拶する。リーベルトと呼ばれたメイドは一瞬あっけにとられると、

「お嬢……様……？」

「どうしたリーベルト。よもや私の顔を忘れたわけではあるまいな？」

「も、もちろんです、お嬢様。しかしお嬢様は、そちらの男に誘拐されたのでは……」

メイドが戸惑いの目で僕を見る。彼女は僕がスミレを誘拐した犯人だと勘違いしていた。

「トモヤは私を誘拐などしていない。それどころか、捕らえられていた私を助け出してくれたのだ。トモヤは命の恩人だ。トモヤほど素晴らしい男は他にいない」

「お嬢様……もしやこの男に洗脳されて……」

「いいから、今すぐウィロウ氏に会わせろ！　僕は報酬を受け取りたいんだ！」

「なるほど。つまり、お嬢様を返してほしければ今すぐ金を払えと……。理解しました。すぐにご主人様にお取り次ぎいたします」

どうやら僕が命がけでスミレを救出したことを理解してくれたようだ。

メイドは勝手口を開けると、僕たちを屋敷に招き入れた。


「ヴィオラ!」

「お父様!」

僕たちが客間に通されると、ウィロウ氏が血相変えて部屋に飛び込んできた。

心配のあまり睡眠もろくに取っていないのだろう。目の下にクマを作ったウィロウ氏が、愛娘を抱きしめて涙ぐむ。それはとても感動的な親子の再会だが……。

「そんなことより金だよ金! 僕には金が必要なんだ! 早く報酬を支払ってくれ!」

僕が訴えると、スミレを抱きしめたままウィロウ氏は冷めた目でこちらをにらみつけた。

「な、なんだよ、その目は。僕だってこんな金の亡者みたいな台詞は言いたくないよ。だけど僕には時間がないんだ。日没までに金が必要なんだよ!」

「なるほど。キミが急いでいることはわかった。だが、まだ金を渡すわけにはいかない」

「どうして!」

「リーベルトが……うちのメイドが、キミに金を渡すべきではないと主張しているのだ」

「率直に申し上げまして、あなたは信用できません」

部屋の隅にたたずんでいた美人メイドが、氷のように冷たい眼差しで僕をにらみつけた。

「なんでだよ! 僕のどこが信用できないっていうんだ!」

「これまでに集めた情報によりますと、お嬢様をさらった犯人はセノウ・トモヤという冒険者――つまり、あなたである可能性が高いのです」

「それは誤解だ。みんな僕のことを誤解しているんだ！」

「本当に誤解でしょうか？　誘拐はすべてあなたの狂言で、ご主人様から金を騙《だま》し取ろうという魂胆なのでは――」

「リーベルト！」

話を聞いていたスミレが、父親の手を振り払ってメイドに詰め寄った。

「トモヤは私の命の恩人だ！　私のためにトモヤは命がけで戦い、憎きヴァンパイアを倒してくれたのだ！　彼を侮辱することは私が許さない！」

「本当に命の恩人なのでしょうか？　私の目には、彼がヴァンパイアを倒せるほど強い冒険者には見えません。お嬢様は彼に騙されているのではありませんか？」

「騙されてなどいない！　トモヤは強くて優しくて世界一格好いい私の王子様だ！　そんなトモヤが私を騙すものか！」

「世界一格好いい王子様、ですか……」

メイドのリーベルトさんが冷たい視線を僕に注ぐ。それはスミレが勝手に言ってるだけだから！　僕は自分が格好いい王子様だなんて一言も言ってないから！

「落ち着きなさい、リーベルト」

穏やかな声でメイドをたしなめたのは、彼女のご主人様であるウィロウ氏だ。

「トモヤくん。うちのメイドが失礼なことを言ってすまなかった。だがリーベルトに悪気がないことはわかってほしい。彼女は私やヴィオラを守ろうとしているだけなのだ」

「そ、それはわかりますが……」

「だったら話は早い。リーベルトの疑いを晴らすためにも、キミには身の証を立ててほしい」

「身の証を立てろと言われても……」

「キミはヴァンパイアを倒して娘を救ったそうだね。ならば証拠が残っているはずだ」

「証拠……そうか！」

僕はポケットから冒険者手帳を取り出すと、そこに記入されている内容を確認した。

冒険者がモンスターと戦闘すると、冒険者手帳に自動筆記で戦闘結果が記入されるのだ。

「……あった！　これを見てください！」

僕が冒険者手帳のページを開くと、ウィロウ氏は手帳に記されている内容に目を通して、

「ふむ、なるほど……」

ウィロウ氏はうなずき、冒険者手帳をリーベルトさんに手渡した。リーベルトさんは戸惑いつつも、手帳の記述を――僕が昨夜ヴァンパイアを倒したと記入されていることを確認する。

「どうだい、リーベルト？」

「……トモヤ様が、ヴァンパイアを倒したと記述されています」

「冒険者手帳には虚偽の記入が行えないよう保護魔法がかけられている。つまり、彼は間違いなくヴァンパイアを倒したということだ」

「そう……なります……」

「彼が命がけでヴァンパイアを倒して娘を助け出したのは、事実だと私は思うが」

ご主人様にたしなめられたリーベルトさんは、僕に手帳を返すと、深々と頭を下げた。

「お嬢様の恩人に大変失礼なことを申しました。どうかお許しください」

殊勝な物言いで謝罪するリーベルトさん。だが、顔を上げた彼女の目は、

『覚えていなさい。いつか必ずあなたの化けの皮をはいでみせます』

と静かに燃えていた。僕、このメイドさん苦手かも……。

リーベルトさんの眼力に僕がたじたじとなる間に、スミレがウィロウ氏へと催促する。

「お父様。私を救い出した者に賞金を支払うと約束したそうですね。どうか彼に報酬を」

「わかっている。約束通り支払おう。リーベルト」

ウィロウ氏が声をかけると、以心伝心の優秀なメイドは一礼して部屋を出て行った。

と思ったら、すぐに戻ってきた。

あらかじめ用意してあったのだろう。戻ってきたリーベルトさんは手にお盆を持っていた。お盆の上に山吹色に輝く二本の板が載《の》っているが、これは……金の延べ棒？

「ここに純金の延べ棒が二枚ある。これを売れば一〇〇〇万ドリー以上になるだろう。急なことで現金が用意できず金の延べ棒で支払わせてもらうが、よろしいか？」

「も、もちろん構いません」

僕がコクコクコクとうなずくと、リーベルトさんは静かにお盆を差し出した。

これが金の延べ棒……。ずっしりと手に馴染む重み。硬質の冷たい手触り。見る者を魅了する黄金色の輝き。なんか……いいな、これ……。金には人を惹きつける魔力があるとよく言うけど、その気持ちがちょっとだけわかった気がする。なんだか手放すのが惜しくなってきた……。

「ところでトモヤ。そろそろ私の部屋へ……」

金の魔力に魅せられてニヤニヤしていると、そんな僕の緩んだ顔をスミレがのぞき込んできた。桃色の期待に染まるスミレの顔を見た僕は、「そうだね」と言いかけて、

「いやいや、ダメだよ！　僕はこれから行かなきゃならない場所があるんだ」

「今からどこかへ行くのか？」

「ああ。僕にはやらなきゃいけないことがあるんだ。そのために僕は、苦労して一〇〇〇万ドリーを手に入れたんだから」

「そういえば聞いていなかったが、トモヤはその金で何をするつもりなのだ？」

「奴隷商人からエルフの美少女奴隷を購入する」

ひょい。スミレが僕の手から金の延べ棒を取り上げた。

「ちょ、ちょちょちょ、何をするんだ。それを返せ！」

「断る。トモヤに私以外の女は必要ない」

ポキ。スミレが真顔で金の延べ棒をへし折った。

えええええええっ!?　金の延べ棒って素手で折れるものなの!?　そして真顔のスミレがめちゃめちゃ怖いんだけど！

「た、頼む。金の延べ棒を返してくれ。僕は美少女奴隷エルフを買わないといけないんだ！」

ポキ。スミレが真顔でもう一本の延べ棒をへし折った。怖いよ！　真顔怖いよ！

「やめなさい、ヴィオラ」

真顔で破壊行為を繰り返すスミレをたしなめたのは、父親のヴィロウ氏だ。

「トモヤくんが女奴隷を買うことに腹を立てているようだが、それは筋違いというものだ。トモヤくんは健全な男子だからね。自分の言いなりになる美少女を熱望するのは、年頃の男の子ならば当然の願望なのだよ」

「お父さん、なんで火に油を注いでるの!?」

「ならば私をトモヤの奴隷にすればいい！　トモヤが望むなら、私はどんないやらしい仕打ちでも受け入れる！　トモヤの性欲のはけ口に、私はなる！」

「スミレもお父さんの前でなに宣言しちゃってるの!?」

「……トモヤくん」

「は、はい！」

娘の「私を奴隷にして」宣言を聞いたヴィロウ氏が、真剣な眼差しを僕に向ける。思わず僕が気をつけの姿勢になったのも、この状況では致し方ないところだ。娘を助けた報酬で奴隷の美少女エルフを買うと言い放った僕に、ヴィロウ氏は真剣な顔で何を言うつもりなのか……。

「正直に言おう。実は私も買ったことがあるのだよ。……奴隷のネコミミ美少女を」

いきなりカミングアウトキタ――――!!

スミレが隣で目を丸くしているが、そんなことは一切気にせず、ウィロウ氏は懐かしい思い出を振り返るように虚空を見上げた。

「私が買った少女は、それはそれは可憐なネコミミ美少女でね。私は可愛い彼女と触れあうことで、多くのことを学んだのだ」

それは主に性的な意味で？

「だから、私にはトモヤくんの気持ちがよくわかる。たとえ相手が奴隷でも、『この出会いは運命だ』と思える相手はいるものだ。性奴隷おおいに結構！　娘を助けた報酬で奴隷の美少女エルフを買うことを私は支持しよう！」

「あ、ありがとうございます」

思いがけず理解者を得て、僕は喜ぶよりも先に困惑してしまう。

ウィロウ氏は街の冒険者たちから一目置かれていると聞いていたが、なるほど。自由気ままな冒険者たちの理解者も、負けず劣らず自由人ということか。

一方、尊敬する父親のカミングアウトに、娘のスミレは僕以上に動揺していた。

「お……お父様はいったい何を言っているのだ……。リーベルトからも何とか言ってくれ」

「お嬢様。奴隷を買うことは決して悪いことではありません」

きっぱりと、リーベルトさんがウィロウ氏の肩を持つ。驚きに目を剝《む》くスミレの前で、美人メイドのリーベルトさんは頭に乗せていたメイドカチューシャを外した。

今までカチューシャに押さえつけられていたネコミミが、ぴょこんと顔を出した。

「どの国でも亜人奴隷はひどい差別を受けています。不幸な境遇にいる彼女たちにとって、優しいご主人様に買われることはこのうえない幸福なのです」

ネコミミメイドのリーベルトさんが、静かに、だけど強い思いを込めて語る。普段は冷淡な眼差しの彼女が、今は慈しみに満ちた瞳でご主人様を見つめていた。

「もしかして、リーベルトさんが、さっき言っていたネコミミ奴隷……？」

「そうだ。幼いリーベルトは奴隷商人からひどい扱いを受けて死にかけていた。それを私が買い取ったのだ」

「ご主人様に買われたおかげで、私は人並みの幸福を享受することができました。だから私はいただいたご恩に報いるために、ご主人様に生涯お仕えすると決めたのです」

なんということだ。つまりウィロウ氏は、幼女の奴隷を買い取り教育して自分好みの女性に育て上げ、ネコミミで従順でクールな美人メイドに仕上げたというのか。

「素晴らしい！　ウィロウさん、僕はあなたを尊敬します！」

「ありがとう。男のロマンをわかってくれるとは、キミも見所がありそうだ」

男のロマンという見えない絆が、僕とウィロウ氏の心をがっちりと結ぶ。目と目で通じ合ったウィロウ氏は、啞然とするスミレの手から金の延べ棒を取り上げ、僕に手渡した。

「この金はキミのものだ。早く奴隷エルフを買ってきなさい」

「ありがとうございます！　奴隷を購入したらまたここに来てもいいですか？　どうやって奴隷を教育したのか、ぜひ詳しい話を聞かせてください！」

「いいとも。私とリーベルトとキミと奴隷エルフの四人で秘密の勉強会をしようじゃないか」

「ご主人様！　私はこのような男と勉強会など……」

リーベルトさんは焦って反発するも、ウィロウ氏に見つめられて「ううっ」とたじろぐ。

「わ、わかりました……」

恥ずかしそうにうつむき、ご主人様から目をそらすリーベルトさん。ちょっとなにその反応！　秘密の勉強会って何を教えてくれるの!?　今からわくわくしてきたぞおおお!!

かくして話のわかる男ウィロウ氏に認められた僕は、眉間にしわを寄せるスミレとリーベルトさんの前でがっちりと男の握手を交わしたのだった。

——僕は一〇〇〇万ドリー相当の金の延べ棒を手に入れた。

日没まで、あとわずか。


一〇〇〇万ドリー相当の（折れた）金の延べ棒を手に入れた僕は、奴隷市場へと急いだ。

空はあかね色に染まり、太陽は地平線に沈み始めている。太陽が沈みきるまで残り時間はあとわずかだ。僕は急ぐしかなかった。走るしかなかった。気分はすっかり走れメロスだ。

全速力で大通りを突っ切り、裏路地を駆け抜け、奴隷市場の喧噪《けんそう》に揉まれながら、ようやく僕は奴隷商人の店にたどり着く。よし、ギリギリ間に合った！

「リプリー！　いるんだろ！　約束通り金を持ってきたぞ！」

ドンドンドン！　僕は店の扉を叩きながら声を張り上げる。だが、扉が開く気配はない。

どういうことだ？　美少女エルフを売るのが惜しくなって、僕との約束を反故《ほご》にする気か？

「ふざけるな！　さっさとここを開けろ！　開けないと扉をたたき壊すぞ！」

借金取りよろしく怒鳴り散らすが、返事どころか中に人がいる気配すら感じられない。僕が歯噛みしていると、通りにいたゴロツキらしき男たちの騒ぐ声が聞こえてきた。

「おい、聞いたか？　オークション会場で処女のエルフとセックスする権利が競売にかけられているらしいぜ」

「エルフの処女を奪う権利？　そんなものを買うやつがいるのか？」

「エルフの処女なんて滅多に味わえない珍品だからな。マニアにとっては垂涎《すいぜん》の一品なんだよ」

なんだよマニアって！　この町にはそんな変態好事家《こうずか》がいるのかよ！　それに、まだ日没前なのに処女オークションが始まってるのはどういうことだ！　約束が違うじゃないか！

「オークションの後は、処女エルフがステージに上げられて大勢が見ている前で犯されるらしいぜ。処女エルフの生本番ショーなんて滅多に見られないぞ」

「マジか！　仕事なんてしてる場合じゃねえな！　早く行こうぜ！」

興奮したゴロツキたちが血相を変えて走り出す。なんてことだ。早くオークションをやめさせないと！　僕はすぐさま、男たちの後を追って駆け出した。

オークション会場は、まるで野外コンサートのステージのようだった。

周囲よりも一段高くなっている石造りの舞台に、大勢の人々が押し寄せている。ステージ正面にいは座席があり、入札希望者らしき身なりのいい人物もちらほら見えるが……それよりも目立っているのは、明らかに野次馬と思われる立ち見の男たちだ。

エルフの強姦ショーはよほど珍しい見世物なのだろう。奴隷オークションを一目見ようと集まった観客で、会場は足の踏み場もないほどごった返していた。

「どいてくれ！　通してくれ！」

「うるせえ！　割り込むんじゃねえ！」

人混みを掻《か》き分けようとした僕は、血の気の多い連中に逆に突き飛ばされてしまった。

くそっ、これじゃステージに近づくこともできない。人垣に行く手を遮られて焦っていると、ステージ上から聞き覚えのある声が聞こえてきた。この声は……奴隷商人のリプリーだ！

「紳士淑女の皆様！　オークションにご参加ありがとうございます！」

リプリーの挨拶に呼応するように、会場に集まった男どもが歓声を上げる。男たちはこれから何が起こるか知っていて期待に胸を膨らませているようだ。集まった男どもは怒号にも似た声を張り上げ、口笛を吹いて会場を煽っていた。

僕は人垣の隙間からステージを……舞台の上に立つ仮面の男と、布面積の少ないビキニのような衣装を着た金髪ツインテールのエルフ少女・ルルを目撃する。

黒い首輪をつけたエルフの少女は、扇情的な衣装が恥ずかしいのだろう。逃げられないように後ろ手に縛られたまま、大勢の視線を気にして身をよじっていた。

リプリーが大仰な手振りを交えて叫ぶ。

「先ほど行われたオークションで、エルフの処女はこちらの紳士に落札されました！」

リプリーに促され、大歓声を浴びながら小太りの男がステージに登壇した。

金糸の刺繍《ししゅう》が施された上等な服。油でなでつけられて固められた金髪。背は低くぽっちゃりとした体形で、腰には細身の剣を差している。いかにも「金持ちのボンボン」といった雰囲気の、無邪気な笑顔を見せる小太り青年が、歓声に応えてステージ上で手を振っていた。

……ちょっと待て。もうオークションが終わってる？　これから落札者と処女エルフの生本番ショーが始まる？

「待てよ！　話が違うだろ！　その子は僕が買うんだ！　くそっ、ここを通してくれ！」

僕の叫び声は、しかし大歓声に遮られて誰の耳にも届かない。野次馬どもは熱狂していた。これから始まる強姦ショーを期待して、会場は興奮のるつぼと化していた。

——犯せ！　犯せ！　犯せ！

突然始まった「犯せ」コールの熱気に、ステージ上のルルがひるみ、たじろぐ。

血の気を失って蒼白になる彼女の肩を、小太りな青年がつかみ、ぐいと抱き寄せた。

「ふふふ。ボクの可愛いエルフちゃん。ボクと気持ちいいことしましょうね～」

青年の無邪気な笑顔に、ルルはぞっとしたようだ。怯《おび》えた顔で一瞬怯《ひる》み、けれど気丈に男の顔をキッとにらみ返した。

「私にこんなことをして、ただですむと思ってるの!?」

気位の高いルルは肩を振って男の手を払いのけると、恐怖で足を震わせながら、怒りに燃える眼差しで大観衆を睥睨《へいげい》する。

「私は誇り高きハイエルフの末裔《まつえい》！　たとえ奴隷に身をやつしても、たとえこの身が汚されようとも、高潔なエルフの魂が悪しき人間に屈することはない！」

ルルの怒りの眼差しが、小太り青年の目を射貫く。

「覚えておきなさい。私に手を出したら、地獄の底まで追いかけて、あなたの下品なものをちょん切ってやるわ！」

「ひいっ！」

燃えるようなブルーの瞳に射すくめられて、怯えた青年はリプリーを振り返る。リプリーは「やれやれ」と言わんばかりに首を振ると、懐から光沢のある黒い石を取り出した。

リプリーがぼそぼそとつぶやくと、黒い石の表面に金色の魔法陣がぼうっと浮かび上がる。

「ぐはっ！　はっ……くっ、がっ……！」

突然、首をおさえて苦しみ出すルル。彼女は首輪を引きちぎろうとつかみ、しかしなすすべなく膝をつき、苦悶の表情でうずくまる。

青ざめて震える少女を見下ろしながら、リプリーは穏やかにささやいた。

「隷属魔法であなたの喉を閉じました。あなたは私の許可なしに呼吸ができなくなりました」

これが奴隷に掛けられた呪い。奴隷の身体を意のままに操る、呪いの首輪の隷属魔法。

「陸で溺れる気分はいかがですか？」

「くっ……ぐっ、あっ……」

ルルがくがくと体を震わせ、空気を求めてぱくぱくと口を動かす。血の気を失った真っ青な顔で冷や汗を浮かべるエルフの少女は、とうに戦意を失っていた。

「ボクに逆らったらどうなるか、これでわかったよね？」

小太りな青年がささやき、ルルは青ざめた顔でこくこくとうなずく。リプリーが呪文を唱えると、たちまち魔法陣から光が消え、彼女は「ぷはぁ！」と息を吐き、荒い呼吸を再開した。

「せっかくですから、処女のあなたでも気持ち良くなれるように手を貸してあげましょう」

リプリーが再び小声で呪文を唱えると、黒い石に再度、金色の魔法陣が現れた。

ふいに肌に違和感を覚え、ルルはぞくりと身震いする。

「はぁ、はぁ……。な、なに……？　肌が、ぴりぴり、痺れて……」

「皮膚の感覚を鋭敏にしました。今のあなたは、快感を普段の何倍にも感じることでしょう」

「快感を、何倍にも……じゃあ、いま体を触られたら……」

「それじゃ、初ものエルフの処女ま×こ、いただきま～す♥」

「……いやっ！　いやぁぁぁっ！」

もはや抵抗する気力もない美少女エルフに、小太りな青年が背後から抱きついた。

※　　※　　※

奴隷市場の片隅にあるオークション会場で、大勢の観客に見守られながら、ルルは小太りの青年に背後から押し倒されて膝をつき、前屈みになっている。

「だいじょうぶ。痛くしないから。ボクのおち×ちんで気持ち良くしてあげるから」

青年はルルの背中にのしかかると、彼女の胸を乱暴につかんだ。

隷属魔法で快感を増幅されている少女は、それだけで体に甘い痺れが走り、声が出そうになるのを必死に我慢する。青年がビキニを下から上へとずり上げると、ぷるんと揺れる小ぶりなおっぱいが白日のもとにさらされ、観客が一斉に色めき立った。

「いや……見ないで……！　やめて！　手を放して！」

後ろ手に縛られた美少女エルフが、観客の視線から逃れようと身をよじる。しかし青年は嫌がる仕草にすら興奮を覚えるようで、嬉々として彼女の乳房をわしづかみにした。

「キミのおっぱい、小さいけど張りがあって、すごく気持ちいいよ。興奮しちゃうなぁ」

「……くっ！　んんっ！」

「ふふふ……。ボクの愛撫で感じてるんだね？　安心していいよ、ボクはテクニシャンだから。すぐにキミの処女ま×こをとろとろにしてあげる……」

「だ、誰が感じてなんか……！　くっ……ううっ……！」

青年の肉厚な手がルルの股間に伸びる。薄手のパンツの中に手を突っ込んで、太った指を足の付け根へとねじ込んでいく。

「ううっ……やめて……。それ以上は……もう、許して……」

強気一辺倒だったルルが、男にアソコを責められて初めて弱気な声を上げた。

「お、お願い……そこだけは、許して……」

「ふふふ……。許すわけないでしょ。ここにボクのおち×ちんを挿れるんだから、たっぷり濡らしておかないとね。それ……それ……！」

「や、やめ……！　指が、中に……んんっ、ひんっ！」

「うわ……っ！　さすが処女エルフだね、ボクの指が食いちぎられそうだ。こんなにキツキツのおま×こにおち×ちんを挿れたら、きっとすごく気持ちいいだろうなぁ……」

「んんんっ！　膣内で指、動かさないで……はぁ、はぁ……ううんっ！　ああっ！」

青年は調子に乗って膣内で指を動かしまくり、増幅された快感に悶えるエルフを見て野次馬たちもヒートアップしていく。見られていることに興奮する性質《たち》なのか。調子に乗った青年は湿り気を帯びたパンツをつかむと、一気に膝まで引きずり降ろした。

ルルが濡れた秘部を大観衆にさらして観客のボルテージが一気に上がる。青年は観客の反応に満足すると、おもむろに自分のベルトを外し始めた。

「ひっ……！」

小太りな青年のペニスを見て、エルフ少女の綺麗な顔が嫌悪に歪む。

「そろそろ挿れるよ。ねえ、挿れてもいい？　もう挿れてもいい？」

「い、イヤよ！　やだっ、そんな汚いもの、押しつけないで……！」

「汚くなんかないよ。今日のために念入りに洗ってきたんだから。キミみたいな美少女エルフとセックスできると思って、ちゃんと綺麗にしてきたんだから」

前屈みになったルルに覆い被さり、犬のようにカクカクと腰を動かす青年。ペニスが割れ目を擦り膣口をかするたびに、ルルは顔をしかめ、青年は喘ぎ声を上げる。

「う、上手く……入らないな……。まだ濡れ方が足りないのかな？　だったら……」

青年はルルの細くくびれた腰に腕を回すと、あぐらをかいて、ペニスの上にま×こを乗せるような体勢で彼女の体を抱え起こした。

股を開かされたルルのま×こが大勢の目にさらされる。

「い、いやっ！　こんな格好……っ！　ふぁ、あぁっ……！」

「あぁぁ……。こうしておち×ちんをくっつけてると、キミのおま×この熱さを感じるよ……。ボクのおち×ちんをはやく挿れてほしくて、おま×こがうずうずしてるのがわかるよ」

「してない……っ！　そんなものほしくないっ！　いや、見ないで……見ないでぇ……！」

「そんなに恥ずかしがらないで……。キミの処女ま×こが、ボクのおち×ちんを咥え込むところを、みんなにも見てもらおうよ……ね……」

興奮で呼吸を荒くした青年が、小さいけれど形のいい美乳を揉みながら、ペニスを膣口にぐりぐりと押しつける。秘所を刺激されたルルの腰がびくんと跳ね上がった。

「ボクのおち×ちん、アソコに直《じか》にこすれて、感じるでしょ……？　気持ちいいんでしょ？　もっと声を出していいんだよ？　キミのえっちな声を、みんなにも聞かせてあげようよ」

「気持ち、よくなんて……ない……んんっ……！　ひっ、なっ……ああっ！　あああっ！」

不意打ちで、青年の手が少女のクリトリスをぎゅうっとつまみ上げた。

「そ、そこは……ああっ！　はあああっ！」

「ほら、もっと声を聞かせて。気持ちいい声をみんなに聞かせてあげて」

「そんなっ……！　クリトリス、ぐにぐにって、いじらないで……んんっ、んはぁっ！」

青年の腰の上で、エルフの少女がびくんびくんと体を震わせる。その唇はもはや嬌声を抑えきれず、大勢が見ている前で彼女は甘い喘ぎ声を漏らし始めていた。

「なっ……ひゃんっ！　ああっ、指、動かしたら……ああっ、いやっ、いじらないで……ううっ、ふあっ……あんっ、あんっ、きゃあっ！」

「はぁはぁ……。蜜を溢《あふ》れさせて、ボクにいじられて、こんなに喜んでくれるなんて……」

「喜んでない！　私、ああっ……喜んでなんか、きゃんっ、あんっ！　いやっ、これ以上、されたら……私っ、ううっ……私ぃ……！」

「おま×こがぶるぶる震えてるよ？　イキそうなの？　ボクの指でイキそうなの？」

「ああっ、だめ……許して……これ以上は、だめなの……ふぁっ……ああっ、あああっ！」

「はぁはぁ……。ずるいよ、一人でイキそうになるなんて……。挿れるよ……おち×ちん、挿れるよ……だから、いっしょに、いっしょに……！」

ずりゅ、ずりゅ、ずりゅ。青年が腰を動かしてペニスを押しつけるが、亀頭と膣口が擦れあうばかりで一向に挿入は果たせない。亀頭と陰口が、ぐちゅぐちゅと何度も擦れあって……。

「ああっ！　あっ、あっ、あっ、ああんっ！　なにかくるっ！　くるっ、くるぅぅぅ！　んんっ、もう、もう……もうだめぇぇぇぇぇ！　ふあああああああっ!!」

小刻みに震えていたルルの体が、突然仰け反った。

ぷしゅっ、と膣から水しぶきがほとばしり、少女の股間から黄金色の液体が勢いよくあふれ出る。

じょぼじょぼと水流が弧を描き、ステージの床に黄色い水たまりを作っていく。

目の前で起こったエルフのアクメ放尿に、興奮した観客は大騒ぎになった。

「あぁ……そんな……。大勢の人が、見ている前で……私、なんてことを……」

自分のしでかしたことを思って羞恥心で青ざめる少女。――だが、彼女の辱《はずかし》めは終わらない。

「一人でイっちゃうなんて……ボク、もう、怒ったよ！」

「えっ……？　きゃあっ！」

青年はルルを突き飛ばすと、腹ばいで這いつくばる少女の尻をつかみ、持ち上げた。

「たっぷり濡れてるから、ほぐす必要はないよね」

青年が自分の剛直を握りしめ、イッたばかりで開きっぱなしの膣穴に狙いを定める。

「そんな、いや……や、やめて……！」

「うるさい！　お前はボクに買われたんだ！　お前の処女ま×こはボクのものなんだよ！　さあ、挿れるぞ……このまま押し込んで、処女膜をぶち抜いてやる……！」

「あっ、ああっ……いや、いやよ……いやあああぁぁぁぁっ！」

「やめろおおおおおおおおおおおおおおおおおおお！！！！」

突然、男の声が会場中に轟き、その場にいた全員が何事かと動きを止めた。

顔を上げたルルは、大声を張り上げながら人混みを掻き分ける青年を視界に捉えて……現実を把握するよりも早く、その瞳に涙をたたえた。

※　※　※

「やめろおおおおおおおおおおおおおおおおおおお！！！！」

喉が張り裂けんばかりに絶叫すると、盛り上がっていた会場がしんと静まりかえった。

人混みを掻き分け、ようやくステージのへりまでたどり着いた僕は、少女を犯す直前で静止した男をにらみつけ……。後ろ手に縛られて今にも犯されそうなルルと、目が合った。

恥辱に耐えていた美少女エルフは、僕の姿を見つけて驚きに目を丸くし……すぐに、くしゃくしゃの泣き顔になった。

「本当に、来て……くれた……」

ささやくようなルルの声を、僕ははっきりと聞いた。

――彼女は、僕が助けに来るのを待っていた。

「その子に触るな！　その子から離れろ！」

僕が怒鳴りながらステージによじ登ると、

「これはこれはトモヤ様。いらしていたのですか？」

慇懃無礼な態度でリプリーが僕の前に立ちはだかった。こいつ、いけしゃあしゃあと！

「これはどういうことだ！　今日の日没まで彼女には手出ししない約束だったはずだろ！」

「申し訳ありません。こちらのワイルダー様がルルを大層気に入られて『早くこの子が欲しい』とゴネられまして……。上得意様なので無視するわけにもいかず、トモヤ様も今頃はヴァンパイアに殺されているだろうと思い、少しだけオークションの予定を早めさせていただきました」

「おい」

「ちょ、ちょっとキミたち？　何の話を……」

いきなり話し始めた僕とリプリーに、合体寸前でお預けを食らった小太りの青年――ワイルダーという名前らしい――が絡んでくる。だが粗チン野郎のことなんて今はどうでもいい。僕は持参した金の延べ棒を取り出すと、リプリーの胸に押しつけた。

「純金の延べ棒だ。一〇〇〇万ドリー以上の価値があるはずだ」

「これはこれは……。確かに、本物の金のようですね」

「これで文句はないだろ。約束通り、彼女は僕が買う！」

「ちょっとちょっと！　なんなのキミ、ねえ、なんなの!?」

落札した美少女エルフを持っていかれそうになり、小太りの青年ワイルダーがフリチンのまま僕に突っかかってくる。肩をつかまれた僕が振り返ると、ステージ上でうずくまっているルルの、すがるような瞳と目が合った。

――待ってろ。すぐに助けるから。

「彼女は僕が売約済みなんだ。悪いけど、あきらめて帰ってくれ」

「はあ!?　そんなの知らないよ！　ボクはもうリプリーにお金を払って……」

「申し訳ありません、ワイルダー様」

興奮するワイルダーに、奴隷商人リプリーは頭を下げて謝罪の意思を示した。

「オークションでの落札金は全額払い戻しした上で、別な奴隷エルフを補償いたしますので、ここは引いていただけますか？」

「ええっ!?　いやだよ！　ボクはあの子が気に入ったんだ！　あの子の処女はボクが――」

「ワイルダー様」

リプリーの落ち着いた声には妙な威圧感があって、気圧《けお》されたワイルダーは黙り込んでしまった。

体格では劣っていても威厳と貫禄では完全にリプリーの方が格上だ。リプリーはワイルダーが肩を落としたのを見届けると、改めて僕に向き直った。

「お待たせしました、トモヤ様。約束通り、エルフの娘はあなたのものです」

「……彼女はもらっていくよ」

「はい。どうぞ」

拍子抜けするほどすんなりと、リプリーがルルを譲り渡す。僕は違和感を覚えつつも、とにかく彼女を保護しようとエルフの少女に駆け寄った。

僕は上着を脱いで彼女にかけてやると、ルルの手を縛っている縄を解《ほど》きにかかる。

「どうして……」

僕が結び目を解いて縄を外すと、ぽつりとルルがつぶやいた。その一言で僕は彼女が何を言いたいのか理解する。

――どうして、見ず知らずの私を助けてくれるの？

「約束しただろ。必ず助けに来るって。僕のことを信じてなかったのか？」

「だって、あなたが私を助ける理由なんて何も……」

「信じてなかったのか？」

再度問われ、少女は答えようと口を開きかけて……これまで一度も僕に弱さを見せなかったルルが、感極まったように唇を震わせた。

「……信じていたわ」

瞳を潤ませたルルが僕に手を伸ばす。僕の背中に腕を回し、ぎゅっと抱きつき、胸に顔を埋めて声を震わせる。

「来てくれると、信じていたわ」

奴隷にされて不安と恐怖に押し潰されていた少女にとって、僕との約束は唯一の光明だった。約束通り現れた僕を見て、安心して、嬉しくて、ルルは僕の胸で泣き笑っていた。

僕は「間に合って良かった」と心の底から思いながら、少女の体を抱きしめた。

僕の手がルルの背中をさすり、細い腰を抱き寄せ、ぷりぷりのお尻を撫でる。

「ひっ!?　ちょ、ちょっと、手を離して！　服を着るから、さっさと私から離れなさい！」

えー、そっちから抱きついてきたのにー。

僕は名残惜しいと思いつつ、半脱ぎのブラとパンツを手で押さえて真っ赤な顔で「うー」と唸ってにらみつけてくる涙目のルルから手を離した。

エルフの生本番ショーを期待していた観客たちが罵詈雑言をわめき散らす中、両手の自由を取り戻したルルがビキニ衣装をつけ直す。僕は浴びせられる罵声にうんざりしながら、リプリーとワイルダーに注意を向けた。

——あの二人がおとなしく僕たちを帰してくれるだろうか？

そんな不安があったから、自然と僕は彼らの会話に耳を傾けていた。

「金ならいくらでも出すって言ってるだろ！　いいから、さっさとあの子を買い戻してよ！」

「ですから、エルフを抱きたいのであれば他の奴隷エルフを……」

「あの子じゃなきゃイヤなんだよ！　ボクはあの子とセックスしたいんだ！」

だだをこねるワイルダーをリプリーが冷静に諭している。それでも怒りが納まらないワイルダーは、大観衆の罵声にも劣らぬ大声で仮面の奴隷商人に食ってかかった。

「エルフを犯すのが僕の長年の夢だったんだ！　あいつみたいに人間を見下している高慢ちきなエルフの娘を、犯して、かき回して、自分から腰を振ってボクのものを欲しがるようになるまで、よがり狂わせてやりたいとずっと思っていたんだ！　やっとそのチャンスが巡ってきたのに！」

ろくでもないやつだな。……いや、まあ、エロゲで嫌がるエルフを散々陵辱してきた僕が言うことじゃないか。高慢な女を屈服させるシチュエーションは確かに僕も嫌いじゃないよ。

などと思っていたら、ルルが心細そうに僕の腕を摑《つか》んできた。

「行こうか」

僕がつぶやくと、彼女はコクリとうなずいた。

そうと決まれば長居は無用。こんなところはさっさと退散するに限る。僕はルルの手を握ると、ステージ脇へと歩き出した。

「お待ちください」

……リプリーに呼び止められて、僕たちは足を止めた。

振り返ると、無表情のリプリーと、ニヤニヤ笑っているワイルダーが僕たちを見ていた。

「トモヤ様。ものは相談なのですが、そちらのエルフをワイルダー様に譲っていただけま――」

「断る」

僕が即答すると、激高したワイルダーが身を乗り出そうとしてリプリーに押し留《とど》められた。

「ワイルダー様が、そちらのエルフを売ってくれたら二〇〇〇万ドリー支払うとおっしゃっているのですが」

「二〇〇〇万!?」

にせんまん……それだけあれば、しばらくは遊んで暮らせ――。

ぎゅううう！　ルルにお尻をつねられて、僕は激痛とともに我に返った。

「い、いくら金を積まれても彼女を譲る気はない！」

それでいいのよ、と言わんばかりにルルがうんうんとうなずき、僕は「二〇〇〇万……」と若干の未練を感じつつ踵《きびす》を返した。

「おそれ入りますが、今しばらくお待ちいただけますか？」

立ち去ろうとした僕を、リプリーは再度呼び止めた。

「では、こちらのアイテムと交換ではいかがでしょうか？」

「あのねえ、どんなアイテムを出されても彼女を譲る気は……」

「このアイテムがあれば、スマホに電力を供給する『充電魔法』が使えるようになります」

思いがけないリプリーの言葉に、僕は目を剝いて驚いた。

「充電……魔法……だと？」

「はい。トモヤ様は、充電魔法を喉から手が出るほど欲しがっているそうですね？」

「どうしてそのことを……」

「この街で私の知らないことはありません」

そう言って、リプリーは黒い革表紙の魔法書を懐から取り出した。

あの魔法書があれば充電魔法を習得できる。そうすれば僕はまたエロゲ能力を使えるようになる。媚薬や催眠を使って、いくらでも可愛い女の子とえっちなことができるようになる！

「そうだ。僕はそれがほしい。それを売ってくれ」

「では、そちらのエルフと交換ということで」

僕は腕にしがみつく美少女エルフを振り返った。

このまま彼女を助けても、僕はエロゲ能力を失ったままだ。何も取り柄のないただのエロゲ好きな凡夫として、この世界で生きていかなければいけない。

だけど、ここで彼女を差し出せば充電魔法が手に入る。充電魔法があれば僕はまたエロゲ能力を使えるようになる。ルルを見捨てれば、僕はファンタジーな異世界でえっちなイベント目白押しのハーレムエロゲ生活を送ることができるんだ！

――ほしい。喉から手が出るほど、充電魔法がほしい！

「言っておきますが、充電魔法の魔法書は大変貴重な品です。このチャンスを逃したら手に入れる機会は二度とないでしょう。少なくとも一〇〇〇万程度の額で買えるものではないことを、ご認識ください」

充電魔法は長い年月の間に失われ、今では幻の魔法になっている。仮に魔法書を見つけたとしても、希少な品物なので購入するのはほぼ不可能。充電魔法を入手できるのは、これが最初で最後のチャンスかもしれない。

エルフの少女が不安そうに僕の腕をつかみ、リプリーがそんな僕を惑わすように語りかける。

「充電魔法がなければスマホが使えないのでしょう？　スマホが使えなければ、あなたは能力を使えないのでしょう？」

「どうして僕の能力のことを……」

「私はあなたの知らないことをいろいろと知っているのですよ」

穏やかに答えるリプリーを見て、僕は背筋が凍る感覚を味わった。この奴隷商人は何者だ……。

こいつを……リプリーを敵に回しちゃいけない……。

「あなたの能力は選ばれし者に与えられる特権です。その素晴らしい力を、よく知りもしない小娘に執着して失ってもいいのですか？」

ルルを見捨てて力を取り戻すべきだと、リプリーは僕にささやきかける。

……そうだ。リプリーの言う通りだ。

ここで彼女を見捨てれば、僕はエロゲ能力を取り戻せる。エロゲの力があれば、この先可愛い女の子とセックスし放題で、念願の異世界ハーレムを作ることだって夢じゃなくなる。

「……そうだ。迷うことなんて何もない」

ぽつりと僕がつぶやき、僕の腕にすがりつくルルの指に力がこもる。

仮面越しに微笑むリプリーを見ながら、僕は——震える少女の手を、握り返した。

「僕はこの子を選ぶ。充電魔法はいらない」

「ほう」と興味深げにささやくリプリーは、申し出を断られたのにどことなく楽しそうだった。

「わかりませんね。なぜバラ色の人生を捨ててまで小便臭いエルフの小娘を選ぶのですか？　よろしければ理由をお聞かせください」

「僕はエロゲが好きだ」

唐突なカミングアウトにリプリーは「……エロゲ？」と首を傾げる。

が、そんな反応は知ったことじゃない。僕は自分に素直に、思いの丈を言葉にした。

「僕はずっとエロゲの主人公に憧《あこが》れていた。何の面白味もない自分の人生に退屈しながら、エロゲの主人公のような、楽しくて、気持ち良くて、幸福な人生に憧れていた。エロゲをプレイしながら、僕はずっと『エロゲの主人公のように生きてみたい』と願っていたんだ」

そして夢は叶った。ずっとなりたかった「エロゲの主人公」に、僕はなることができた。

「その僕がこんなに可愛いヒロインを……エルフで、金髪ツインテールで、貧乳で、奴隷で、気が強くて、生意気で、全然素直じゃなくて、だけど最っっっ高に可愛いツンデレ美少女を、見捨てるわけないだろ！」

ルルの肩をつかみ、ぐいと抱き寄せる。彼女の温もりが、匂いが、柔らかさが、僕の選択が正しいことを確信させる。

「充電魔法と僕の好みど真ん中の美少女エルフ、どっちを選ぶかなんて聞くまでもない。僕は可愛いエルフが大好きだ！　だからこの子は誰にも渡さない！」

スマホの充電よりも、僕好みのエロゲ的美少女ヒロインの方が大切だ。そう訴える僕の言葉に仮面の男はしばし唖然とすると、唐突に「ククッ」と声を殺して笑い始めた。

「わかりました。そこまでおっしゃるのなら、そのエルフはあなたにお譲りしましょう」

リプリーの言葉に、成り行きを見守っていたワイルダーが「話が違う！」と抗議する。そんな小太り男のクレームなど歯牙にもかけず、リプリーは懐から黒い石を取り出した。

「この黒い魔石には、奴隷の身体を意のままに操る隷属魔法が込められています。これを持って後ほど私の店に来てください。そこで正式にお二人の奴隷契約を行いましょう。契約が終われば、その娘は名実ともにあなたのものです」

僕が黒い石を受け取ると、憤慨《ふんがい》したワイルダーがわめき散らして……リプリーはそんな彼をなだめて、耳元で何やらささやいた。ワイルダーは驚いた様子でリプリーの顔を見ると、ルルの肢体を舐め回すように眺めて「にたぁ」と薄笑いを浮かべた。

ふん、と鼻を鳴らしてステージを降りるワイルダーを見て、僕はリプリーが彼に何を言ったのか気になったけど……。それよりも今は、ルルをここから連れ出すのが先だ。

僕はルルといっしょに退場しようとして――。

「お待ちくださいこちらは高額商品をお買い上げいただいたお客様へのサービスです」

リプリーが何かを差し出したので、僕はとっさに手を出してそれを受け取った。

……それは、充電魔法の魔法書だった。

「もらっていいのか？」

「ほんの粗品ですので」

慇懃無礼に頭を下げるリプリーは、何を企んでいるのかさっぱりわからない。

……わからないけど、

「じゃあ、ありがたくもらっておくよ」

あえて拒絶する理由もない。僕は素直にリプリーの好意を受け取った。

そんな僕へ、リプリーは笑顔のまま深々と会釈する。

「セノウ・トモヤ様。どうぞ今後とも、当店をごひいきに」

観客の怒号を浴びながら、僕は美少女エルフの手を引いてオークション会場を後にする。会場を離れてようやく罵声が聞こえなくなったところで、エルフの少女が僕の腕を引っ張った。

「えっと……あなた、セノウ・トモヤって名前なのよね？」

「そうだけど……」

僕の名前を確認した彼女は、ビキニ風の奴隷衣装のまま偉そうに胸を張った。

「まだちゃんと自己紹介していなかったわね。私の名前はルルリラ・ロロ・アリスリィナ。誇り高きエルフの一族で……その……きょ、今日からは、あなたの奴隷よ……」

最初は偉そうに胸を張って……だけど途中から恥ずかしそうに頬を染めて、ルルは僕に自分の名前を明かしてくれた。

「わかったよ、ルル。これからよろしく」

「ええ、よろしく……」

そのまま彼女はしばし黙り込み……やがてためらいがちに尋ねてきた。

「さっきは私を選んでくれてありがとう。充電、魔法……？　それ、大事なものだったんでしょ？　それをあきらめようとしてまで私を選んでくれるなんて……」

「しかたないよ。だってキミは、僕の好みのど真ん中なんだから」

「え……あ、そ、そう……なんだ……」

エルフの少女が戸惑い目をそらす。……もしかして、フラグが立った？

うんうん、そうだよね。大ピンチの場面に颯爽と現れて助けるなんて、エロゲのヒロインなら確実に惚れてるシチュエーションだよね。これはもしかすると、エロゲ能力を使わなくてもエルフの処女をもらえるかも？　でへへへへ。

「……なんかいやらしい顔してるわ」

美少女エルフにジト目でにらまれて、僕はあわてて表情をキリリと引き締めた。

番外編
夢幻のハーレム

異世界転生した初日、数々の
事件に遭遇したトモヤは、
くたびれ果ててギルドの専用宿へと
転がり込むが…⁉

「長い一日だった……」

深夜。冒険者御用達の宿屋で、僕は部屋に入るなりベッドにぼふんと倒れ込んだ。ギルドに登録していれば、文無しでも最低限のベッドだけは提供してくれる、ありがたい宿だ。

「はぁ……今日はいろんなことがありすぎて疲れたよ……」

枕に顔を埋めてぼやく僕――冒険者のセノウ・トモヤは、ごろりと仰向けになって今日の出来事を思い返した。

自宅でエロゲをプレイ中に心臓発作で死亡した僕は、あの世（？）で輪廻《りんね》の女神ミルフィと出会い、八つのエロゲ能力を授かって異世界に転生した。

剣と魔法のファンタジー世界で「冒険者」となった僕は、美少女の奴隷エルフにえっちな悪戯《いたずら》をしたり、武器屋の看板娘と媚薬セックスしたり、レイプされかけていた女騎士を助けたり、巨乳美人のギルド職員を強姦したり、女体化して美少年を逆レイプしたり……。一日で幾つものエロイベントをこなして身も心も疲れ果て、宿のベッドに倒れ込んだのだった。

「カロンにはひどいことをしちゃったなぁ……。明日カロンに会ったら、土下座でも何でもして全力で謝ろう……。それくらいじゃ絶対に許してもらえないだろうけど……」

今日の出来事の中で最大の後悔は、親切にしてくれたギルド職員のお姉さん――カロンを強姦したことだ。媚薬のせいとはいえ、この罪はそう簡単に消えるものじゃない。

「カロンだけじゃない。奴隷エルフのルルも、武器屋の娘ニッキも、女騎士スミレも……僕のせいで、みんな……いやらしい目に……」

いろいろあって心身共に疲れ切っていたのだろう。もぞもぞと服を脱ぎ、パンツ一丁になった僕は、たちまち睡魔に襲われてまぶたが重くなっていった――。


くちゅっ……くちゅっ……。

どこからか水音が聞こえてきて、熟睡していた僕がぼんやりと目を開けると……。

女騎士スミレが裸でベッドに横たわり、僕のち×ぽにちゅっちゅっとキスをしていた。

「……え？　スミレ？」

「んちゅっ、ちゅっ……んっ、おはよう、トモヤ。目が覚めたか？」

僕のペニスにキスしながら、裸のスミレが上目遣いで挨拶する。

「あ、ああ、おはよう……。いや、そうじゃなくて、これはいったい……」

「あんたばかなの？　見てわかるでしょ。私たちであんたの性欲処理をしてあげてるのよ」

驚いて横を見ると、奴隷エルフのルルが全裸に首輪だけという姿で僕に添い寝していた。

「え？　どうして……キミは奴隷商人のところにいるはずじゃ……」

「余計なことは考えないで、あんたは黙って私の奉仕を受ければいいのよ」

ルルは偉そうな物言いで答えると、そのまま僕の股間へ這うように移動する。たちまち僕のペニスは、裸の美少女二人の顔に挟まれる形になった。

「んちゅっ、ちゅっ……どうだ、ルルもトモヤのペニスを舐めてみるか……？」

「そ、そうね……。でも、私……そういうこと、したことないから……」

「では、まずは私が手本を見せてやろう……んむっ、ちゅぷっ、くちゅっ……」

ルルに見せつけるように、スミレは亀頭に舌を這わせてねっとりと唾液を塗り込んでいく。

「れろっ、ちゅぷっ……んんっ、れるれるっ……！　あぁ、トモヤのおち×ちん……どんどん大きくなってきたぞ……んちゅっ、んんっ……！」

「すごい……これがフェラチオ……。トモヤはおち×ちんをぺろぺろされて気持ちいいの？」

「ああっ、うんっ……スミレの舌、熱くて、ぬるぬるして……気持ちいいっ……！」

問われた僕は正直な感想を口にする。どうしてこんなことになってるのかわけがわからないけど、ペニスを舐める美少女を止める気はさらさらなかった。

「んっ、ちゅむっ……れるっ、れろっ……！　トモヤ……私の口で、もっと気持ち良くなってくれ……！　あぁん、あむっ……んじゅるっ、んぐっ、んぷっ……！」

ルルの視線を意識しながら、スミレは口を開けて僕の肉棒を深々と咥《くわ》え込んだ。ああ、女の子にまじまじと見られながら、別の女の子にち×ぽ咥えられるの、興奮するっ……！

「んんっ、トモヤの、おち×ちん……美味しいっ……じゅるっ、んじゅるるるっ……！」

スミレのとろとろの舌が肉棒に絡みつく。ぷりぷりの唇が竿をしごく。時折、頬《ほお》の裏の粘膜に亀頭が押しつけられて、僕は喘《あえ》ぎ声を抑えることができない。

「うっ、くっ……スミレの口ま×こ……すごく、気持ちいいよっ……あっ、んああっ……！」

「んっ、んっ……はぁっ、嬉しい、じゅるっ……くちゅっ、ちゅぷぷっ……！」

「……ね、ねえ、トモヤ？　そ、そろそろ……私も、舐めてあげても……いいわよ……」

いつも上から目線のルルらしからぬ、控えめな物言い。しかしその瞳は淫靡《いんび》に濡れていて、火照《ほて》った顔は沸き上がる好奇心とたぎる性欲を隠し切れていない。

「ちゅぷっ、ちゅっ……んっ、んはぁっ……いいぞ、交代だ、ルル……！」

スミレは咥え込んでいたペニスから口を離すと、唾液でべとべとになった亀頭をルルに向けた。

ルルは亀頭に顔を近づけると、ごくりと唾を飲み込み、

「どくどくと脈打って……これが、男の人の、おち×ちん……んっ、ぺろっ……」

美少女エルフがぎこちなく舌を伸ばして、僕のペニスをひと舐めする。それで弾みがついたのか、ルルは二度、三度と肉棒に舌を這わせた。

「んっ、んむっ……ちゅっ、ちゅむっ……！　はぁっ、いま……おち×ちん、びくって震えたわ……んっ、れろっ……私の舌、気持ちいいの……？」

「う、うんっ……ルルに舐められるの、気持ちいいよ……んっ、はあっ……！」

僕がツンデレエルフの拙《つたな》いけれど一生懸命な愛撫に興奮していると、それを眺めていたスミレがおずおずとペニスに顔を近づけてきた。

「ルル……二人で、トモヤを気持ち良くしてやろう……ちゅっ、ちゅるっ……！」

「あぁ、スミレぇ……私も舐めるぅ……！　はぁっ、んっ……んふっ、んちゅっ……！」

美少女二人が、そそり立つ肉棒に左右から顔を寄せ、同時にぺろぺろと舐め始めた。

ああっ！　凜々しい女騎士と、ツンデレ美少女エルフの、夢のＷフェラ！

「んちゅっ、ちゅぷっ……んはぁっ、どうだ、私たちの舌は……気持ちいいか……？」

「あっ、ああ……いいよ……！　二人の、舌の感触が違って……はぁっ、んぅっ……同時に、舐めるの……すごく、いやらしいっ……うっ、うはぁっ……！」

「トモヤは、ここをぺろぺろされるのが、好きなのね……くちゅっ、ちゅるっ……！」

スミレとのWフェラでさらに気分が高まったのか、裸に首輪だけという扇情的な格好の奴隷エルフが、夢中になって僕の亀頭をぱっくりと咥え込んだ。

「あーん……はむっ、んんっ、んじゅるるるっ……！　じゅぷっ、ちゅむっ……！」

ルルが頭を前後に動かして、唇で竿を擦りあげていく。ルルの動きは拙くてたどたどしいけど、その健気《けなげ》な姿に僕はたまらなく興奮してしまった。

「ずるいぞ、ルル……！　私だって……ちゅっ、れろっ……！」

ルルに亀頭を奪われたスミレは、負けじと横から吸い付き、竿に舌を這わせてきた。二人の美少女に亀頭と竿を同時にしゃぶられる……こんなエロゲのような体験ができるなんて！

「うあああっ……！　ふ、二人とも……僕、もう……！」

「トモヤ、イキそうなのか……？　おち×ぽミルクが、どぴゅどぴゅ出そうなのか……？」

「射精するの……？　トモヤのおち×ちん……精液、ぴゅっぴゅってしたいの……？」

「はぁっ、ああっ……射精したいっ……！　ルルとスミレの綺麗な顔に……僕の濃厚ザーメン、ぶっかけたいっ……んっ、んはぁっ……！」

「んじゅっ、じゅぷっ……ふはぁ、いいわよ……！　私の顔に、かけていいわよっ……！」

ルルはペニスから口を離すと、スミレといっしょに舌を伸ばしてぺろぺろと亀頭を舐め始めた。

二人の舌がぬめぬめと亀頭を舐め上げ、スミレは手で肉棒を握りしめる。

二人の舌が亀頭を舐め回し、時折唇が吸い付き、細い指が上下に動いて肉棒をしごく。

「はぁっ、ふぁっ……ふ、二人がかりなんて……気持ち、良すぎて……！　僕、このまま、出すよっ……二人の顔に、射精するよっ……！」

「はぁっ、はぁっ……いいぞ、トモヤっ……！　トモヤが射精するところを、私に見せてくれっ……ちゅぱっ、れろれろぉ……！」

「んっ、はぁっ……精液、好きなところに、かけていいから……ちゅっ、ちゅるるっ……！」

「あっ、ああっ、くるっ、くるよっ……！　精液っ……二人の顔に、ぶちまけるからっ……！」

僕が腰を震わせると同時に、二人の唇が亀頭に吸い付いた。二人の唇の刺激に僕は——。

「あっ、あっ、あああぁっ……出るっ、出るっ、出るぅぅぅっ！」


「はっ！」

目を見開くと、そこは宿屋の一室で、僕はベッドに横たわっていた。

慌てて室内を見回すが、もちろん室内には僕以外に誰もいない。

「夢、か……。そうだよな……ルルとスミレが、ここにいるはずないよね……」

僕はびんびんに反り返っている愚息を見て、安堵《あんど》とも失望ともつかない息を吐く。はぁ～。

「今日一日だけで何度も射精したのに、まだこんな淫夢を見る元気が残っていたのか……。我ながら自分の性欲が恐ろしい……」

こうなったらオナニーしてすっきりしてから寝ようか。そう思ったが、明日以降もエロゲ的日常は続くと考え、「ここで無駄撃ちするべきじゃないな」と僕は思いとどまった。

「今日はもう寝よう。その元気は明日のために取っておけよ」

僕は勃起ち×ぽに声をかけると眠気に身をまかせた。たちまち僕の意識は闇に落ちて――。


「おはよう、トモヤくん♥」

……バニーガール姿のカロンが、ベッドの上で膝立ちになって微笑《ほほえ》んでいる。

頭にうさ耳をつけ、胸の谷間が強調された黒いレオタード風の衣装に身を包んだカロンは、爆乳が収まりきらなくて乳肉がこぼれ落ちそうになっていた。

おいおい、巨乳美人なお姉さんのバニーガール……エロすぎだろっ！

「うぅ……トモヤさん……私のことも見てください……」

肉感的なバニーガール美女に僕が見とれていると、横から別の声が聞こえてきた。

ぐりんと首を横に向けると、そこには同じくうさ耳と黒いバニースーツに身を包んだ幼児体型のニッキが、膝立ちになって頬を赤らめていた。

恥ずかしがり屋な貧乳ロリっ娘《こ》と、エロいバニー衣装の組み合わせが、凶悪すぎるっ！

「カロンにニッキ……？　どうしてそんな格好を……？」

「なに言ってるのよ。トモヤくんが見たいって言ったんじゃない」

「トモヤさんのために……恥ずかしいけど頑張って、こんな格好をしてるんです……」

そうか。これは僕の趣味なのか。つまり、これは僕の願望……ここは僕の夢の中なんだ！

夢の中なら、何をしたっていいよね！

「いただきまーす！」

僕は美女と美少女を両手で抱きしめると、三人いっしょにベッドに倒れ込んだ。

そのまま僕は、勢いにまかせてカロンとニッキの下腹部へと手を伸ばす。

「ひゃうんっ！　トモヤくん……あっ、そんな、いきなり……んんっ、あぁぁっ……！」

「ふわぁっ、あぁっ……トモヤさんの指が、私のアソコに……んっ、うぅっ……！」

「ちょっと弄《いじ》っただけなのに、二人とも、もう濡れてきたよ……」

「だ、だって……トモヤくんの指で、クリトリス弄られたら……あっ、あんっ……！　いやらしい気分に、なっちゃう……！」

「あっ、あっ、あっ……！　トモヤさんの、指使いが……とっても、えっちで……んんっ、私……カロンお姉ちゃんに、見られながら……感じてますっ……！」

「……カロンお姉ちゃん？」

ニッキの言葉が気になって問いかけると、カロンが吐息混じりに答えてくれた。

「あっ、はぁっ……私とニッキは、年の離れた姉妹なのよ……」

そうだったのか。僕は実の姉妹を同時に相手していたのか――って、んなわけないだろ！

これは僕の夢だ。だから僕に都合がいいように話が改変されているんだ。僕の夢だから、カロンとニッキは姉妹という設定になっているんだ！　やっほーい、ビバ姉妹丼！

「姉妹丼って一度でいいからやってみたかったんだよね！」

僕は欲望を包み隠さず言葉にすると、ノリノリでバニースーツの股間部分を横にずらし、カロンとニッキのアソコに指を差し込んだ。

「ふわあぁっ……！　トモヤくんの指の動きが、激しいっ……ああっ、あはぁっ……！」

「あぁんっ……トモヤさんの指が、私の膣内《なか》に入って……ふはぁっ、あぁぁっ……！」

僕はカロンのクリトリスをつまみながら、ニッキの膣穴にずぶずぶと指を押し込んだ。幼さの残るニッキのロリま×こが、僕の指を食いちぎる勢いで締め付けてくる。

「あっ、ああっ……お姉ちゃんに、私のえっちな姿、見られるの……恥ずかしいっ……ひゃうっ、ひゃうぅぅっ……！」

「あんっ……！　クリトリス、だめぇっ……ぐりぐり擦っちゃ、だめなのぉっ……！」

「ニッキのおま×こ、すごい締め付けだ……！　それにカロンのここ、愛液が溢《あふ》れてぐしょぐしょだよ……！」

カロンの大人ま×こと、ニッキのロリま×こ。愛液でヌレヌレの二つのま×こを見比べながら、僕は両方を弄り、かき回して……。

「あっ、あっ……トモヤさん……私、もう、指だけじゃ足りないです……！　おち×ちん……トモヤさんのおち×ちん、挿《い》れてほしい……んっ、ひゃうっ……！」

「そんなに、僕のち×ぽがほしいの？」

僕に尋ねられたニッキは、カロンの視線を感じて、真っ赤になって黙り込んだ。男とセックスする姿を家族に見られるのは、やはり恥ずかしいものなのだろう。

だがそれがいい！　姉妹で恥ずかしがりながらセックスするのが姉妹丼の醍醐《だいごみ》味だ！

「まだまだ子供だと思っていたのに……ニッキったら、いつのまにそんなにいやらしい女の子になったのかしら……」

「お、お姉ちゃんまで……！　や、やめて……恥ずかしい……あっ、はううっ……！」

この状況を楽しんでいるカロンが妹の頭を撫で、照れ屋なニッキが頬を真っ赤に染める。僕はこれ以上我慢できないとばかりに、ニッキの膣から指を引き抜いてペニスを押しつけた。

「カロンも見ていて……。これから僕のち×ぽが、キミの妹の膣内に入っていくよ……！」

「あっ、あっ、あああっ……！　トモヤさんの、おち×ちんが……入ってきたぁっ……！」

ずぶずぶずぶ……。僕は片手でカロンのクリトリスを弄りながら、腰を突き出してニッキのロリま×こに挿入した。僕の肉棒が幼い膣内を強引に押し広げ、奥へと進んでいく。

「うっ、あああっ……ニッキのロリま×こ……すごく、キツいっ……ふぅっ、はぁっ……！」

「トモヤさんのおち×ちん、太くて、硬くて、大きいですっ……んくっ、んんっ……！　私の膣内が、おち×ちんで……いっぱいになって……んっ、くぅっ……！」

「あぁ……ニッキのおま×こに、トモヤくんのおち×ちんが……あんなに深く……奥まで入って……あぁ、んあぁ……！」

未成熟な妹の体が男に貫かれる光景を、姉のカロンはどんな思いで見ているのだろう。その男に秘所を弄られて愛液を溢れさせているカロンは、どんな気分なのだろう。

「トモヤ、くんっ……あっ、ああっ……！　指の動きが、激しくっ……はぁっ、ふわぁっ……！」

「あぁ、はぁ……カロンのおま×こ……どんどん熱くなって、いやらしい汁が溢れてるよ……！

ニッキが犯されてるのを見て……興奮して、感じてるんだね……！」

カロンを言葉で責め立てながら、僕はゆっくりと腰を動かし始める。僕は二人に見えるようにゆっくりペニスを引き抜くと、そのまま「ずんっ！」と最奥まで肉棒を押し込んだ！

「ああぁっ！　いきなり、そんなっ……おち×ちん、深いですっ、あはぁぁぁんっ！」

僕は衝動にまかせて腰を打ち付けながら、同時にカロンの膣へと指をねじ込んだ。

「ふあぁあっ！　だ、だめよっ……指が、膣内にっ……あっ、はぁっ……それ、刺激、強すぎてっ……んふぅっ、んはぁっ……！」

「おち×ちんっ……私の膣内で、びくんびくん動いてますっ……あぅっ、はうぅっ……！」

「はっ、はぁっ……ニッキの膣内、気持ちいいよっ……！　バニーガールのニッキを、めちゃくちゃに犯すの……とっても興奮するよっ……うぅっ、うあっ……！」

「やっ、いやぁっ……恥ずかしいっ……！　こんな格好で……お姉ちゃんに見られながら、なんて……なっ、やぁっ……あっ、んはぁっ……！」

「カロンも、アソコが大洪水で、おま×こがどろどろだよ……！　ニッキの恥ずかしい姿を見て……興奮してるんだね……！　カロンも、僕のち×ぽで犯してほしいんだねっ……！」

「あああっ……トモヤくんの指に、奥までかき回されて、私っ……あぁっ、ふあっ……！」

「おち×ちんっ、すごいですっ……！　おち×ちん、気持ちいいですっ……トモヤさんの、おち×

ちん……好きぃ、大好きぃっ……んっ、はぁっ……！」

「はぁっ、僕も、ニッキのキツキツま×こ、気持ちいいよっ……！　気持ち良すぎて、腰が止まらないよっ……！」

「あっ、あっ、おま×こ、熱いっ……！　熱くて、じんじんして……もう、私っ……！」

ニッキの絶頂が近いと察したカロンが、妹の手をぎゅっと握る。ニッキも火照った体でカロンに抱きつく。こんな麗しい姉妹が、僕のち×ぽと指でイカされそうになってるなんて！

「はぁっ、はぁっ、ニッキ……イクっ、イクよっ……！　ニッキの膣内に、射精するよっ……！」

「ふぁっ、あっ……んっ、ひぐっ……おち×ちん、いっぱい来てくださいっ……！」

ニッキの膣が僕のペニスをすごい圧力で押し潰す。僕はここぞとばかりに、がむしゃらに腰を振ってペニスを最奥に打ち付けた。

「あっ、ニッキ、ニッキ……イクっ、イクイクイクっ……イクぅぅぅぅぅっ!!」

どぴゅっ、どぴゅっ、どぴゅるるるっ！

ニッキの幼い膣内で、僕は熱いたぎりをぶちまけた。

「ひあぁぁぁっ！　ひぐっ、あはぁっ、はぁ……トモヤさんのおち×ちんが、膣内で跳ねてます……精液、いっぱい出されてます……はぁっ、あぁっ……！」

びくんびくんとニッキが体を痙攣《けいれん》させながら、カロンのおっぱいにしがみつく。ニッキの指がカロンのバニー衣装を引っ張り、自慢の爆乳がぽろりとこぼれ落ちた。

「はぁ、はぁ……カロン……」

「トモヤくん……ふぁっ、あっ、ああああっ……！」

僕はニッキの膣からペニスを引き抜くと、射精したばかりだというのに少しも硬度が衰えていない怒張を、カロンのとろとろま×こに突き刺した。キツキツな妹ロリま×ことはまた違う、熱くぬめった姉の大人ま×こが肉棒に絡みついて、僕は無我夢中で腰を振る。

「はぁっ、はぁっ、カロンの膣内……すごく熱くて、ち×ぽが溶けそうだっ……！」

「ああっ、そんなっ、いきなり激しくされたらっ……わ、私、おかしくなるっ……！」

「そんなこと、言われても……カロンのま×こが、気持ち良すぎて……！」

僕は一心不乱に腰を振り、バニー衣装からこぼれたおっぱいがゆっさゆっさと揺れる様を凝視する。大迫力のおっぱいを見るたびに、僕のペニスが硬く大きく膨らんでいく。

「はぁっ、はぁっ……カロンは、妹のセックスを見て……興奮してたんだねっ……！　妹が僕に犯されるのを見て……こんなに濡らしていたんだねっ……！」

「あっ、ああっ……そ、それは……んっ、んはぁっ……あぅっ、うあぁっ……！」

「カロンお姉ちゃんが、こんなにいやらしい顔をするなんて……！　トモヤさんのおち×ちんが、そんなに気持ちいいんですか……？」

「あっ、はぁっ……だ、だって……トモヤくんの、おち×ちん……太くて、熱くてっ……くぅっ、あぅっ……！　私、妹に見られながら、こんなっ……んぁっ、あぁっ……！」

「お姉ちゃんも……トモヤさんのおち×ちんが、大好きなんですね……！」

ニッキの手がカロンの乳房に触れて、少女の指が乳肉に沈む。ニッキの指が姉の爆乳を揉み始めると、カロンはたまらず喘ぎ声を上げた。

「ふぁっ、あぁっ……だ、だめっ……あぅっ、おっぱい……気持ちいいのっ……！　ニッキに、おっぱい弄られながら……トモヤくんに、おち×ちんずぼずぼされるの……気持ち良すぎるのぉ……！　だから、だからっ……してっ、もっとしてぇっ……！」

「あぁ……カロンっ……！　いくよっ、奥まで挿れるよっ……！　カロンの膣内を、僕のち×ぽでぐちゃぐちゃにかき回すよっ……あっ、あああっ……！」

「お姉ちゃん……乳首が、硬くなってきました……！　トモヤさんとのセックスが……気持ちいいんですね……！」

「んっ、んあああっ……！　ニッキ……乳首、つねらないでっ……！　ああっ、乳首、感じちゃうのぉ……感じ過ぎちゃうのぉっ……！」

ニッキの手がカロンのおっぱいをつかみ、乳首をつまみ上げている。美人姉妹の愛し合う姿に、僕の興奮も最高潮だ。

「あんっ、んぅっ……！　乳首、だめぇっ……！　乳首と、おま×こ……同時に、なんて……刺激、強すぎてっ……んあぁっ、あああっ……！」

「お姉ちゃん……気持ちいいの……？　トモヤさんのおち×ちん、気持ちいいの……？」

「いいっ、気持ちいいっ……！　おち×ちん、気持ち良すぎるのぉ……！　妹の前で、おま×こ突かれてイっちゃうのぉ……！」

ニッキの前で、カロンが快楽に溺《おぼ》れたメスの顔になっている。妹におっぱいを揉まれてよがりまくるカロンの媚態に、僕はもう我慢の限界だ。

「あっ、ああっ……カロンっ、僕っ……また、イクっ……イクよっ、あああっ……！　カロンも、いっしょに……僕のち×ぽで、いっしょにっ……！」

「んあああっ……！　わ、私もっ……イっちゃうっ……おま×こイっちゃうっ……！　トモヤくんのおち×ちん、気持ち良すぎて……ニッキの前で、イっちゃうぅぅぅっ……！」

「あっ、あっ、カロンっ……！　膣内で出すよっ……カロンの子宮に、射精するよっ……！」

「んひぃっ、ふわっ……ああっ、出してぇ……精液、いっぱい出してぇっ……！　中出しセックスで、イカせてぇぇぇぇぇっ!!」

「うっ、うぁぁっ……あっ、うううっ、うあああああああああああっ!!」

どぴゅっ、どぴゅっ、どぴゅるるるっ！

僕は何度も腰を打ち付けて、ありったけの精子をカロンの子宮に注ぎ込んだ。

「あああっ……膣内で、出てるぅ……！　トモヤくんの精液が……はぁっ、ふあぁ……！」

「お姉ちゃん……すごい……」

姉の絶頂アクメを間近で見てうっとりと頬を染めるニッキ。僕はペニスを引き抜くと、そんな姉妹の顔めがけて、精液をどぴゅっどぴゅっと降り注がせた。

白濁液まみれで蕩《とろ》けた表情を浮かべるバニーガール姉妹に、僕は幸福感を覚えて――。

「……はっ！」

――そして僕は、安宿のベッドで目を覚ました。

「……いやいやいや。日中、あれだけえっちなことをしたのに、夢の中でまでエロ浸りなんて僕はどんだけ欲求不満なんだ」

僕はガチガチに硬くなっている愚息を見て、やれやれとばかりにため息をつく。

「3Pか……いつかやりたいな……。でも、どうすればリアルで3Pできるのかな……」

夢と希望と男の浪漫に胸を膨らませながら、僕ははちきれんばかりに膨らんでいる自分の股間に目を向ける。

「……あんなにいやらしい夢を見たのに、夢精はしなかったのか」

バニーガール姉妹丼などというどエロい夢を見たのに、射精していないなんて……夢だけで射精するのは相当難しいことなんだなぁ。

「ここまできたらいっそ、最高にどエロい夢で僕を夢精させてほしいよ」

誰にともなくつぶやくと、僕は深呼吸をして再度目を閉じた。

今度こそ、ぐっすり寝られることを期待しながら……。

同時に、僕を夢精させるようなどエロい夢をちょっとだけ期待しながら……。


――気がつくと、僕はベッドの上に座り込んでいた。

自分の体を見ると、胸が膨らんで、腰がくびれて、服装も女物に変わっていて……どうやら僕は、エロゲの力で女体化しているようだ。

ショートヘアのボーイッシュ美少女になっている僕は、ベッドの上で腕を組み考え込む。

これは夢だ。また僕は、えっちな夢を見ているに違いない。

「だとすると次の相手は誰だ？　ルル、スミレ、ニッキ、カロンときたから、次に僕がセックスする相手は……。そうか、美少年エルフのメナトに違いない！」

メナトとの女体化セックスを思い出して、僕はポンと手を叩く。

「確かにメナトとのセックスは気持ち良かったけど……。でも、あれは媚薬の影響もあったからね。果たして女体化セックスで、僕が夢精するほど気持ち良くなれるかどうか……」

まあいい。気持ちいいことなら大歓迎だ。僕は美少年エルフとの女体化セックスを期待しながら、彼の姿を探して周囲を見回した。

『グオオオオオォォォォォ!!』

……僕の背後に、馬並みの巨根をそそり立たせた二匹のオークがいた。

「……え？　オーク？」

唖然とする僕に、ブタ面の巨漢オークがよだれを垂らしながら迫ってくる。

「ちょ、ちょっとタンマ！　え、僕、襲われるの!?　オークに襲われちゃうの!?　待って、さすがの僕もオークは守備範囲外――ひぐぅっ！」

二匹のオークが僕の上半身と下半身を押さえつけ、僕の唇と股間に肉棒を擦りつけた。

まさかのオーク二穴責めに、僕は血の気が引いていき……。

「や、やめろ！　僕は男だ！　僕は――あっ、は、入ってくるっ……オークのデカち×ぽが、僕の口と膣にっ……アッ、アッ、アッ……アッ――！

「はっ！」

カッと目を見開くと、そこは宿屋の一室で、僕はベッドの上で仰向けに横たわっていた。

全身に脂汗をかいていた僕は、窓から差し込む朝の日差しを見て状況を把握する。

「……夢か」

僕はホッとして……そこでふと、違和感に気がついた。

自分の股間に視線を向けると……パンツにシミができていて、ぬめぬめとした冷たい感触が僕の下腹部に広がっていた。

「Wフェラや姉妹丼の夢を見ても射精しなかったのに……オークに犯される夢で夢精するとか、どんだけ変態だよ……」

早朝からやるせない気持ちになって、頭を抱える僕だった。

――こうして僕の異世界転生二日目は、パンツを洗濯することから始まった。

あとがき

初めまして。作者の「久遠ひろ」と申します。

私は昔から小説を書くのが好きでしたが、いわゆる「エロ小説」はこれまで一度も書いたことがありませんでした。そこで本作を書き始める前に「Ｈシーンの書き方を勉強しなければ！」と思い立ち、独学でエロ描写の研究を行いました。

私がエロ描写の資料にしたのは……もちろん「エロゲ」です！

「タイトルに『エロゲ』と付くからには、内容もエロゲらしくしなければ！」という謎の使命感に突き動かされ、エロゲをプレイしまくって「エロゲらしいエロいＨシーン描写」を研究しました。

自分なりに先人たちの知恵を取り入れて、エロゲらしさを出したつもりですが、いかがだったでしょうか。そんな本書を読んで笑って、楽しんで、興奮していただけたなら、これに勝る喜びはありません。

読者の皆様に少しでも楽しんでいただけたなら誠に幸いです。

平成三十年十一月　久遠ひろ

Variant Novels

異世界に転生したのでエロゲの力で無双する 1

2019年1月25日初版第一刷発行

著者……………………………… 久遠ひろ
イラスト………………………… 一葉モカ
デザイン………………………… 小林厚二

発行人……………………………………後藤明信
発行所………………………………株式会社竹書房
〒102-0072 東京都千代田区飯田橋2-7-3
電 話：03-3264-1576（代表）
03-3234-6301（編集）
竹書房ホームページ http://www.takeshobo.co.jp
印刷所……………………………………共同印刷株式会社

■本書は小説投稿サイト「ノクターンノベルズ」（https://noc.syosetu.com）に掲載された作品を加筆修正の上、書籍化したものです。
■この作品はフィクションです。実在する人物・団体等とは一切関係ありません。
■定価はカバーに表示してあります。
■乱丁・落丁の場合は当社にお問い合わせ下さい。
ISBN978-4-8019-1733-0 C0093

竹書房ヴァリアントノベルス　好評既刊
書店・通販サイトにて発売中！
侵入者をエロ洗脳して仲間にしよう！
俺と肉便器たちのイチャラブ迷宮生活♥
外道転移者のハーレムダンジョン製作記 1
定価：本体1,100円＋税
著作／たけのこ　イラスト／ちり